위대한 개츠비

윤상원

한국외국어대학교 영어과를 졸업했다.
대기업 홍보실을 거쳐 단행본 출판사 편집부에서 근무했다.
대학 때부터 영미권 번역문학에 관심이 많았던 그는 현재 전업 번역가로 활동하고 있다.
주요 번역서로는 『오만과 편견』이 있다.

위대한 개츠비

초   판 1쇄 발행 | 2007년 8월 25일
개정판 1쇄 발행 | 2013년 4월 15일

지은이 | F. 스콧 피츠제럴드
옮긴이 | 윤상원
펴낸이 | 김형호
펴낸곳 | 아름다운날
출판 등록 | 1999년 11월 22일
주소 | (121-837) 서울시 마포구 서교동 351-10 동보빌딩 103호
전화 | 02) 3142-8420
팩스 | 02) 3143-4154
E-메일 | arumbook@hanmail.net
ISBN 978-89-89354-79-6 (03840) | 값 8,000원

위대한 개츠비

F. 스콧 피츠제럴드 지음 | 윤상원 옮김

아름다운날

차 례

1

내가 지금보다 어린 시절, 이를테면 쉽게 상처받았던 시절 아버지는 이런 충고를 하였다.

"남을 비판하고 싶은 마음이 생기면 언제나 이걸 명심하거라. 세상 사람들이 모두 너처럼 좋은 환경에서 사는 게 아니란 걸 말이다."

나는 지금도 당시 아버지의 충고를 마음속 깊이 되새기고 있다.

아버지는 다시는 그런 이야기를 하지 않았다. 하지만 우리 부자는 신기할 정도로 잘 통했고, 나는 그때 아버지의 말이 삶을 관통하는 놀라운 지혜를 담고 있다는 것을 알았다.

이후 나는 모든 일에 판단을 보류하는 버릇이 생겼다. 그로 인해 특이한 성격의 소유자들이 나에게 접근하는 바람에 오랜 시간을 그들의 시달림 속에서 보내야만 했다. 특이한 성격을 가진 사람들은 자신과 비슷한 특성을 가진 사람을 발견하면 재빨리 알아차리고 접근하게 마련이다.

그래서 대학에 다니는 동안 나는 정치적이라는 비난을 받기도 했는데, 그것은 난폭한 구석이 있는 이들 특이한 친구들의 비밀스러운 슬픔을 알고 있었기 때문이다.

외골수였던 그들은 스스로 찾아와 속마음을 털어놓았다. 그래서 그들 외골수들이 은밀한 고백을 털어놓을 기미가 보이면 나는 졸리는 척하거나 뭔가에 몰두해 있는 척하거나 아니면 경박하게 굴었다. 이들 외골수들이 은밀하게 털어놓는 고백은 대부분 남의 것을 표절한 것이고, 그것을 숨기려다 보니 말의 앞뒤가 맞지 않았다. 혹여 내가 그들의 말에 판단을 보류하기라도 하면 그들은 무한한 희망을 가졌다. 나의 아버지가 거드름을 피우며 말씀하셨듯이 나 역시 그렇게 말해보면, 예의에 대한 기본적인 예절 감각은 태어날 때부터 저마다 다르다는 사실을 깨달았다. 그것을 잊는다는 것은 삶의 중요한 뭔가를 놓치는 것과 같다는 생각이 들었다.

나는 늘 이처럼 나의 관대함에 대해 자랑스러워했지만 그 관대함에는 한계가 있다는 사실을 깨닫게 되었다. 인간의 행동이란 단단한 바윗덩어리나 축축한 습지 같은 것에 근원을 둘 수도 있지만, 일정한 단계가 지나면 그것이 어디에 근원을 두는지 별로 관심을 갖지 않게 된다. 지난해 가을 동부에서 돌아왔을 때, 나는 이 세상이 제복을 걸친 '도덕적 부동자세'로 영원히 지속되기를 바랐다.

나는 더 이상 특권을 지닌 시선으로 그들의 마음을 소란스럽게 드나들고 싶지 않았다. 오직 이 책에 이름을 제공한 개츠비만이 내가 다른 기준을 적용한 예외적 존재였다.

개츠비는 내가 드러내놓고 경멸해온 모든 것을 대변하는 인물이었다. 그리고 만약 개성이 어떤 성공적인 것의 상징이라면 그는 확실히 멋진 개성을 갖고 있었다. 마치 1만 마일 밖에서 일어나는 지진을 감지하는 복잡한 기계와 연결되어 있기라도 한 것처럼 삶에 대한 예민한 감수성을 지니고 있었다. 그 감수성은 '창조적 기질'이라는 이름으로 포장되는 진부한 감수성과는 확실히 차원이 달랐다. 그것은 희망에 대한 놀라운 예감을 가진 재능으로, 다른 어떤 사람에게서도 발견된 적이 없고, 앞으로 그 누구에게서도 발견될 수 없을 낭만적인 감수성이었다.

결국, 개츠비의 생각이 옳았다. 내가 잠시 동안이지만 내 생애의 깊은 슬픔이나 숨 가쁜 환희에 대해 흥미를 잃어버린 것은 개츠비를 희생물로 이용한 것들, 개츠비의 꿈이 지나간 자리에 떠도는 텁텁한 먼지들 때문이었다.

나는 이곳 중서부의 도시에서 3대에 걸쳐 꽤 이름이 알려진 부유한 가문에서 태어났다. 캐러웨이 가문은 문중을 이루고 있었으며, 버클루 공작의 후예라는 말이 전해 내려왔다. 그러나 우리 가문의 오늘이 있게 한 장본인은 나의 할아버지의 형님이었다. 그분은 1851년에 이곳에 와서 남북전쟁 때 대리인을 전쟁터에 내보내고는 철물 도매업을 시작했다. 그런데 다행스럽게도 그 사업은 매우 번창하여 지금은 내 아버지가 계승하고 있다.

큰할아버지를 뵌 적은 없지만 모두들 내가 그분을 닮았다고 한다. 아버지 사무실에 걸려 있는, 다소 무뚝뚝하게 보이는 초상화는 특히 그렇다. 나는 우리 아버지보다 25년이 늦은 1915년에, 뉴헤이번에 있는 학교를 졸업했고, 그 이후 얼마 되지 않아 제1차 세계대전으로 알려진 튜턴 족(게르만 민족에 속하는 민족)의 대이동에 참가했다. 미국의 역습을 완벽하게 만끽했던 나는 고향에 돌아와서도 마음의 안정을 되찾을 수가 없었다.

중서부 지방은 이제 활기찬 지구촌의 중심지가 아니라 우주의 남루하기 짝이 없는 주변부로 전락했다. 그래서 나는 동부 쪽으로 가서 증권 업무를 배우기로 결심했다. 당시 내가 알고 있는 사람들은 하나같이 나 같은 증권업에 종사하고 있었으므로, 증권업이 독신자 한 명쯤은 넉넉하게 먹여 살릴 수 있을 것이라고 판단했던 것이다.

많은 친척 어르신들이 모여 그 일을 의논하더니 나에게 대학을 추천하듯이 매우 엄숙한 얼굴로, 그러나 마지못해서 "뭐…… 그런대로 괜찮겠지." 하고 말했다. 그리고 아버지가 1년 동안 경제적 뒷받침을 해주기로 했으므로 나는 온갖 핑계를 대며 미루고 미루던 동부행을 1922년 봄에야 아주 눌러 살 작정으로 감행하게 되었다.

가장 먼저 해야 할 일은 시내에 방을 구하는 일이었다. 그러나 널찍한 잔디밭과 오래된 나무들이 있는 따뜻한 시골을 막 떠나온 터라 마음에 드는 집을 구하기란 쉽지 않았다. 그러던 터라 같은 사무실의 동료가 통근할 수 있는 곳에 집을 얻어 같이 사는 것이 어떠냐고 제안했을 때, 바로 승낙을 했다. 그는 비바람에 바래 오래된 월세 80 달러짜리 방갈로를 하나 구했다. 그러나 정작 그 집으로 이사하려는 순간, 동료가 워싱턴으로 발령을 받은 바람에 나는 혼자서 살 수밖에 없었다. 나는 그 방갈로에서 며칠 후에 도망가 버린 개 한 마리와 낡은 중고차 한 대, 그리고 잠자리를 돌봐주고 아침 식사 준비를 해주는 핀란드인 가정부와 함께 지냈다. 그녀는 전기난로 위로 몸을 구부리고는 핀란드 속담을 혼잣말로 중얼거리는 것이 버릇이었다.

그렇게 이틀을 보낸 내게 새로 이사를 온 사람이 길을 물었다.

"웨스트에그로 가려면 어떻게 해야 합니까?" 그는 난감하다는 듯이 물었다.

나는 길을 가르쳐주었다. 그러고 나서 계속 걷다 보니 더 이상 외롭지 않다는 것을 깨달았다. 나는 그곳의 안내자요, 길잡이였으며, 초기의 개척자로 자리 잡게 된 것이다. 뜻하지 않게 그 사람은 내가 이 동네의 한 식구가 되었음을 특별한 방법으로 알려준 것이다.

그래서 나는 마치 영화 속에서처럼 순식간에 쑥쑥 돋아나는 나무 잎사귀와 뜨거운 햇살을 바라보며 이 여름과 함께 다시 삶이 시작된다는 사실을 깨달았다.

우선 읽어야 할 책이 많았고 신선한 공기를 마시며 몸도 단련해야 했다. 나는 은행 경영, 신용 대부, 증권 투자에 관한 책을 열 권 남짓하게 샀다. 책은 조폐국에서 갓 찍혀 나온 화폐처럼 금빛과 붉은빛을 반짝이며 내 서가에 꽂혀 있었었는데, 활자들은 약속이나 한 듯이 미다스 왕과 J. P. 모건과 마에케나스만이 알고 있는 그 눈부신 비밀을 알려주겠다고 속삭였다.

그 외에도 나는 더 많은 책을 읽고 싶었다. 대학 시절, 나는 문학적인 재능을 인정받았다. 어느 해인가 나는 대학 신문인 〈예일 뉴스〉

에 매우 엄숙하고 분명한 논조의 논설을 쓴 적도 있다. 이후 나는 그런 모든 것들을 내 삶에 끌어들여 전문가들 중에서 흔치 않은 '균형 잡힌 사람'이 되려고 노력했다. 인생이란 결국 단 하나의 창으로 바라볼 때 훨씬 더 성공하기가 쉬워진다는 것은 단순한 격언이 아니었다.

내가 북미 대륙에서 가장 이색적인 곳에 집을 얻은 것은 그야말로 우연이었다. 그 집은 뉴욕 시에서 정동쪽으로 쭉 뻗어나간 기다란 섬에 자리잡고 있었는데, 그곳에는 진기한 자연현상으로 만들어진 만이 있었다. 뉴욕 시에서 20마일 떨어진 곳에 있는 거대한 달걀 모양의 이 두 만은 비슷한 모양새를 하고 있었다. 두 지역은 붙어 있는 것 같았지만 실은 나뉘어 있었다.

서반구에서 가장 많이 발달한 염수체로, 롱아일랜드 해협이라고 불리는 뒤쪽의 물에 젖은 넓은 땅 안으로 솟구쳐 나온 그 두 지대는 완벽한 달걀 모양을 하고 있지는 않았고, 콜럼버스의 달걀같이 서로 접촉된 면 끝 부분이 약간씩 부서져 있었다. 그런데 두 지대의 생김새가 워낙 닮아 있어서 그 위를 날고 있는 갈매기들조차 신기해 하는 것 같았다. 날개가 없는 인간을 더욱 흥미롭게 하는 것은 넓이와 모양을 제외하면 두 지역이 모든 면에서 확연하게 다르다는 사실이다.

내가 살고 있던 웨스트에그는 이스트에그 특유의 상류사회적인 고상함은 없는 곳이었다. 그러나 이런 표현은 두 지역 사이의 조금은 불길하기까지 한 차이점을 서술하기에는 피상적이라고밖에 할 수 없다. 내가 사는 집은 롱아일랜드 해협에서 50야드밖에 떨어져 있지 않은 달걀 모양의 지역 바로 끝 지점에 있었다. 그 집은 한 계절에 1만2천 달러~1만5천 달러를 줘야 빌릴 수 있는 대단한 두 저택 사이에 끼어 있었다.

오른편에는 여러 면에서 엄청나다고 할 만한 저택이 자리잡고 있었다. 노르망디 시청을 그대로 본뜬 이 저택의 한쪽에는 여리디 여린 덩굴손으로 뒤덮인 지은 지 얼마 되지 않은 탑과 대리석 풀장, 그리고 40에이커가 넘는 잔디밭과 정원이 딸려 있었다. 이 저택이 바로 개츠비의 소유였다. 사실 그때만 해도 나는 아직 개츠비의 존재를 모르고 있었으므로, 그런 이름을 가진 신사가 살고 있는 저택이었다고 해야 정확한 표현일 것이다.

내가 살고 있는 집은 워낙 보잘것없는 건물이라서 주변과 어울리지도 않았지만 사람들에게 거의 무시되다시피 했다. 그나마 나는 바다와 이웃의 잔디밭 한모퉁이를 바라볼 수 있었고, 백만장자들과 가까이 살고 있다는 뿌듯함을 느끼며 나름대로 만족했다. 한 달에 80달러를 지불하고 말이다.

만이라고 부르기엔 조금 부족한 이 만의 맞은편에는 해변을 따라 이스트에그 상류사회의 하얀 저택들이 반짝이며 서 있었다. 그리고 내가 톰 뷰캐넌 부부와 함께 저녁을 먹기 위해 자동차를 몰고 간 저녁부터 그해 여름의 역사는 시작되었다. 톰은 대학 시절부터 알고 지내던 사이였고, 데이지는 나의 먼 친척 여동생이었다. 전쟁 직후 나는 그들 부부와 이틀 동안 시카고에서 함께 지낸 적이 있었다.

데이지의 남편인 톰은 만능 스포츠맨으로 특히 예일대학교의 풋

볼 선수로서 이름을 날렸다. 그는 이전에 볼 수 없었던 가장 뛰어난 엔드 중 하나였다. 그는 스물한 살 때 이미 미대륙에 떠들썩하게 알려진 인물이었기 때문에 그 시기 이후로는 모든 것이 내리막길처럼 보이는 그런 사람이었다.

재벌가에서 태어난 그는 대학에 다닐 때조차도 돈을 물 쓰듯 하는 바람에 빈축을 살 정도였다. 이후 시카고를 떠나 남들이 보면 입이 딱 벌어질 정도로 거들먹거리며 동부로 왔다. 잘난 체하기를 좋아하던 그는 폴로 경기를 하려고 미국 일리노이 주 시카고 교외의 부유층이 살고 있는 레이크퍼리트에서 경주용 말을 한 떼나 끌고 올 정도였다. 나와 같은 연배인 그가 그 정도로 재산이 많다는 것이 정말이지 이해가 가지 않았다.

나는 그들이 왜 동부로 왔는지 정확하게 모른다. 그들은 특별한 이유도 없이 프랑스에서 한 해를 보내고 난 후, 폴로 경기를 하고 재력을 뽐낼 수 있는 곳이면 어디든지 찾아다니며 맘껏 즐겼다. 거처를 옮겨갈 때마다 데이지는 전화로 그것이 마지막 정착지라고 했지만 나는 그 말을 믿지 않았다. 데이지의 속마음을 잘 알 수는 없었지만 톰이 그토록 격정적인 풋볼 경기의 드라마틱한 역전승을 쫓아 영원히 방황하리라는 것을 느낄 수 있었기 때문이다.

그래서 따스한 바람이 부는 어느 날, 나는 그다지 친하다고 할 수 없는 옛 친구를 만나기 위해 이스트에그로 차를 몰았다. 두 사람이 사는 저택은 내가 예상했던 것 이상으로 공들여 만든 건축물이었다. 조지 왕조 시대의 식민지 풍으로 지어진 그 집은 붉은색과 흰색으로 꾸며졌으며, 만이 내려다보이는 곳에 자리 잡고 있었다. 해변에서 시작된 잔디밭은 현관을 향해 4분의 1마일이나 달려와 해시계와 벽돌이 깔린 산책길과 태양이 불타는 정원까지 이어져 있었다. 마침내 저택에 다다른 잔디밭은 그 여세를 몰아 밝은 색의 덩굴 모양으로 집 옆을 따라 죽 뻗어갔다. 저택 정면에는 한 줄로 나란히 프랑스식 창문이 달려 있었는데, 창문은 반사된 황금빛을 반짝이며 따스한 바람을 몰고 오는 한낮을 향해 활짝 열려 있었다. 톰 뷰캐넌은 승마복을 입은 채 두 다리를 쩍 벌리고 현관 앞에 서 있었다.

톰은 뉴헤이번 시절에 비해 많이 달라져 있었다. 서른 살의 그는 무뚝뚝한 입을 한 교만한 얼굴에 머리카락은 밀짚 색깔이었다. 거만하게 번뜩이는 두 눈이 특히 눈길을 끌었는데, 그 때문에 늘 공격적으로 몸을 구부리고 있다는 인상을 주었다. 승마복이 주는 여성적인 우아함조차도 그의 강력한 남성적 힘을 숨기지는 못했다. 그의 반들거리는 부츠는 부풀어오를 대로 올라 맨 위쪽 끈이 팽팽해질 정도였고, 어깨가 움직일 때는 얇은 코트 아래로 탄탄한 근육이 꿈틀거리는 것이 그대로 보였다. 거대한 지렛대의 힘을 가진 그는 한마디로 압도적인 남성미를 자랑하는 체격이었다.

톤이 높으면서 무뚝뚝하고 거친 음성은 성마른 듯한 인상을 더욱 강렬하게 했다. 그의 목소리에는 가까운 지인들까지도 고압적으로 경멸하는 듯한 구석이 있었다. 그래서 뉴에이번에는 그의 이런 태도를 몹시 부담스럽게 생각하는 사람들이 많았다.

'어이, 내 말을 너무 강압적이라고 생각하지 말라고.' 그는 늘 이렇게 말하는 듯했다. '내가 힘을 좀 쓰고 자네들보다 좀 더 사내답다고 해서 말이야.' 우리는 4학년 때 같은 사교 클럽에 들었으며 그다지 친하게 지내지는 않았다. 이 사납고 저돌적인 사내는 나에게만은 호감을 사고 싶어 하는 것 같았다.

우리는 햇살이 내리쬐는 현관의 베란다에서 잠시 이야기를 나눴다.

"여긴 위치가 좋은 곳이야." 그는 불안정한 눈빛으로 주위를 두리번거리며 말했다. 잠시 후 톰은 한쪽 팔로 내 몸을 잡아 휙 돌리더니 큼지막한 손을 들어 드넓게 펼쳐진 풍경을 가리켰다. 그곳의 나지막한 언덕에는 이탈리아식 정원과 반 에이커에 달하는 짙은 향기가 나는 장미 밭이 있었고, 그리고 바닷가에서는 물결 따라 흔들리는 돼지코처럼 뱃머리가 튀어나온 모터보트 한 대가 눈에 들어왔다.

"이곳은 원래 석유 재벌 드메인의 소유였어." 그러면서 그는 내 몸을 다시 한 번 돌렸는데, 순간적이었으면서도 정중했다. "그만 안으로 들어가지그래."

우리는 천장이 높은 복도를 지나 밝은 장밋빛이 도는 공간 안으로 들어갔는데, 건물의 양 끝에 달린 프랑스식 창문이 저택의 높은 가장자리를 장식하고 있었다. 살짝 열려 있는 창문은 파릇파릇한 잔디를 배경으로 하얗게 반짝였다. 어느 순간 산들바람이 방 안으로 휙 불어와 창백한 흰 깃발 같은 커튼을 한쪽 끝은 안쪽으로, 다른 쪽 끝은 밖으로 휘날리다가 설탕을 입힌 웨딩 케이크 같은 천장을 향해 치솟았다가 잠시 후 포도주 빛깔의 양탄자 위에 잔물결을 일으키면서 마치 바람이 바다 위에 그림자를 드리우듯했다.

방 안에 있는 물건 가운데 고정된 것이라고는 젊은 여인 둘이 붙잡아 매놓은 풍선 위에 탄 것처럼 둥실 뜬 채 앉아 있는 엄청나게 크고 긴 소파뿐이었다. 두 사람 모두 흰 옷을 입고 있었는데, 옷은 집 근처를 잠깐 비행하고 날아 돌아온 것처럼 잔물결을 일으키며 펄럭이고 있었다. 나는 커튼이 휘날리며 내는 사각거리는 소리와 벽에 걸린 그림이 내는 삐걱거리는 소리를 들으며 잠시 서 있어야 했다. 그러자 톰 뷰캐넌이 쾅 하고 창문을 닫는 소리가 들려왔다. 그리고 잠시 후 방 안에 갇힌 바람이 커튼과 양탄자 주위로 잦아들자 두 젊은 여인도 바닥 쪽으로 천천히 두둥실 내려앉았다.

　두 여인 중 젊은 쪽은 처음 보는 사람이었다. 그녀는 긴 소파의 끝자락에 두 다리를 쭉 뻗고 앉아서 꼼짝도 하지 않고 있었다. 금세 떨어질 것 같은 무언가를 턱 위에 올려놓고 균형을 잡고 있는 듯 턱을 치켜들고 있었다. 그녀는 곁눈질로 나를 보았는지, 보고도 못 본 척했는지 모르지만 내방객의 존재에 대해 무관심했다. 그래서 나는 갑자기 들어와서 미안하다고 얼떨결에 사과를 할 뻔했다.

　반대편에 앉아 있던 데이지는 소파에서 일어서려고 했다. 그녀는 약간 진지한 얼굴로 몸을 살짝 굽혔다가 어색하지만 매력적인 미소를 지었다. 그래서 나도 웃으며 방 안으로 들어갔다.

　"너무 행복해서 몸이 굳어버릴 것 같아."

　그녀는 나름대로 아주 재치 있는 말이라도 했다는 듯 웃고는, 내 손을 잡으며 정말 보고 싶었다고 말했다. 그녀는 늘 이런 식이었다. 그녀는 속삭이듯 반대편에 앉아 있는 여자의 성이 베이커라고 일러

주었다. (데이지가 귓속말을 하는 것은 상대방이 그녀 쪽으로 몸을 기울이게 하려는 것이 목적이라는 이야기를 들은 적이 있다. 말도 안 되는 험담이었지만 설령 그렇다고 쳐도 그의 귓속말은 정말이지 매혹적이었다.)

그러자 베이커 양은 입술을 오물거리며 거의 알아볼 수 없을 정도로 고개를 끄덕이더니 재빨리 머리를 다시 뒤쪽으로 기울였다. 마치 애써 잡았던 균형이 깨져서 깜짝 놀랐다는 듯이. 나는 죄송하다고 말할 뻔했다. 자기만족감으로 꽉 차 있는 사람에게는 나도 모르게 찬사를 보내게 되는 것이다.

나는 나지막하고 떨리는 목소리로 이런저런 질문을 퍼붓기 시작한 친척 여동생을 바라보았다. 그녀의 음성은 다시는 연주되지 못할 슬픈 곡조처럼 사람들의 귀를 기울이게 만드는 매혹적인 무언가가 있었다. 그녀의 반짝이는 두 눈과 정열적으로 빛나는 입술이 만들어 내는 슬프고도 사랑스러운 분위기는 특별한 느낌을 주었다. 그리고 그녀의 음성에는 그녀를 사랑한 남자라면 절대 잊지 못할, 말로는 표현할 수 없는 흥분이 깃들어 있었다. 즉 '자, 들어봐요' 라고 노래하는 듯한 속삭임, 그리고 방금 신나는 일을 했으며, 다음에 또다시 즐겁고 신나는 일이 기다리고 있음을 예고하는 듯한 그런 목소리 말이다.

나는 동부로 오면서 시카고에서 하룻밤을 묵었는데, 열 명도 넘는 사람들이 그녀에게 안부를 전해 달라고 부탁했다는 이야기를 해주었다.

"그 사람들이 나를 보고 싶어 한다고?" 그녀는 황홀한 목소리로 외쳤다.

"온 시내가 텅 빈 것 같아. 차들은 모두 왼쪽 뒷바퀴를 장례식 화환같이 검게 칠하고 다니고 노스쇼어를 따라 밤새도록 통곡 소리가 들리던데."

"오호! 굉장해요. 톰, 우리 돌아가요. 내일이라도." 그리고 갑작스럽게 덧붙였다. "우리 아기를 봐야지?"

"맞아. 아기가 보고 싶어."

"지금은 자고 있어요. 이제 두 살이 됐어. 우리 애 아직 한 번도 못 봤지?"

"그래, 아직 못 봤지."

"그럼 봐야 해. 우리 애는……."

톰 뷰캐넌은 방 안을 왔다 갔다 하던 불안한 발걸음을 드디어 멈추고 내 어깨에 손을 얹었다.

"닉, 자네 요즘 뭘 하나?"

"증권회사에 다녀."

"누구랑 일하는데?"

나는 회사 이름을 말해주었다.

"들어본 적이 없는 회산걸." 그가 짧게 말했다.

그의 그런 말투가 나를 짜증스럽게 했다.

"앞으로 알게 될 거야." 내가 대답했다. "자네가 계속 동부에 머물러 있겠다면 말이지만."

"난 계속 여기 있을 거네." 그는 순간 경계하는 듯한 눈으로 데이지를 힐끗 쳐다보더니 나에게로 다시 눈길을 돌리며 덧붙였다. "빌어먹을 바보가 아닌 다음에야 집이 여기 있는데 어딜 가서 살겠나."

바로 그때 베이커 양이 불현듯 "물론이죠!" 하고 말하는 바람에 나는 깜짝 놀랐다. 내가 그 방에 들어온 뒤에 그녀가 처음으로 한 말이었다. 하품을 하다가 능숙한 동작으로 재빨리 소파에서 일어나 방 가운데로 가 서 있는 것으로 보아 스스로도 놀란 것이 틀림없었다.

"몸이 뻣뻣해졌어요." 그녀가 투덜거렸다. "저 소파에 너무 오래 누워 있었나봐요."

"날 쳐다보지 마." 데이지가 대꾸했다. "난 내내 널 뉴욕으로 데려가려고 했잖아."

"안 마셔요." 베이커 양이 방금 가져온 넉 잔의 칵테일을 바라보며 말했다. "지금은 컨디션을 유지해야 해요."

손님을 대접하려던 톰은 믿을 수 없다는 듯 그녀를 쳐다보았다.

"그래요, 그럼." 톰은 잔 밑바닥에 술이 단 한 방울밖에 남아 있지 않다는 듯 잔을 들어올려 단숨에 들이켰다.

"당신이 어떻게 일을 해내는지 정말 모르겠어."

나는 베이커 양을 바라보면서 그가 말한 '해내는'지가 과연 무얼 의미하는지 생각해보았다. 그녀를 보고 있자니 어쩐지 기분이 좋아졌다. 날씬한 몸매에 가슴은 작았는데, 마치 사관생도처럼 어깨를 뒤로 쫙 편 꼿꼿한 자세가 특히 돋보였다. 그녀는 나의 호의 어린 시선에 응답이라도 하듯 호기심을 보이며 햇빛에 지친 듯한 잿빛 눈으로 나를 바라보았는데, 매력적인 창백한 얼굴은 뭔가 불만이 있어 보였다. 순간 전에 어디선가 그녀를 보았거나 아니면 사진에서라도 본 것 같다는 생각이 불현듯 스쳤다.

"웨스트에그에 사신다고요?" 그녀가 경멸 섞인 목소리로 물었다. "제가 아는 사람도 거기에 살아요."

"저는 아는 사람이 한 명도……."

"개츠비란 사람 몰라요?"

"개츠비라고?" 데이지가 물었다. "어떤 개츠비를 말하는 거야?"

이웃에 사는 사람이라고 대답하기도 전에 저녁 식사가 준비되었다는 소리가 들려왔다. 톰 뷰캐넌은 근육질의 팔을 억지로 내 팔에 끼워 넣고 체스판에서 말을 옮기듯이 나를 데리고 나갔다.

젊은 두 여자는 석양을 향해 활짝 열려 있는 장밋빛 현관을 향해 팔을 가볍게 엉덩이에 붙인 채 나른하게 우리 앞을 걸어갔다. 현관의 탁자 위에 놓은 촛불 네 개가 천천히 잦아든 바람 속에 한들거리고 있었다.

"촛불은 왜 켰지?" 데이지가 얼굴을 찌푸리며 말했다. 그러고는 손가락으로 촛불을 비벼 껐다. "이제 두 주 후면 하지야." 그녀는 밝은 얼굴로 우리를 바라보았다. "일 년 중 낮이 제일 긴 하지를 줄곧 기다리지만 막상 그날이 오면 깜빡 잊고 의미 없이 보내지 않아? 나는 늘 하지를 손꼽아 기다리지만 그날이 되면 그냥 지나치고 말아."

"뭔가 확실한 계획을 세워야겠어." 베이커 양이 금세라도 침대 속에 들어가려는 듯이 테이블 앞에서 하품을 하며 말했다.

"좋아." 데이지가 말했다. "무슨 계획을 세울까?" 그녀는 답답하다는 듯이 내 쪽을 바라보았다. "사람들은 보통 어떤 계획을 세우지?"

내가 뭐라고 대답하기도 전에 그녀가 놀란 얼굴로 자신의 새끼손가락을 바라보았다.

"이것 좀 봐!" 그녀가 불평했다. "여기를 다쳤단 말이야."

우리 모두의 시선이 한 곳에 머물렀다. 그녀의 손가락이 푸르스름하게 멍이 들어 있었다.

"톰, 당신 때문이에요." 그녀는 나무라듯 말했다. "일부러 한 짓은 아니겠지만 당신이 이렇게 했어요. 야수 같은 인간과 결혼한 내가 잘못이지만. 저런 거인 같은 사내랑……."

"그 거인 같은 사내란 말 좀 쓰지 마." 톰이 기분 나쁜 얼굴로 말했다. "농담도 지나치면 싫증 나."

"거인인데 어쩌라고요." 데이지는 물러서지 않았다.

이따금 베이커 양과 데이지가 주고받는 대화는 그저 그런 무미건조한 잡담이었다. 그들이 입고 있는 흰 옷처럼. 어떤 욕망도 찾아볼 수 없을 정도로 무심한 두 눈처럼 냉랭했다. 그들은 그저 머리를 텅 비워둔 채 오직 숙녀로서의 매너를 지키기 위해서 유쾌하게 대접하고 대접 받으려고 애를 썼다. 잠시 후 저녁 식사가 끝난 후면 저녁 시간도 지나갈 것이고, 그래서 모든 것이 그럭저럭 끝나리라는 것을 그녀들은 알고 있었다. 서부와는 전혀 달랐다. 서부에서는 저녁 시간이 끊임없이 밀려오는 깊이를 알 수 없는 불안감과 두려움 속에

쫓기듯 지나간다.

"데이지, 너랑 같이 있으면 내가 야만인이라도 된 것 같아." 나는 코르크 냄새가 약간 나긴 하지만 제법 괜찮은 적포도주를 두 잔째 마시면서 말했다. "넌 농작물 재배라든가 뭐 그런 것에 대해서는 아는 게 없니?"

내가 특별한 의도를 갖고 한 말은 아니었지만 그 말은 엉뚱한 뜻으로 받아들여졌다.

"문명은 지금 급격히 해체되고 있어." 톰이 열정적으로 내뱉었다. "그래서 난 모든 일에 지독한 비관론자가 되고 말았어. 자네 고더드라는 사람이 쓴 『유색인 제국의 발흥』이란 책을 읽어봤나?"

"아니, 아직." 그의 말투에 조금 놀라 내가 대답했다.

"음, 좋은 책이야. 반드시 봐야 할 책이지. 책 내용은 만약 우리 백인종이 조심하지 않으면 완전히 멸종돼버리고 만다는 거야. 모두 과학적인 내용들이야. 뒷받침할 만한 충분한 증거도 있지."

"톰은 요즘 점점 심오해져 가고 있어." 데이지가 깊이를 알 수 없는 슬픈 얼굴로 말했다. "이 사람은 긴 단어들만 나오는 심각한 책을 읽어. 그 단어가 뭐였더라 …… 우리가?"

"글쎄! 모두 과학 관련 책들이라니까." 톰이 그녀를 바라보며 조바심이 난 목소리로 다시 주장했다. "이 친구는 모든 것을 샅샅이 파헤쳐 놓았다고. 지배 인종인 우리 백인이 정신을 바짝 차리지 않으면 안 된다는 거야. 그러지 않으면 다른 종족이 이 세상을 재패하게 될 거라는 거지."

"그들을 쓸어버려야 해요." 데이지는 눈이 부시다는 듯 깜박이며 속삭이듯 작은 목소리로 말했다.

"두 사람은 캘리포니아에서 살아야 하는데……."

베이커 양이 말을 꺼내자 톰이 소파에서 느슨하게 고쳐 앉으면서 그녀의 말을 가로막았다.

"이 책에서 주장하기를 우리는 북유럽 인종이라는 거야. 나도 자네도 그리고……." 그는 잠깐 망설이더니 고개를 끄덕이며 데이지까지 포함시켰다. 그러자 데이지가 나에게 다시 눈짓을 보냈다. "실은 우리가 이 문명을 이루는 것들 모두를 만들어낸 거야……. 과학이며 예술 모두를 말이지. 이제 내 말 알아듣겠어?"

아직도 만족하지 못했는지 더욱 격렬하게 열변을 토하는 그의 모습에는 어딘지 모르게 서글픔이 묻어 있었다. 그때 집 안에서 전화벨이 울리는 소리가 들리자 집사가 현관에서 사라졌다. 데이지는 그 틈을 타 내 쪽으로 몸을 돌렸다.

"우리 집 비밀 한 가지 들어볼래?" 그녀가 속삭이듯 말했다. "집사의 코에 관한 거야."

"그게 뭐지?"

"저 사람은 원래 집사가 아니었어. 뉴욕 어떤 재벌가에 고용돼 은그릇 닦는 일을 했는데, 그 집에는 이백 명 분의 은그릇이 있었대. 저 집사가 아침부터 밤까지 그릇을 닦다가 마침내 코에 이상이 생기기 시작해서……."

"상태가 점점 나빠졌군." 베이커 양이 끼어들었다.

"그렇다고 할 수 있지. 증상이 점점 나빠져서 결국 은그릇 닦는 일을 그만두게 됐대."

저무는 햇살이 해질녘의 낭만적인 빛을 그녀의 얼굴에 비추었다. 내가 그녀 쪽으로 귀를 가까이 대자 그녀의 목소리가 나를 자석처럼 끌어당겼다. 타는 듯하던 태양이 스러지자 흥겨웠던 황혼녘의 거리를 떠나는 아이들처럼 자못 섭섭한 얼굴로 햇빛이 그녀의 얼굴에서 사라져갔다.

집사가 돌아와 톰의 귀에 입을 바싹 대고 뭔가를 전하자 톰은 얼굴을 찡그리며 소파를 뒤로 밀치고는 집 안으로 들어갔다. 톰이 사라지자 데이지가 무엇인가에 자극을 받았는지 다시 몸을 앞으로 숙였고, 달아오른 목소리가 노래를 하는 듯했다.

"아, 우리 집에서 같이 식사할 수 있어서 너무 좋아. 닉을 보면 뭐가 생각나는지 알아? 한 떨기 장미, 순수한 장미 말이야. 안 그래?" 그녀는 동의를 구하려는 듯 베이커 양 쪽으로 얼굴을 돌렸다. "순수한 장미 말이야!"

물론 그녀가 헛소리를 한 것이다. 나에게 장미꽃 같은 구석이라곤 눈곱만큼도 없다. 그저 즉흥적인 말이었지만, 그녀에게선 왠지 사람을 흥분시키는 따뜻함이 있었다. 마치 그녀의 심장이 숨가쁘게 떨리는 그 한마디의 말과 함께 뛰쳐나오려는 것처럼 말이다. 그런데 그녀는 돌연 냅킨을 식탁 위에 던지고는 "실례한다"는 한 마디를 내뱉은 후 집 안으로 들어가버렸다.

베이커 양과 나는 별 의미 없는 시선을 의식적으로 주고받았다.

그렇게 앉아 있는 것이 곤혹스러워 내가 막 입을 열려는 순간 그녀가 벌떡 자리에서 얼어나 거의 경고조로 "쉿!" 하고 말했다.

건너편 방에서 격앙된 감정을 억누른 듯한 목소리가 들려오자 베이커 양은 몸을 숙여 그 말을 엿들으려고 했다. 중얼거리는 듯한 목소리는 줄곧 흥분과 격앙으로 오르내리더니 이윽고 뚝 그쳤다.

"당신이 말한 개츠비 씨는 제 옆집에 살고 있어요." 내가 말했다.

"쉿! 조용히 좀 하세요. 무슨 얘길 하는지 듣고 싶단 말이에요."

"무슨 일이라도 생긴 겁니까?" 나는 사실 아무것도 모르는 상태였다.

"그럼 아무것도 모르신단 말이에요?" 베이커 양이 놀란 얼굴로 물었다. "다 아는 줄 알았는데요."

"저는 아무것도 모릅니다."

"아, 그래요······?" 그녀가 약간 머뭇거리며 말했다. "뉴욕에 톰의 여자가 있어요."

"톰의 여자라니요?"

나는 멍한 얼굴로 되풀이했다. 그러자 베이커 양이 고개를 끄덕였다.

"최소한 저녁 식사 때는 전화를 걸지 말아야 하는데. 그렇지 않아요?"

그녀가 무슨 말을 했는지 이해하기도 전에 옷자락을 펄럭이는 소리와 가죽 부츠를 저벅거리는 소리가 나더니 톰과 데이지가 식탁으로 돌아왔다.

"어쩔 수 없었어!" 데이지가 명랑한 척 꾸민 목소리로 말했다.

데이지가 자리에 앉으며 베이커 양의 얼굴을 힐끗 쳐다보더니 이어 내 쪽으로 눈길을 돌리며 덧붙였다. "바깥을 내다보았더니 아주 로맨틱했어. 잔디밭에 새가 한 마리 앉아 있었는데, 틀림없이 커나드나 화이트스타 해운회사 편으로 건너온 나이팅게일일 거야. 그 새가 노래를 하며 날아가 버렸는데……." 그녀의 목소리가 노래하듯 흘러나왔다. "정말이지 로맨틱했어! 톰, 그렇지 않아요?"

"맞아, 로맨틱했지." 그는 대답하고 나서 괴로운 듯이 나를 향해 말했다. "저녁을 먹고 난 뒤에 자네에게 마구간을 구경시켜주고 싶은데……."

그때 안에서 갑작스럽게 전화벨이 울렸다. 데이지가 톰을 향해 단호하게 고개를 젓자, 마구간에 관한 이야기는 물론이고 모든 화젯거리가 허공으로 날아가버리고 말았다.

저녁 식사의 마지막 5분 동안에 일어난 단편적인 일 중에 지금도 뚜렷이 기억에 남는 것은 하릴없이 촛불을 다시 켜놓았던 것뿐이다. 그때 나는 사람들의 표정을 살펴보았지만 서로 눈길을 피할 수밖에 없었다. 나는 톰과 데이지가 무슨 생각을 하는지 전혀 짐작할 수 없었다. 그때 제아무리 끔찍한 갈등 상황 속에 놓여 있더라도 당당하게 버틸 수 있을 것 같았던 베이커 양조차 그 다섯 번째 불청객의 성급하고 날카로운 금속성 소리를 지우지는 못할 것 같았다. 사람에 따라서 이런 상황이 흥미롭게 느껴질 수 있을지도 모른다. 하지만 나는 즉시 경찰을 부르고 싶은 심정이었다.

그리하여 마구간 이야기는 더 이상 나오지 않았다. 톰과 베이커 양은 몇 걸음 떨어진 채 시체 옆에서 밤을 새우러 가는 사람들처럼 황혼 속에서 서재로 걸어 들어갔다. 그때 나는 아무것도 못 들은 척하며 데이지와 함께 베란다를 돌아 정문 현관으로 나갔다. 우리는 고리버들로 만든 소파에 나란히 앉아 고즈넉한 어둠 속에 묻혔다.

데이지는 예쁜 이목구비를 느껴보려는 듯 두 손으로 얼굴을 감쌌고, 잠시 후 벨벳 같은 어스름 쪽으로 시선을 돌렸다. 그녀가 격렬한 흥분 상태에 있다는 것을 안 나는 마음을 가라앉혀 줘야겠다는 생각에 그녀의 딸 이야기를 꺼냈다.

"닉, 우리는 서로에 대해 잘 모르고 있어. 내 결혼식에도 오지 않았잖아. 친척이면서 말이야."

"그때는 전쟁터에서 돌아오기 전이었잖아."

"하긴 그렇군." 그녀가 머뭇거리며 말했다. "아, 그동안 너무 힘들었어. 그래서 모든 일에 무관심하게 되고 말았어."

그녀에게는 분명히 그럴 만한 까닭이 있었다. 나는 그녀가 입을 열기를 기다렸지만, 그녀는 계속 침묵을 지키고 있었다. 얼마가 지난 뒤 나는 하릴없이 그녀의 딸 이야기를 다시 꺼냈다.

"이젠 말도 한 마디씩 하고 그리고…… 밥도 먹고 별 예쁜 짓은 다 하겠는걸."

"그럼." 그녀는 아무 생각이 없는 듯한 멍한 얼굴로 나를 바라보았다. "닉, 그 애를 낳았을 때 내가 뭐라고 했는지 알아?"

"뭐라고 했는데?"

"그 얘기를 들으면 지금의 내 기분을 이해할 거야. 왜 내가 이 지경이 되었는지 말이야. 글쎄, 아이를 낳은 지 한 시간도 되지 않았는데 톰이 자취를 감춰버린 거야. 마취에서 깨어났을 때 나는 완전히 버려진 느낌이었어. 간호사에게 우리 애가 아들인지 딸인지 물어봤지. 그랬더니 딸이라고 하더군. 그래서 고개를 돌리고 계속 울었어. 그러고는 '괜찮아. 딸이라서 좋아. 이 애가 커서 바보가 되었으면 좋겠어. 계집애라면 그 편이 차라리 나아. 귀엽고 예쁜 바보 말이야.' 하고 스스로를 위로했지."

그녀가 격렬하게 말했다. "내가 이 모든 걸 끔찍하게 지겨워한다는 걸 잘 알겠지? 사실은 모두가 그렇게 생각할걸. 특히 잘난 척하는 사람들은 더욱 그럴 거야. 난 알아. 안 가본 데가 없고, 못 본 것이 없고, 안 해본 일이 없으니까." 그녀는 어딘가 톰을 닮은 듯한 도전적인 태도로 눈을 반짝이며 주위를 둘러보고는 섬뜩한 경멸의 빛을 띤 미소를 띠었다. "닳고 닳았다고. 하느님 맙소사! 오! 난 아주 닳고 닳았어."

그녀는 억지로 내 주의를 끌려고 하거나 신뢰를 얻으려 하지 않고 말을 뚝 끊었다. 그 순간 나는 그녀가 한 말들이 의심스러웠다. 그녀는 오늘 저녁은 일찌감치 내게서 자신에게 유리한 감정을 이끌어낼 속셈으로 일종의 속임수를 쓴 것 같아 마음이 불편했다. 나는 그녀의 다음 이야기를 기다렸다. 아니나 다를까, 그녀는 언제나처럼 귀여우면서도 노련한 미소를 띠고 나를 바라보았다. 자기와 톰이 꽤 유명한 비밀 단체에 속해 있음을 알아달라는 듯이 말이다.

방 안은 꽃이 만개한 것처럼 진홍빛 불빛이 가득했다. 베이커 양은 긴 소파의 양 끝에 앉아 있는 톰에게 〈새터데이 이브닝 포스트〉를 큰 소리로 읽어주고 있었다. 베이커 양의 속삭이는 듯 억양 없는 목소리가 꼭 아이를 달래는 듯한 분위기였다. 램프 불빛은 그의 부츠에서는 유난히 밝게, 그녀의 노란 낙엽 빛깔 머리카락에는 흐릿하게 반사되어 흐르다가 날씬한 팔로 살랑거리며 책장을 넘길 때면 종이를 따라 반짝거렸다.

우리가 방으로 들어가자 그녀는 손을 들어 잠시 조용히 기다려달라는 신호를 했다.

"다음 호에서 계속됩니다." 베이커 양이 말하고는 잡지를 탁자 위에 던졌다. 그러고는 불안하게 무릎을 들썩이며 몸을 펴고는 벌떡 일어섰다.

"벌써 열 시네요." 베이커 양은 천장에 매달린 시계를 보기라도 한 것처럼 말했다. "오! 우리 착한 아가씨는 잠자리에 들 시간이에요."

"아! 당신이 바로 조던 베이커 양이군요."

그녀의 얼굴을 어디서 많이 본 것 같은 이유를 그제야 알 수 있었다. 날렵하고 남을 얕보는 듯한 특유의 표정을 애슈빌과 핫스프링스 팜비치에서 선수 생활을 할 때 찍은 사진으로 본 적이 있었다. 그녀에 대해 그다지 유쾌하지 않은 이야기를 들은 적이 있었지만 분명한 내용은 이미 잊어버린 상태였다.

"잘 자요." 그녀가 녹아드는 듯한 목소리로 말했다. "여덟 시에 깨워줘야 해요. 알았죠?"

"일어난다면."

"일어날게. 캐러웨이 씨, 안녕히 가세요. 다음에 또 만나요."

그러자 데이지가 말했다.

"사실은 닉에게 소개하려고 했어. 그러니까 자주 들러. 난…… 두 사람을 함께 던져버릴 거야. 알지? 두 사람을 옷장에 집어넣고 문을 잠가버리든지 보트에 태워서 망망대해로 띄워 보내든지……."

"잘 자요." 베이커 양이 계단에 서서 소리쳤다. "나는 지금 한 마디도 듣지 않은 걸로 하겠어요."

"정말 멋진 여자야." 잠시 후 톰이 말했다. "저런 멋진 여자를 이런 시골 촌구석이나 쏘다니게 해서는 안 되는데."

"누가 그래서는 안 된다는 거예요?" 데이지가 쌀쌀맞게 물었다.

"조던 가족이지 누군 누구야."

"가족이라고 해봤자, 천 살 먹은 늙은 숙모 한 사람밖에 없어요. 그건 그렇고……. 계속 조던에게 신경 써줄 거지, 닉? 조던은 올 여름에 거의 우리 집에서 주말을 보낼 거야. 난 가정의 울타리가 그녀에게 좋은 영향을 줄 거라고 생각해."

톰과 데이지는 아무 말 없이 잠시 서로의 얼굴을 바라보았다.

"저 여자 뉴욕 출신이야?" 내가 물었다.

"아니. 루이빌 출신이야. 우리는 아무것도 모르던 소녀 시절을 그곳에서 보냈어. 아름답고 순수했던 날을……."

"당신 베란다에서 닉에게 다 얘기했어?" 톰이 갑작스럽게 물었다.

"뭘 얘기해요?" 그녀는 나를 쳐다보며 물었다. "기억이 잘 나지 않지만 우린 북유럽 인종에 관해 얘길 했어요. 그래, 그랬어요. 뭐랄까! 갑자기 떠오른 건데 당신이 우선 알아야 할 건……."

"닉! 무슨 말을 들었건 믿지는 말게나." 톰이 나에게 충고했다.

나는 아무 말도 듣지 못했노라고 말한 후 집으로 가려고 자리에서 일어섰다. 그들은 함께 문까지 따라나와 아름답기 그지없는 불빛 아래 나란히 섰다. 내가 자동차에 올라 떠나려고 하자 데이지가 명령조로 외쳤다.

"잠깐만요!" 그러고는 이렇게 덧붙였다. "물어볼 말이 있었는데 깜박 잊고 있었네요. 중요한 거예요. 서부에서 오빠가 누군가와 약혼을 했다고 들었어요."

"아, 맞아." 톰이 그녀의 말에 동의했다. "나도 자네가 약혼했다는 소릴 들었어."

"헛소문이야. 사실 난 그럴 여유도 없어."

"전 분명히 들었어요." 이렇게 주장하는 데이지의 얼굴이 다시 환한 꽃처럼 피어나는 데 놀랐다.

"세 사람한테 그 이야기를 들었으니 확실한 것이 틀림없어요."

물론 나는 그들이 무슨 말을 하는지 알고 있었다. 그러나 단연코 나는 약혼 비슷한 것도 해본 적이 없었다. 내가 동부로 간 것도 바로 그 소문 때문이었다. 단지 소문 때문에 옛 친구와 만나지 않을 수도 없었고, 소문이 났다고 결혼할 생각은 추호도 없었다.

그러나 나는 톰 부부가 보여준 관심에 어느 정도 감동했다. 그리고 그들은 내가 곁으로 다가갈 엄두도 낼 수 없을 정도로 엄청난 부자가 아니라는 사실을 알 수 있었다. 그런데도 나는 차를 몰고 집으로 오면서 혼란에 빠지는 바람에 기분이 언짢았다. 내 생각에 데이지는 어린애를 안고 당장 그 집에서 뛰쳐나와야 할 것 같았다. 하지만 그녀는 그럴 생각이 조금도 없는 것 같았다. 한편 톰이 '뉴욕에 연인을 두고 있다'는 사실보다 더 놀라운 것은 그가 책 한 권 때문에 우울해졌다는 사실이었다. 그처럼 강인한 육체조차도 더 이상 그의 독단적인 생각을 지탱해줄 수 없는 것 같았다. 그의 정신에 자리 잡고 있는 그 무엇인가가 그를 가장자리부터 갉아먹고 있었던 것이다.

여관의 지붕들을 배경으로 붉은색 새 휘발유 펌프가 불빛을 받으며 서 있는 길가 주유소를 보고 있노라면 여름이 한창 깊어가고 있음을 알 수 있었다. 나는 웨스트에그의 집에 도착하자마자 차를 주차한 뒤, 마당에 내팽개쳐져 있는 잔디밭 고르는 기계 위에 한동안 앉아 있었다.

바람이 한바탕 불고 지나가자 나무들이 내는 날개 부딪치는 소리로 밤은 소란스럽고 밝게 빛났다. 또 대지의 풀무가 개구리들에게 한껏 생기를 불어넣으면서 오르간 소리가 끊임없이 울려퍼졌다. 달빛에 어른거리는 지나가던 고양이의 실루엣이 눈에 띄자 좀 더 자세히 보려고 고개를 돌렸을 때, 나는 내가 혼자 있는 것이 아니라는 사실을 알 수 있었다. 50피트가량 떨어진 곳에 사람의 실루엣이 이웃집의 그림자 속에 나타나 두 손을 호주머니에 찌른 채 서서 은빛 후

츳가루를 뿌려놓은 듯한 별을 바라보고 있었다. 느긋해 보이는 동작과 잔디를 굳게 디디고 서 있는 안정된 자세로 보아 자기 몫의 하늘이 어디까지인지 살펴보려고 나온 개츠비임을 알 수 있었다.

그를 부르려고 했다. 베이커 양이 저녁을 먹으면서 그에 관해 얘기했던 것으로 소개는 충분할 것 같았기 때문이다. 그러나 그 순간 그가 혼자 있고 싶다는 암시를 보냈기 때문에 그를 부르는 걸 단념했다. 그는 두 팔을 어두운 바다를 향해 쭉 뻗었는데, 멀리 떨어져 있기는 했지만 그가 부르르 몸을 떨고 있는 게 확실하다고 생각했다. 무의식중에 나도 바다를 바라보았다.

이때 부두의 끝인지도 모르는 곳에서 초록색 불빛이 반짝이는 걸 보았을 뿐 다른 것은 아무것도 보이지 않았다. 내가 다시 개츠비를 쳐다보았을 때, 그는 그 자리에 없었고, 나는 어둠 속에서 또다시 혼자가 되었다.

2

웨스트에그와 뉴욕 시의 중간에는 황량함을 피해가기 위해 차도와 철로가 만나 4분의 1킬로미터 정도 나란히 달리는 곳이 있다. 바로 재의 계곡이란 곳이다. 재가 밀처럼 자라 산마루의 언덕과 기괴한 부조화를 이루는 환상적인 농장이다. 이 재는 집과 굴뚝과 굴뚝에서 피어오르는 연기 모양을 하고 있다가 아주 힘겹게 회백색의 사람 형상이 되어 뿌연 공기 속에 어렴풋이 움직이다가 금세 땅바닥에 무너져 내린다. 이따금 회색 자동차들이 한 줄로 보이지 않는 길을 따라 기어갔는데, 오싹하도록 끔찍한 비명을 지르다가 잠잠해졌다. 그러면 즉시 회백색 인간들이 납으로 만든 삽을 들고 몰려가 앞을 내다볼 수 없는 구름을 휘저어놓고, 그 뿌연 구름은 그들의 알 수 없는 작업을 볼 수 없게 가려버린다.

그러나 회색 땅과 대지 위에서 발작적으로 피어오르는 먼지 너머로 닥터 T. J. 에클버그의 눈을 볼 수 있다. 그의 눈은 푸르고 거대하다. 망막의 높이가 무려 1야드에 달한다. 눈만 있고 얼굴은 없는, 그리고 보이지 않는 코에 거대한 노란 안경을 걸친 그가 이쪽을 바라보고 있다. 틀림없이 장난기 있는 안과 의사가 퀸스 자치구에서 장사를 좀 해보려고 걸어놓은 뒤 그 자신은 영원히 눈이 멀어버렸거나 이 광고판을 까맣게 잊고 이사를 가버린 것 같았다. 오랜 세월 동안 단 한 번도 페인트칠을 하지 않은 채 햇볕에 그을리고 비를 맞아 빛이 바래긴 했지만 여전히 그 눈은 생각에 잠겨 장엄한 재의 계곡을 굽어보고 있었다.

재의 계곡 한쪽은 작고 더러운 강이 흐르고 있었는데, 강을 연결하는 개폐교가 화물선을 통과시키기 위해 들어올려지면 기차가 멈춰 섰다. 그럴 때면 승객들은 반 시간 동안 그 음울한 풍경을 바라볼 수밖에 없었다. 기차가 그곳에서 잠깐 동안 정지하곤 했는데, 내가 톰 뷰캐넌의 정부를 처음 만난 것도 바로 그때였다.

톰에게 숨겨놓은 정부가 있다는 것은 그의 이름이 알려진 곳이라면 어디에서나 화젯거리였다. 사람들은 그가 카페 같은 곳에 그녀를 자리에 앉혀 둔 채 어슬렁거리다 아는 사람을 만나기만 하면 누구든 붙잡고 지껄여댄다는 사실에 분노했다. 나는 그녀가 어떻게 생겼는지 궁금하기는 했지만 만나고 싶은 생각은 추호도 없었다. 하지만 운 나쁘게도 그녀를 만나고 말았다.

어느 날 오후 톰과 기차를 타고 뉴욕에 가는데, 기차가 재의 계곡에서 멈추자 그가 자리에서 벌떡 일어나 내 팔꿈치를 붙잡고 강제로 기차에서 끌어내렸다.

"여기서 내리자고!" 그가 고집을 부렸다. "자네한테 내 애인을 소개해주고 싶단 말이야!"

　나는 그가 점심 식사 때 술을 너무 마셔 취해서 그런 것이 아닌가 의심스러웠지만, 나를 정부에게 데리고 가겠다는 결심은 폭력적이라고 할 만큼 확고했다. 그는 자기 마음대로 내가 일요일 오후에는 그다지 할 일이 없을 것이라고 생각한 모양이었다.

　나는 석회 도료를 하얗게 칠한 낮은 담벼락을 넘어 그를 따라갔다. 우리는 닥터 에클버그의 끊임없는 시선을 받으며 길을 따라 뒤쪽으로 100야드쯤 걸어갔다. 보이는 것이라고는 오로지 황무지 끝에 서 있는 작고 노란 벽돌 건물뿐이었다. 그곳이 하나의 중심가라고 할 수 있었지만 그 근처에는 아무것도 없었다. 그 건물에는 상점 세 개가 있었는데 하나는 세를 놓고 있었고, 재의 계곡과 맞닿아 있는 다른 한 곳은 야간 영업을 하는 음식점이었으며, 세 번째 상점은 자동차 정비소였다. 그곳에는 '정비소. 조지 B. 윌슨. 자동차 사고 팝니다'라는 팻말이 붙어 있었다. 나는 톰을 따라 정비소 안으로 들어갔다.

　정비소는 장사가 잘 안 되는지 텅 비어 있었다. 게다가 자동차라고는 부서진 포드 한 대가 컴컴한 한구석에서 먼지를 뒤집어쓰고 있을 뿐이었다. 나는 자동차 정비소의 어두컴컴한 외관은 눈속임일 뿐 2층에는 호화로운 방들을 숨겨놓았을지도 모른다고 생각하고 있는데, 주인이 조각보에 손을 닦으며 사무실 앞에 모습을 드러냈다. 금발의 미남이었지만 빈혈이라도 있는지 생기가 없어 보였다. 우리를 보자 그의 옅은색 푸른 눈이 어렴풋한 희망으로 빛을 냈다.

"오, 윌슨! 잘 있었나?" 톰은 반갑다는 듯이 그의 어깨를 치며 말했다. "그래, 장사는 잘 되고?"

"뭐, 그저 그래요." 윌슨이 시큰둥한 얼굴로 대답했다. "그 차는 언제 파실 겁니까?"

"다음 주에. 지금 정비사가 손을 보고 있는 중이네."

"그 정비사는 꽤나 행동이 굼뜨군요. 안 그래요?"

"천만에! 그 반대라네." 톰이 차갑게 말했다. "자네가 그렇게 생각한다면 다른 곳에 팔아버리겠어."

"그게 아니라니까요." 윌슨이 재빨리 변명을 늘어놓았다. "저는 다만……"

그가 말끝을 흐리자, 톰이 조바심치듯 정비소 주위를 훑어보았다. 그때 계단을 내려오는 발소리가 들리더니 잠시 후 몸집이 제법 있어 보이는 여자가 사무실 문으로 들어오는 빛을 가로막고 섰다. 삼십 대 중반에 접어든 것 같은 그녀는 땅딸막한 키에 육감적인 몸매를 갖고 있었다. 검푸른 색 바탕에 물방울무늬 드레스를 걸쳤는데 특별히 예쁜 구석은 없었지만 온몸의 신경이 열기를 내뿜듯 생기발랄함을 발산하고 있었다. 그녀는 천천히 입가에 미소를 띠고는, 유령을 보듯 남편을 지나쳐서는 톰과 악수를 하고, 정면으로 그의 눈을 응시했다. 그러고는 입술을 축인 후 남편을 향해 낮고 거친 목소리로 말했다.

"의자 좀 갖다줘요. 앉으시게 해야죠."

"아, 그렇군." 윌슨은 급히 회색 벽에 연결된 작은 사무실로 갔다.

재의 계곡 부근에 있는 것은 모조리 뿌연 재를 뒤집어쓰고 있는 것처럼 그의 검은 양복과 윤기 없는 머리카락도 뽀얗게 먼지를 뒤집어쓰고 있었다. 그러나 그의 아내에게만은 전혀 재가 묻어 있지 않았다. 그녀가 톰에게 다가왔다.

"만나고 싶어." 톰이 흥분해서 말했다. "다음 기차를 타."

"그럴게요."

"지하에 있는 신문 가판대에서 기다릴게."

그녀가 고개를 끄덕였다. 얼마 후 조지 윌슨이 의자 두 개를 들고 나타나자 여자는 톰한테서 떨어져 섰다.

우리는 길 아래로 내려가 사람들의 눈에 잘 띄지 않는 곳에서 그녀를 기다렸다. 당시는 미국 독립 기념일을 며칠 앞둔 때여서 창백하고 깡마른 이탈리아계 아이들이 철길을 따라 폭죽을 늘어놓고 기다리고 있었다.

"정말 끔찍한 곳이지?" 톰이 닥터 에클버그와 찡그린 얼굴로 마주 보며 말했다.

"정말이야."

"여길 떠나는 게 그 여자에게도 좋아."

"남편이 반대할 것 같은데?"

"윌슨? 그자는 아내가 뉴욕에 있는 여동생을 만나러 가는 줄 알아. 끔찍하게 우둔해서 자기가 살아 있다는 사실조차 잊고 있다고."

이리하여 톰 뷰캐넌과 그의 정부와 나는 '함께' 뉴욕으로 갔다. 정확하게 말하자면 '함께' 라고 할 수가 없다. 왜냐하면 윌슨 부인이 눈치껏 기차의 다른 칸에 탔기 때문이다. 톰과 같은 기차를 타고 있을지도 모르는 이스트에그 주민들의 감정을 배려한 것이었다.

그녀는 갈색의 무늬의 모슬린 원피스로 갈아입었다. 톰이 뉴욕의 기차역 플랫폼에서 그녀를 에스코트해 내릴 때 그 옷은 그녀의 큼지막한 엉덩이에 착 달라붙어 있었다. 그녀는 신문 가판대에서 〈타운 태틀〉과 영화 잡지를 각각 한 권씩 샀고, 매점에서는 콜드크림과 작은 향수 하나를 샀다. 지상으로 올라온 그녀는 요란스러운 소음이 와자한 차도에서 택시를 넉 대나 그냥 보내고 나서야 비로소 회색 시트로 장식된 라벤더색 택시를 잡았다. 우리는 택시를 타고 사람들로 붐비는 역을 빠져나와 햇빛이 반짝이는 거리로 들어섰다. 이때 그녀가 창에서 재빨리 눈길을 칸막이로 돌리더니 앞유리를 두드렸다.

"저 개 좀 봐요. 개가 한 마리 있었으면 좋겠어요." 그녀가 진지한 목소리로 말했다. "아파트에서 기르고 싶어요. 개를 기르면 좋잖아요."

우리를 실은 차는 존 D. 록펠러를 닮은 백발노인 쪽으로 후진해 갔다. 노인의 목에 걸린 광주리 속에는 갓 태어난 강아지 열두 마리가 옹송거리고 있었다.

"무슨 종이에요?" 노인이 택시 창 쪽으로 다가오자 윌슨 부인이 진지하게 물었다.

"뭐, 종류는 다양합니다요. 부인께선 뭘 원하십니까?"

"경찰견 한 마리를 사고 싶어요. 설마 경찰견은 없겠지요?"

노인은 아리송하다는 듯 광주리를 들여다보더니 버둥거리는 강아지 한 마리를 들어올렸다.

"아니, 그건 경찰견이 아니잖소." 톰이 말했다.

"예, 경찰견이라고 할 수는 없지만." 노인은 희망을 잃은 목소리로 말했다. "에어데일테리어에 가깝습니다요." 노인은 갈색의 타월 같은 개의 등허리를 쓰다듬었다. "이 털 좀 보십쇼. 대단한 털입죠. 절대 감기에 걸리거나 해서 귀찮게 할 녀석이 아니라굽쇼."

"아, 정말 예뻐요." 윌슨 부인이 가볍게 달뜬 목소리로 말했다. "얼마죠?"

"이놈 말입니까?" 노인은 문제의 그 강아지를 감탄스러운 눈길로 바라보았다. "십 달러만 주십쇼."

그 에어데일테리어는 ─ 비록 다리가 놀라울 정도로 희기는 했지만 틀림없는 에어데일테리어였다 ─ 순식간에 바뀐 주인인 윌슨 부인의 무릎 사이로 파고들었다. 그러자 그녀는 추위를 타지 않는다는 강아지의 털을 황홀한 손놀림으로 쓰다듬었다.

"수컷이에요, 암컷이에요?" 그녀가 구체적으로 물었다.

"아, 수컷입지요."

"암캐야." 톰이 못을 박듯 말했다. "자, 돈 여기 있소. 그 돈이면 열 마리는 더 살 거요."

우리는 5번가를 향해 차를 달렸다. 일요일 오후의 한여름 공기는 목가적이라고 할 정도로 부드럽고 따뜻했다. 설사 한 무리의 양떼가 모퉁이를 돌아 거리에 나타난다고 하더라도 놀랄 것이 없을 정도로.

"차를 세워줘." 내가 말했다. "난 여기서 내릴게."

"안 돼." 톰이 재빨리 말했다. "자네가 아파트까지 가지 않으면 머틀이 섭섭해 할 거네. 안 그래 머틀?"

"함께 가요." 그녀는 떼를 쓰다시피 했다. "제 동생 캐서린을 전화로 부를게요. 사람들한테서 굉장한 미인이라는 소리를 듣는 애예요."

"저도 가고 싶기는 하지만……."

그리하여 우리를 태운 차는 센트럴 파크를 지나 웨스트 100번 대의 거리로 계속 달렸다. 택시는 158번가에 다다르자 흰 케이크처럼 죽 늘어선 아파트 한쪽에 멈췄다. 윌슨 부인은 왕궁으로 돌아온 여왕처럼 다소 거만하게 이웃을 훑어보면서 개를 비롯한 물건들을 들고 들어갔다.

"맥키 부부를 부를게요." 그녀가 엘리베이터를 타고 올라가면서 말했다. "아, 제 동생한테도 전화를 걸 거예요."

그녀가 사는 집은 아파트 맨 위층이었다. 아담한 거실과 식당, 그리고 목욕탕이 딸린 침실 하나가 있는 집이었다. 거실에는 태피스트리를 씌운 가구가 문간까지 꽉 들어차 있었다. 거실에 비해 가구가 너무 커서 태피스트리에 짜 넣은 베르사유 궁전의 정원에서 그네를 타고 있는 부인들의 그림에 걸려 넘어질 것 같았다. 벽에는 흐릿한 바위에 앉아 있는 수탉을 크게 확대한 사진 하나가 달랑 걸려 있었다.

그러나 멀리서 보면 수탉은 모자처럼 보였고, 그래서 살찐 노부인의 얼굴이 방 안을 향해 빙그레 웃는 것 같았다. 탁자 위에는 『베드로라는 시몬』, 낡은 〈타운 태틀〉 몇 권, 그리고 브로드웨이 스캔들이 실린 그렇고 그런 잡지 몇 권이 어지럽게 널려 있었다. 윌슨 부인의 정신은 온통 강아지에게 팔려 있었다. 엘리베이터 안내원은 마지못해 짚을 가득 채운 상자와 우유를 사러 가서는, 시키지도 않은 크고 딱딱한 개 비스킷까지 사왔다. 그 가운데 하나는 우유 접시 속에 버려진 채 흐물흐물 녹았다. 잠시 후 톰이 잠가뒀던 옷장에서 위스키 한 병을 가지고 왔다.

나는 평생에 걸쳐 술에 취한 적이 딱 두 번 있었는데, 그 두 번째가 바로 그날 오후였다. 여덟 시가 지나도록 밝은 햇살이 방 안에 가득 차 있었지만, 거기서 일어난 일들은 모두가 하나같이 희미하고 몽롱한 기억으로만 남아 있다. 윌슨 부인은 톰의 무릎에 앉은 채 몇 사람에게 전화를 했다. 담배가 떨어진 것을 안 나는 길모퉁이에 있는 가게로 담배를 사러 갔다. 담배를 사가지고 돌아와 보니 그들은 보이지 않았다. 나는 거실에 앉아 천천히 『베드로라는 시몬』을 읽었다. 책이 재미가 없어서인지 위스키 때문에 정신이 혼미해져서인지 내용을 통 알 수가 없었다.

톰과 머틀이 ― 술을 한잔 한 뒤부터 윌슨 부인과 나는 서로 이름을 불렀다 ― 다시 나타나자 손님들이 도착하기 시작했다.

머틀의 여동생 캐서린은 서른 살 정도 된 나이에 날씬한 몸매를 가진 속물로, 숱이 많은 붉은 단발머리에 우윳빛 분을 바르고 있었다. 좀 더 세련되게 보이려고 눈썹을 뽑고 펜슬로 다시 그렸지만 뽑힌 자리에서 눈썹이 다시 돋아나는 바람에 전체적으로 지저분해 보였다. 그녀가 몸을 움직일 때마다 두 팔에 달린 수많은 도기 팔찌가 위아래로 흔들리며 잘랑잘랑 소리를 냈다. 당당히 들어와서는 가구를 둘러보는 모습이 마치 그 집이 자기 것인 양 착각이 들게 할 정도였다. 그래서 내가 여기 사느냐고 물었더니 그녀는 호방하게 웃으면서 내 질문을 큰 소리로 한 번 되풀이하고는 자기는 친구와 함께 호텔에서 산다고 대답했다.

맥키 씨는 아래층에서 온 남자로, 창백한 얼굴에 여자 같은 느낌을 주었다. 광대뼈에 흰 비누 거품 자국이 선명하게 남아 있는 것으로 보아 방금 면도를 한 것 같았다. 그는 방에 있는 사람들에게 깍듯하게 인사를 하면서 '예술과 관계된 일'에 종사하고 있다고 말했다. 나는 나중에야 그가 사진사라는 것을 알고 벽에 걸린 머틀 어머니의 유령 같은 희미한 확대 사진을 만든 장본인이라고 짐작하였다. 그의 아내는 찢어지는 듯한 날카로운 목소리의 소유자로 기운이 없어보였고, 예쁘기는 했지만 끔찍할 정도로 지겨운 여자였다. 그녀는 결혼한 후 남편이 127번이나 사진을 찍어주었다고 자랑스럽게 늘어놓았다.

윌슨 부인은 얼마 후 크림색 시폰으로 섬세하게 재단된 드레스로 갈아입었다. 그녀가 드레스를 입고 방 안을 휩쓸고 다니는 동안 계속 사각거리는 소리가 났다. 옷이 날개라더니, 옷을 갈아입고 나자 인품마저 달라보였다. 자동차 정비소에서 보여주었던 강렬한 생명력은 순식간에 굉장한 거만함으로 바뀌어 있었다. 그리고 웃음, 몸짓, 말투는 시간이 지날수록 더욱 가식적으로 변했다. 그녀의 에너지가 점차 부풀어 오를수록 방은 점점 더 비좁아졌다. 그러더니 마침내 담배 연기가 자욱한 가운데 시끄럽게 삐걱거리는 회전축 위를 빙글거리며 돌고 있는 듯이 보였다.

"캐서린."

윌슨 부인이 뽐내듯 목소리를 높여 동생을 불렀다.

"그런 사람들은 널 속일 작정인 거야. 그들이 생각하는 건 돈뿐이라고. 지난주에 내가 발을 좀 봐달라고 어떤 여자를 불렀지. 그리고 청구서를 받았는데 나는 맹장 수술이라도 받은 줄 알았다니까."

"그 여자 이름이 뭔가요?"

맥키 부인이 물었다.

"에버하르트 부인이에요. 집집마다 돌아다니면서 사람들 발을 봐주고 다니지요."

"옷이 무척 예뻐요." 맥키 부인이 말했다. "정말 예뻐요."

윌슨 부인은 경멸하듯 눈썹을 치켜뜨면서 그녀의 칭찬을 묵살해 버렸다.

"유행 지난 낡은 옷이에요." 그러고는 덧붙였다. "아무렇게나 입어도 상관없는 자리에서나 가끔 걸치죠."

"하지만 당신이 입으니까 아주 멋져요. 제가 무슨 말을 하는지 알잖아요." 맥키 부인이 말을 이었다. "만약 제 남편 체스터가 당신의 그런 매력을 카메라로 잡아낸다면 꽤 그럴듯한 작품이 나올 거예요."

방 안에 있던 우리들은 말없이 윌슨 부인을 쳐다보았고, 그녀는 두 눈을 덮고 있는 앞머리를 쓸어 올리고는 밝은 미소를 지으며 우리를 바라보았다. 맥키 씨는 한쪽으로 고개를 돌리고는 그녀를 주시하다가 손을 눈앞에서 앞뒤로 천천히 움직였다.

"조명을 바꿔야겠어요." 잠시 후 맥키 씨가 말했다. "이목구비의 입체감을 살리려면요. 뒤쪽 머리카락도 모두 살리면서 말입니다."

"조명은 지금 이대로가 좋을 것 같은걸요." 맥키 부인이 소리쳤다. "제 생각에는……." 맥키 부인이 더듬거리며 말했다.

순간 그녀의 남편이 "쉿!" 하고 말을 끊자 우리는 모두 다시 한번 사진의 모델이 될 사람을 쳐다보았다. 그러나 톰은 무관심한 듯이 큰 소리로 하품을 하면서 자리를 박차고 일어섰다.

"맥키 부부가 마실 만한 게 없을까." 톰이 말했다. "머틀, 얼음이랑 탄산수를 좀 가져와. 모두들 자러 가기 전에 말이야."

"심부름하는 아이에게 가져오라고 시켰어요." 머틀이 하층민들의 게으름에 지쳤다는 듯이 눈썹을 치켜올렸다. "하여간 늘 다그쳐야 한다니까요."

머틀은 나를 보더니 멋쩍은 듯 애매한 미소를 지었다. 그런 후 강아지에게 달려가서 열렬히 뽀뽀를 하더니 열두 명의 요리사가 자신의 명령을 기다리고 있기라도 한 듯이 주방으로 갔다.

"언젠가 롱아일랜드에서 근사한 사진을 찍은 적이 있습니다." 맥키 씨가 말했다.

톰이 무심히 그를 쳐다보았다.

"그중 두 작품은 액자에 끼워 아래층에 걸어놓았지요."

"작품 두 개라니 무슨 뜻이오?" 톰이 물었다.

"아, 내 작품 말입니다. 그중 하나는 '몬턱포인트 — 갈매기', 다른 하나는 '몬턱포인트 — 바다' 라는 제목을 붙였지요."

그때 캐서린이 내 옆의 긴 소파에 앉았다.

"롱아일랜드에 사시나봐요?" 그녀가 물었다.

"웨스트에그에 살고 있습니다."

"오! 정말이에요? 한 달 전에 거기서 열린 파티에 갔었는데. 개츠비라는 사람의 집 말이에요. 혹시 그분 아세요?"

"물론이죠. 바로 저희 옆집에 살고 있지요."

"한테 그분은 빌헬름 황제의 조카라든가 사촌간이라고 하더군요. 그분이 가진 돈은 모두 거기서 나온다고 하던데요?"

"그게 정말입니까?"

그녀는 고개를 끄덕이며 말했다. "하지만 저는 그 사람이 무서워요. 그 사람이 나한테는 관심을 가지지 말았으면 좋겠어요."

그때 맥키 부인이 갑자기 캐서린 쪽으로 화제를 바꾸는 바람에 내 이웃에 관한 솔깃한 정보는 거기에서 멈추고 말았다.

"여보! 내 생각엔 당신이 캐서린과 꽤 괜찮은 작품을 만들어낼 수 있을 것 같아요." 그러자 맥키 씨는 귀찮다는 듯이 고개를 끄덕이고는 톰을 향해 말했다.

"전 롱아일랜드에서 좀 더 일을 하고 싶어요. 가능하다면 말입니다. 일단 시작만 하면 되는데."

"머틀한테 한번 부탁해보십시오." 톰이 말한 후, 머틀이 쟁반을 들고 들어오자 큰 소리로 웃었다. "이 사람이 당신한테 소개장을 써 줄 거요. 머틀, 안 그래?"

"소개장이라니요?" 그녀가 놀라서 되물었다.

"당신 남편을 모델로 작품을 만들도록 당신 남편에게 맥키를 소개하는 편지를 써주란 말이지." 제목을 생각하는 동안 그의 입술이 잠시 소리 없이 실룩거렸다. "'정비소의 조지 B. 윌슨'이나 뭐 그런 제목으로 말이야."

캐서린은 나에게 가까이 몸을 기울이더니 귓속말로 속삭였다.

"두 사람 모두 자기 배우자를 못마땅하게 생각해요."

"음, 그래요?"

"견딜 수가 없나봐요." 그런 후 그녀는 머틀과 톰을 번갈아 바라보았다. "제 말은 서로가 참을 수 없는데 왜 계속해서 살을 맞대고 사느냐 이거죠. 나 같으면 당장 이혼하고 둘이 합칠 텐데 말에요."

"머틀이 윌슨을 싫어하나요?"

이 물음에 대한 대답은 뜻밖이었다. 우리 두 사람의 말을 엿듣고 있던 머틀이 솔직히 '그렇다'고 대답했기 때문이다. 그런데 그 태도가 음탕하면서도 난폭했다.

"저것 봐요." 캐서린이 의기양양하게 말했다. 그녀는 목소리를 더욱 낮추었다. "사실 두 사람을 떼어놓고 있는 건 톰의 부인이에요. 그 여자는 가톨릭 신자인데, 가톨릭에서는 이혼을 허락하지 않아서 그런가봐요."

나는 데이지가 가톨릭 신자가 아니라는 것을 알았기 때문에 그럴 듯한 거짓말에 약간 충격을 받았다.

"저 두 사람이 결혼을 하면요." 캐서린이 말했다. "세상이 잠잠해질 때까지 잠시 서부에서 살 거예요."

"왜 유럽으로 가지 않고?"

"유럽을 좋아하나봐요?" 그녀가 놀라서 물었다. "몬테카를로에서 얼마 전에 돌아왔는데."

"오, 그랬군요."

'바로 지난해였어요. 친구들과 함께 갔었지요."

"오래 머물렀나요?"

"아니에요. 그냥 몬테카를로에만 갔다가 바로 돌아왔어요. 마르세유를 경유해서 갔었어요. 출발할 때 우리는 천이백 달러 남짓 가지고 갔는데 개인 도박장에서 이틀 만에 몽땅 잃었어요. 그래서 돌아올 때 얼마나 고생을 했는지 몰라요. 세상에! 그놈의 도시는 이제 진절머리가 나요!"

한순간 창문으로 늦은 오후의 하늘이 지중해의 푸른 바다처럼 환상적으로 비쳤다. 바로 그때 맥키 부인의 날카로운 외침이 들리는 바람에 사람들은 모두 방 안으로 시선을 돌렸다.

"저도 실수할 뻔했어요." 맥키 부인이 신이 나서 말했다. "몇 년 동안 절 따라다니던 키 작은 유대인과 결혼할 뻔했거든요. 저보다 못한 사람이라는 걸 알고 있었는데도 말예요. 모두 저한테 이렇게 말하더군요. '루실, 넌 그 남자와 맺어지기에는 너무 아까워!' 하지만 제가 체스터를 만나지 못했더라면 분명히 그 남자가 절 낚아챘을 거예요."

"물론 그럴 수도 있었겠지만," 머틀이 고개를 끄덕이면서 말했다. "결국 당신은 그 남자와 결혼하지는 않았잖아요."

"그래요. 하지 않았지요."

"하지만 나는 했어요." 머틀이 애매하게 말했다. "그게 당신과 나의 차이죠."

"언니, 언니는 왜 그 사람과 결혼한 거지?" 캐서린이 물었다. "아무도 그러라고 강요하지 않았는데 말이야."

머틀이 잠시 생각에 잠겨 있었다.

"그 사람을 신사라고 착각했기 때문이야." 마침내 머틀이 말했다. "난 그 사람이 아주 교양 있는 사람이라고 생각했거든. 그런데 알고 보니 내 신발 뒤꿈치도 핥을 자격이 없는 사람이었어."

"무슨 소리! 언니는 한동안 그에게 미쳐 있었잖아." 캐서린이 말했다.

"미쳐 있었다고?" 머틀은 믿을 수 없다는 듯이 소리를 질렀다. "내가 그 작자에게 미쳐 있었다고? 저기 있는 저 사람한테만큼도 그에게 마음을 준 적은 없어."

그러면서 그녀가 나를 가리키자 모두들 비난의 눈초리로 나를 바라보았다. 나는 그녀의 과거 애정 행각과 아무 관련이 없는 사람이라는 사실을 표정으로 보여주려고 노력했다.

"내가 미쳐 있었던 건 막 결혼했을 때뿐이었어. 하지만 금세 '아차! 실수했구나.' 깨달았지. 남편이란 작자는 결혼식 때 예복을 빌려 입고도 나한테 아무 말도 하지 않았어. 그런데 그 작자가 집에 없는 어느 날, 옷 주인이 옷을 찾으러 왔더라고. '아, 이게 댁의 양복인가요?' 하고 내가 물었지. 생전 처음 듣는 얘기였거든. 양복을 그에게 전해주고 난 뒤 난 오후 내내 울었어."

"정말이지 일찌감치 형부를 차버렸어야 하는데." 캐서린이 나를 바라보며 말했다. "두 사람은 자동차 정비소에서 십일 년 동안이나 살았어요. 그리고 톰이 언니의 첫 애인이었어요."

방에 있던 사람들은 위스키를 두 병째 마시고 있었다. '단 한 잔도 마시지 않아도 마신 것이나 다름없는 기분을 낼 수 있다'는 캐서린만 예외였다. 톰은 초인종으로 심부름꾼을 불러 넉넉한 저녁 식사가 될 만한 유명 브랜드의 샌드위치를 사오라고 시켰다. 나는 밖으로 나가 부드러운 황혼에 휩싸인 동편의 공원을 걷고 싶었지만, 발걸음을 내디딜 때마다 자극적이고 꺼림칙한 이야기가 밧줄처럼 내 발목을 잡아당겨 의자에 앉히곤 했다. 그때 도시의 하늘 위로 줄지어 늘어선 노란 창문들은 지금도 조금씩 어둠이 내리는 것을 고개를 들어 바라보는 사람들에게 삶의 비밀을 속삭여주고 있음이 틀림없었다.

나 역시 하늘을 올려다보며 그런 궁금증에 빠져 있던 사람 중 하나였다. 나는 때때로 변화무쌍한 삶의 한 순간에 매혹당하기도 하고, 혐오감을 느끼기도 하였는데, 그럴 때면 집 안에 있으면서도 집 밖에 있는 기분이었다.

머틀은 의자를 끌어당겨 나에게 다가오더니 느닷없이 더운 입김을 내뿜으며 톰과 처음 만났을 때의 이야기를 털어놓았다.

"기차를 탈 때면 늘 마지막까지 남는 자리가 있었어요. 대각선으로 서로 마주 보는 자리였는데 거기서 일이 벌어졌지요. 저는 동생과 함께 하룻밤을 보낼 작정으로 뉴욕으로 가는 길이었어요. 그이는 신사복에 번쩍이는 에나멜 구두를 신고 있었는데, 정말이지 눈을 뗄 수가 없더군요. 그래서 그가 나를 쳐다볼 때마다 그의 머리 위에 있는 광고를 보는 척했지요. 역에 도착했을 때 그이가 바로 제 곁에 있었는데, 글쎄 흰 와이셔츠 앞가슴으로 제 팔을 누르고 있지 뭐예요……. 그래서 저는 경찰관을 부르겠다고 협박했지만 그게 거짓말이라는 것을 그는 알고 있었죠. 저는 너무 흥분해서 그와 함께 택시 안에 있으면서도 지하철을 탄 것이 아니란 사실을 깨닫지도 못할 정도였다니까요. 아, 그때 제가 줄곧 생각한 것은 이것이었어요. '그래, 영원히 사는 것도 아니잖아. 영원히 사는 것도 아니잖아.'라는 것이었어요.

이때 머틀은 맥키 부인 쪽으로 몸을 돌렸고, 방 안 가득 그녀의 가식적인 웃음이 넘쳐흘렀다.

"이봐요." 머틀이 소리쳤다. "이 옷은 벗자마자 당신에게 줄게요. 나는 내일 또 살 거예요. 이제 사야 할 물건들을 적어둬야겠어요. 마사지 기계랑, 파마기랑, 개목걸이랑, 스프링이 달린 작고 예쁜 재떨이랑, 여름 내내 시들지 않고 어머니 무덤을 장식할 까만 비단 매듭 화환 등을요. 잊어버리지 않게 쇼핑 목록을 만들어야겠어요."

어느새 아홉 시가 되었다. 잠시 후 다시 내 시계를 보았을 때는 열 시가 되어 있었다. 맥키 씨는 마치 사진 속의 활기찬 사람의 사진처럼 꽉 쥔 주먹을 무릎 위에 올려놓고 잠들어 있었다. 나는 손수건을 꺼내어 오후 내내 신경을 자극하던 뺨에 말라붙은 비누 거품 자국을 닦아주었다.

강아지는 탁자에 앉아 담배 연기 자욱한 방 안을 왔다 갔다 하면서 때때로 작은 소리로 끙끙거렸다. 사람들은 사라졌다가 다시 나타났고, 시간이 가면서 어디론가 갈 계획을 세웠다. 그러다가 대화를 나누던 상대가 어디로 가버렸는지 찾아 헤매다가 멀지 않은 곳에서 다시 찾아냈다. 자정이 가까워졌을 때 윌슨 부인은 톰과 얼굴을 맞대고는 자신이 데이지의 이름을 언급할 권리가 있느냐를 두고 열을 내어 말다툼을 벌였다.

"데이지! 데이지! 데이지!" 윌슨 부인이 외쳤다. "내가 부르고 싶으면 언제든지 부를 수 있다고요. 데이지! 데이지! 데이……."

이때 톰 뷰캐넌이 능숙하게 그녀의 코를 후려쳤다.

얼마 후 목욕탕 바닥에서는 붉은 피가 묻은 수건들이 널렸고, 누군가가 꾸짖는 소리가 들렸다. 그리고 이런 소란보다 훨씬 더 큰 목소리로 아프다며 울부짖는 소리가 들렸다. 잠에서 깨어난 맥키 씨는 어안이 벙벙해져서 문 쪽으로 다가가더니 다시 되돌아서서 방 안의 광경을 바라보았다. 자신의 아내와 캐서린이 구급약을 들고 비좁은 가구 사이를 왔다 갔다 하며 가해자를 비난하고, 피해자를 위로하고 있었다. 절망에 빠진 머틀은 긴 소파에 누워 많은 피를 흘리며 베르사유 전경을 짜 넣은 태피스트리를 망가트리지 않으려고 애를 쓰면서 〈타운 태틀〉을 펼쳤다. 맥키 씨는 다시 돌아서서 문 쪽으로 갔다.

나도 걸어두었던 모자를 들고 그의 뒤를 따랐다.

"언제 점심이나 같이 하시죠." 내가 엘리베이터를 타고 한숨 돌리자 맥키 씨가 제안했다.

"어디서요?"

"어디서든지요."

"레버에서 손을 떼세요." 엘리베이터 안내원이 말했다.

"미안해요." 맥키 씨가 위엄이 서린 목소리로 말했다. "만지고 있는 걸 몰랐군."

"좋습니다." 나는 그의 점심 초대에 응하기로 했다. "기꺼이."

……그런 후 나는 그의 침대 옆에 서 있었고, 그는 속옷 차림으로 침대 속에 들어가 두 손에 포트폴리오를 들고 앉아 있었다.

" '미녀와 야수' …… '고독' …… '식품점의 늙은 말' …… '브루클린 다리' …….

잠시 후 나는 펜실베이니아 역의 매섭게 추운 지하 대합실에 누운 채 졸음을 참으면서 조간신문 〈트리뷴〉을 보며 새벽 네 시 기차를 기다리고 있었다.

3

내 이웃인 개츠비 집에서는 여름밤 내내 음악 소리가 끊일 새 없이 흘러나왔다. 그의 초록빛 정원에서는 별빛 아래서 젊은 남녀가 샴페인을 사이에 두고 달콤한 속삭임을 주고받으며 부나비처럼 오갔다. 오후의 만조가 되면 나는 그의 손님들이 래프트 꼭대기로 올라가서 다이빙을 하거나 해변의 뜨거운 모래 위에서 일광욕을 하는 모습을 지켜보았다. 때로는 두 대의 모터보트가 폭포처럼 거품을 일으키며 물 위로 수상 스키를 끌어 물길을 갈라놓기도 하였다. 그리고 주말이면 그의 롤스로이스가 아침 아홉 시부터 자정이 넘도록 시내에서 파티를 오가는 사람들을 실어 날랐고, 그의 스테이션왜건은 기차로 오는 손님을 위해 노란 딱정벌레처럼 열심히 돌아다녔다. 그리고 월요일에는 특별히 채용된 정원사를 비롯한 여덟 명의 하인들이 종일 걸레며 바닥 닦는 솔, 망치, 정원용 가위 등을 들고 밤 사이 망가진 곳을 손보았다.

매주 금요일마다 뉴욕의 과일가게에서 다섯 광주리의 오렌지와 레몬이 배달되었다. 그리고 월요일이면 이 오렌지와 레몬은 반으로 쪼개진 채 껍질만 남아 뒷문 밖에 피라미드처럼 쌓였다. 식당에는 주스 뽑는 기계가 있었는데, 집사가 엄지손가락으로 작은 버튼을 이백 번만 누르면 삼십 분 안에 이백 잔의 오렌지 주스를 만들어낼 수 있었다.

적어도 2주일에 한 번씩 파티를 준비하는 무리들이 수백 피트의 야회용 천막과 갖가지 현란한 색깔의 전구를 가지고 와서 개츠비의 거대한 정원을 크리스마스트리처럼 장식했다. 각각의 뷔페 테이블에는 풍성한 전채 요리와 양념을 하여 구운 햄, 알록달록한 샐러드, 밀가루 반죽으로 튀긴 돼지고기, 거무스름한 금빛 칠면조 요리 등이 한가득 차려져 있었다. 중앙 홀에는 진짜 황동으로 만든 레일 바를 설치했고, 진과 음료와 과일주가 있었다. 과일주는 워낙 오랫동안 숙성된 술이라서 어린 여자 손님들은 잘 구별할 수도 없었다.

일곱 시쯤 오케스트라 단원들이 도착했다. 그저 그런 5인조 악단이 아니라 오보에, 트롬본, 색소폰, 비올라, 코넷, 피콜로 등 저음과 고음의 드럼까지 완벽하게 갖춘 오케스트라였다. 해변에서 늦게까지 수영을 하던 사람들은 돌아와 위층에서 옷을 갈아입었다. 저택 안 도로 깊숙이까지 뉴욕에서 온 자동차들이 다섯 겹으로 주차되었고, 홀과 살롱과 베란다에는 컬러풀한 옷에 최신 유행의 기묘한 단발머리에 카스티야 산보다 질이 좋은 숄을 두른 여자들로 북적였다.

어느덧 바는 절정에 달했고, 칵테일 쟁반이 빙빙 돌아 바깥 정원까지 나가자 드디어 잡담과 웃음소리와 즉흥적인 풍자로 분위기가 무르익었다. 흥분에 들뜬 사람들은 누군가를 소개받고도 그 자리에서 금방 잊어버리는가 하면, 서로 이름도 모르는 여자들끼리 열띤 대화를 나누기도 하였다.

태양이 수평선 아래로 숨자 불빛은 더욱 밝아졌다. 드디어 오케스트라가 칵테일 음악을 연주하기 시작하자 오페라 곡을 부르는 듯한 고음의 목소리들은 한층 더 높아졌다. 시간이 지날수록 사람들의 입에서는 웃음이 쉽게 터져 나왔다. 대화를 나누는 그룹은 수시로 바뀌고, 새로운 손님들이 속속 도착하면서 사람들은 단숨에 흩어졌다 다시 모였다. 이리저리 배회하며 적응을 하지 못하는 사람이 있는가 하면, 다소 드센 여자들은 술이 취한 사람들 사이를 마구 비집고 다녔다. 그룹의 중심이 된 그녀들은 짜릿한 기쁨에 온몸이 젖어, 승리감에 취해 있었다. 그들은 끊임없이 바뀌는 불빛 아래 변화무쌍하게 홀을 미끄러지듯 누비고 다녔다.

잘랑거리는 오팔로 장식한 집시 차림의 여자들 중 한 명이 용기를 과시하듯 공중에서 칵테일 잔을 번쩍 들고 바닥에 쏟아버리더니, 조 프리스코처럼 손을 놀리며 천막 무대에서 춤을 추었다. 그러자 좌중은 숨을 죽인 채 보고 있었다. 오케스트라 지휘자가 그녀의 춤에 맞춰 음악을 지휘하였다. 그때 그녀가 '시사 풍자극'에 나오는 질다 그레이의 대역배우라는 뜬금없는 소문이 나돌자 갑자기 곳곳에서 술렁대기 시작했다. 드디어 파티가 시작된 것이다.

개츠비의 집을 처음 방문한 날 밤, 나는 정식으로 그에게 초대 받은 몇 안 되는 손님 가운데 한 사람이었다. 대부분의 손님들은 초대도 받지 않고 온 사람들이었다. 그들은 롱아일랜드행 자동차를 타고 개츠비 저택 앞에서 내린 것이다. 그곳에서 개츠비를 아는 누군가에 의해 소개가 되면 놀이공원에서 으레껏 하는 정도의 규칙에 따라서 행동했다. 때때로 그들은 개츠비를 만나지도 않은 채 돌아가기도 했는데, 그런 단순한 방문이 곧 초대권이었다.

나는 정식으로 개츠비의 초대를 받았다. 토요일 아침 일찍 푸른 제복을 입은 기사가 자기가 모시는 주인의 매우 형식적인 초대장을 들고 우리 집 잔디밭으로 건너왔다. 내용이라곤 오늘 밤 그의 '조촐한 파티' 에 왕림해주신다면 더없는 영광으로 생각하겠다는 것이었다. 그는 나를 몇 번 본 적이 있었는데, 오래전부터 우리 집을 방문하고 싶었지만 사정이 허락지 않아 그러지 못했다고 했다. 초대장 끝에는 위엄이 서린 필치로 '제이 개츠비' 라는 서명이 있었다.

나는 일곱 시가 조금 지났을 무렵, 하얀색 플란넬 양복을 차려입고 그의 잔디밭으로 건너갔다. 이리저리 휩쓸려 다니는 낯선 사람들 틈에서 나는 어색함을 감추지 못하며 어슬렁거렸다. 간혹 통근 열차에서 본 듯한 눈에 익은 얼굴을 만나기는 했지만 말이다. 나는 생각보다 젊은 영국인들이 많이 눈에 띄는 것을 보고 놀랐다. 그들은 하나같이 옷을 잘 차려입었지만 어딘가 굶주린 듯한 얼굴이었는데, 낮고 진지한 목소리에 신뢰감이 있고 부유해 보이는 미국인들과 이야기를 나누고 있었다. 그들 모두가 주식이든 보험이든 자동차든 뭔가를 팔고 있다는 느낌이 강하게 들었다. 그들은 적어도 넘치게 굴러다니는 눈 먼 돈이 가까이 있음을 애가 탈 정도로 정확하게 꿰뚫어

보고 있었다. 말만 잘하면 그 돈이 자신의 것이 되리라고 확신하는 모양이었다.

파티 장소에 도착하자마자 나는 주인을 찾았다. 몇몇 사람들을 붙잡고 그가 어디에 있느냐고 물어보았지만 그들은 다소 놀란 눈으로 나를 보면서 그에 대해서는 아무것도 모른다고 딱 잘라 말했다. 그래서 나는 칵테일 테이블이 있는 곳으로 슬그머니 꽁무니를 빼고 말았다. 그곳이야말로 하릴없는 외톨이들이 혼자 왔음을 들키지 않고 얼쩡거릴 수 있는 유일한 장소였다.

어색한 기분에서 벗어나기 위해 한잔 마시고 거나하게 취해볼까 하고 있는데 베이커 양이 집 안에서 나오더니 대리석 계단 꼭대기에서 몸을 뒤로 젖히고는 경멸과 흥미로움이 뒤섞인 묘한 얼굴로 정원을 바라다보았다.

이때 나는 지나가는 사람들에게 인사라도 건네려면 누군가와 함께 있는 것이 유리하다는 것을 터득했다.

"안녕하십니까!" 나는 그녀 쪽으로 다가가면서 큰 소리로 외쳤다. 내 목소리가 정원을 가로질러 우스꽝스러울 정도로 크게 들렸다.

"혹시 오실지도 모른다고 생각했어요." 내가 다가가자 그녀가 대꾸했다. "이웃에 사신다는 게 생각나서……."

그녀는 특별히 잘 보살펴주겠다는 약속이나 하듯 불쑥 내 손을 잡더니, 층계 밑에 서 있는 노란 드레스를 입은 두 여자에게 다가갔다.

"안녕하세요!" 두 여자가 동시에 말했다. "당신의 이번 대회 성적은 정말 유감이에요."

이는 골프 대회를 두고 말하는 것이었다. 그녀는 지난주 결승전에서 졌던 것이다.

"당신은 우리가 누군지 모르지요?" 노란 드레스를 입은 두 여자 중 한 명이 말했다. "한 달 전에 여기서 당신을 만났어요."

"그 뒤에 머리를 염색하셨군요."라는 조던의 말과 함께 나는 발걸음을 옮기기 시작했고, 두 여자도 별 생각 없이 계속 걸어가는 바람에 그녀의 말은 마치 요리 배달업자의 광주리에서 꺼내자마자 먹어치우는 따끈한 저녁 식사처럼 사라져, 때 이르게 떠오른 달을 향해 내뱉은 격이 되고 말았다.

구릿빛으로 그을린 조던의 날씬한 팔이 내 팔을 감은 채 우리는 계단을 내려가서 정원 근처를 산책했다. 황혼 속에서 칵테일 쟁반이 우리에게 전달되었고, 우리는 노란 드레스의 두 여자와, 우리에게 하나같이 멈블이라고 소개한 세 남자와 함께 한 식탁에 앉았다.

"이런 파티에 자주 참석하시나요?" 조던이 옆에 있는 여자에게 물었다.

"당신을 만났을 때가 마지막이었어요." 자신 있는 목소리로 재빠르게 여자가 대답했다. 그러고는 친구 쪽으로 고개를 돌렸다. "루실, 너도 그렇지?"

루실이라는 여자도 그렇다고 했다.

"난 이런 파티가 좋아요." 루실이 말했다. "뭘 어쩌든 신경을 쓰지 않으니 기분 좋게 즐길 수 있거든요. 지난번에 여기에서 옷이 소파에 걸려 찢어졌을 때 그분이 제 이름과 주소를 묻더군요. 그러고는

60

일주일도 안 되어 크루아리에 의상실에서 새 이브닝드레스 한 벌을 소포로 보냈더군요."

"그래, 그 옷을 받았나요?" 조던이 물었다.

"당연하지요. 오늘 그 옷을 입고 오려고 했는데 가슴 쪽이 너무 커서 포기했지요. 보라색 구슬이 달린 옅은 푸른색 드레스예요. 이백육십오 달러나 하는 고가 옷이에요."

"그런 지나친 호의를 보이는 사람에게는 뭔가 수상한 구석이 있는 법이에요." 또 다른 여자가 끼어들며 말했다. "그 사람은 누구와도 말썽이 생기는 걸 원치 않는 것 같았어요."

"그 사람이라니? 누굴 말하는 겁니까?" 내가 물었다.

"개츠비요. 누군가에게 들은 얘기로는……"

그 두 여자와 조던은 친근하게 서로 몸을 기울였다.

"그 남자는 사람을 죽인 적도 있대요."

순간 우리는 약속이나 한 듯이 전율로 몸을 떨었다. 세 명의 멈블씨도 몸을 앞으로 기울이고 있었다.

"난 절대 그렇게 생각지 않아." 루실이 의심스럽다는 투로 말했다. "그가 전쟁 중 독일 첩자였다는 말이 더 정확한 것 같아."

세 남자 중 한 명이 그 말을 확인이라도 해주듯 고개를 끄덕였다.

"나는 독일에서 그 사람과 함께 자랐기 때문에 그에 관해서는 모르는 것이 없는 사람한테서 들었어요." 그는 확신에 찬 어조로 말했다.

"아, 아니에요." 첫 번째 여자가 말했다. "절대 그럴 리가 없어요. 왜냐하면 그는 전쟁 중에 미군에 소속되어 있었어요." 우리가 자신의 말을 믿으려는 기색을 알아차린 그녀는 몸을 더욱 앞으로 구부렸다. "혼자 있을 때의 그의 표정을 보세요. 살인을 한 사람이 틀림없다니까요."

그녀는 눈을 찡그리며 몸을 떨었다. 루실도 따라서 몸을 떨었다. 우리는 고개를 돌려 개츠비를 찾으려고 주위를 살폈다. 세상일을 놓고 수군거리는 일에 흥미를 잃은 사람들조차 개츠비에 관해 쑥덕거린다는 것은, 그가 세상 사람들에게 그만큼 낭만적인 추측을 불러일으키고 있다는 증거였다.

첫 번째 만찬이 나오자 — 자정이 되면 한 번 더 나올 예정이었다. — 조던은 정원의 다른 쪽 테이블에 자리 잡고 있는 자신의 일행과 함께 식사를 하자며 나를 초대했다. 그곳에는 조던의 경호원 격으로 따라온 남자와 세 쌍의 커플이 있었다. 그 경호원은 억지스런 농담을 해대는 대학생으로, 조던이 조만간 어떤 식으로든 자신에게 굴복할 것이라고 생각하는 모양이었다. 이들은 한 곳에 앉아 위엄 있는 태도를 유지하면서 시골의 차분하면서도 고상한 품위를 대표하는 역할을 자처하고 있었다. 이곳 이스트에그 사람들은 웨스트에그 사람들을 대할 때면 일부러 자기를 낮추었지만 그들의 휘황찬란한 쾌락을 경계하고 있는 것 같았다.

"우리 밖으로 나갈래요?" 조던이 어색한 분위기 속에서 반 시간 가량을 보낸 뒤 속삭이듯 말했다. "여긴 제가 있기엔 너무 점잖은 자리라서요."

나와 같이 일어서면서 그녀는 그 대학생에게 우리는 주인을 찾아간다고 말했다. 그녀는 내가 개츠비를 만나본 적이 없기 때문이라고 말했는데, 그 말이 나를 불안 속으로 몰아넣었다. 그 대학생은 다소 냉소적이면서도 우울한 얼굴로 고개를 끄덕였다.

우리가 둘러본 바에는 사람들로 붐비고 있었지만 개츠비는 보이지 않았다. 계단 꼭대기에도 베란다에도 없었다. 이곳저곳을 기웃거리다가 묵직해 보이는 문을 열고 천장이 높은 고딕식 서제로 들어갔다. 영국 산 참나무 조각으로 장식된 그 서제는 외국의 유적을 통째로 옮겨놓은 모형이었다.

이때 테이블 끝에 앉은 건장한 중년 사내가 커다란 올빼미 안경을 끼고 술에 취한 눈빛으로 서가를 바라보고 있었다. 우리가 들어서자 그는 의자를 휙 돌리더니 조던을 머리끝에서 발끝까지 훑어보았다.

"어떻게 생각하십니까?" 그는 밑도 끝도 없이 이렇게 물었다.

"뭘 말입니까?"

그는 서가를 향해 손을 흔들었다.

"저것들 말이오. 하지만 당신이 저것들의 진위 여부를 확인할 필요는 없어요. 내가 이미 조사했으니까 말이오. 저것들은 모두 진짜요."

"저 책들을 말하는 거요?"

그는 고개를 끄덕였다.

"완벽한 진짜요. 페이지도 빠진 게 없어요. 난 처음엔 저것들이 마분지로 만든 장식용 책일 거라고 생각했소. 그런데 진짜였소. 자, 여길 좀 보시오! 내가 직접 보여드리리다."

우리가 의심할 것이라고 생각했는지 서가로 달려간 그는 『스토더드 강연집』 제1권을 가지고 돌아왔다.

"자, 보시오!" 그는 의기양양한 목소리로 소리쳤다. "이건 진짜 인쇄물이란 말이오. 나도 처음에는 속았지요. 이 집 주인은 데이비드 벨라스코 같은 존재요. 이건 대단한 위업이오. 정말이지 철두철미하지 않소. 놀라운 리얼리즘이지요! 적정선을 넘어서지도 않았고, 붙어 있는 책장(오래된 고본은 접지한 상태로 책장을 자르지 않고 나왔다.)을 칼로 자르지도 않았소. 그런데 여긴 뭘 하러 들어온 거요? 찾는 것이라도 있소?"

그는 나에게서 책을 낚아채듯 빼앗더니 한 권이라도 빠지면 서가 전체가 무너질지도 모른다고 투덜거리며 다시 꽂았다.

"당신들은 누굴 따라왔소?" 그가 따지듯 물었다. "아니면 그냥 온 거요? 나는 누가 데려다줘서 왔는데, 대부분 누군가를 따라서 오더군."

조던은 그의 말이 재미있다는 듯 촉각을 곤두세우며 그를 바라보았다.

"나는 루스벨트라는 여자가 데려다줬소." 그는 계속 덧붙였다. "클로드 루스벨트 부인 말이오. 혹시 그녀를 아시오? 어젯밤 어딘가에서 그녀를 만났지요. 오늘까지 일주일을 꼬박 술을 마셨소. 그래서 서재에 앉아 있으면 술이 좀 깰 거라고 생각했소."

"그래, 술이 좀 깼나요?"

"조금 깬 것 같소. 확실하지는 않지만 말이오. 서재에 들어온 지

겨우 한 시간밖에 되지 않았거든. 내가 당신들한테 저 책 이야기를 했었소? 저것들은 진짜 책이란 말이오. 저 책들은……."

"이야기하셨어요."

우리는 그와 깍듯하게 악수를 한 후 다시 밖으로 나왔다. 정원의 천막에서는 무도회가 시작되고 있었다. 늙은이들은 끝없는 원을 그리느라고 체통을 잃어버린 채 젊은 여자들을 뒤로 밀어내고 있었고, 춤을 잘 추는 커플들은 한구석에서 비틀거리면서도 우아함을 잃지 않은 채 부둥켜안고 춤을 추고 있었다. 그리고 혼자 온 여자들은 혼자서 춤을 추거나 잠시 숨을 돌리며 오케스트라에서 밴조나 타악기 연주자의 수고를 덜어주고 있었다.

한밤중이 되자 무도회는 더욱 소란스러워졌다. 유명한 테너 가수가 이탈리아어로 노래를 부른 후, 이름난 알토 가수가 재즈 스타일로 노래했다. 그 사이사이의 정원 곳곳에서는 눈길을 끄는 묘기가 벌어졌고, 다른 한쪽에서는 행복한 듯하지만 어쩐지 공허한 웃음소리가 터져 나와 여름 하늘로 솟아올랐다. 무대에 오른 한 쌍의 자매는 — 알고보니 노란 드레스를 입은 그 아가씨들이었다 — 시대극 의상을 입고 어린애 흉내를 내었다. 이때 핑거볼보다 더 큰 잔에 담긴 샴페인이 돌았다. 달은 한층 높이 떠올랐다. 바다에 비친 달은 마치 세모꼴의 은빛 비늘이 떠 있는 것 같았는데, 그것은 잔디 위에서 울려 퍼지는 서툰 솜씨의 작은 밴조 소리에 맞춰 가늘게 떨리고 있었다.

나는 조던 베이커와 여전히 함께였다. 우리는 우리 또래의 남자한 명과 조금만 우스갯소리를 해도 미친 듯이 웃어대는 부산스러운 아가씨와 같은 테이블에 앉아 있었다. 그제야 나는 분위기에 도취되었다. 핑거볼 두 개 정도 양의 샴페인을 마시자 드디어 내 눈앞에서 벌어지는 파티의 광경이 심오하고 의미 있게 느껴졌다.

소란이 잠시 가라앉은 틈에 그 남자가 나를 보고 미소를 지었다.

"낯이 익습니다." 그가 깍듯하게 말했다. "혹시 전쟁 때 삼사단에 있지 않았습니까?"

"그렇습니다만, 구기관총 대대에 있었지요."

"하! 저는 천구백십팔 년 유월까지 칠보병대에 있었습니다. 전에 어딘가에서 뵌 듯하더군요."

비가 잦아들면서 날씨는 음산해졌다. 우리는 한동안 프랑스의 작은 마을 이야기를 나누었다. 얼마 전에 수상 스키를 샀는데, 내일 아침에 타볼 생각이라고 하는 것으로 보아 그는 그 근처에 살고 있는 것 같았다.

"저랑 같이 가시지 않겠습니까, 친구? 바로 이 근처 바닷가예요."

"몇 시에요?"

"당신이 편한 시간 아무 때나요."

그의 이름을 물으려는 찰나, 조던이 주위를 둘러보고는 미소를 지으며 물었다.

"이제는 기분이 좀 나아지신 모양이지요?"

"네, 아주 기분이 좋아졌어요." 나는 남자 쪽으로 얼굴을 돌렸다. "저한테는 상당히 낯선 파티입니다. 아직 주인도 만나보지 못했거든요. 저는 저쪽 건너편에 살고 있습니다." 나는 손을 들어 멀리 보이지 않는 울타리 쪽을 가리켰다. "개츠비라는 분이 기사에게 시켜 초대장을 보냈더군요."

그는 내 말을 못 알아들었는지 잠시 나를 쳐다보았다.

"제가 개츠비입니다." 그가 불쑥 말했다.

"뭐라고요!" 나는 하마터면 큰 소리를 지를 뻔했다. "아, 실례했습니다."

"아시는 줄 알았습니다, 친구! 제가 주인 노릇을 제대로 못했나보군요."

말하면서 그는 사려 깊은 미소를 지었다. 아니, 사려 깊음 이상을 담은 미소였다. 영원히 변치 않을 듯한 확신을 내비치는, 일생을 통해 네댓 번밖에는 만날 수 없는 그런 미소였다. 잠시 동안 영원을 대면한 ― 혹은 대면한 듯한 ― 미소였고, 또한 당신을 좋아할 수밖에 없으며, 당신에게 온 마음을 쏟겠다고 맹세하는 듯한 미소였다. 당신이 이해받고자 하는 만큼 당신을 이해하고, 당신이 신뢰받고자 하는 만큼 당신을 믿으며, 당신이 전하고 싶어 하는 최대한의 호의적인 인상을 분명히 전달받았다고 전해주는 그런 미소였다. 하지만 그 미소는 잠깐 사이에 사라져버렸다. 어느새 내 앞에는 서른 살 남짓의 단정하고 우아한 젊은 남자가 서 있었다. 그러나 공을 들여 격식을 차린 그의 말투는 기껏 어리석다는 느낌을 겨우 벗어난 수준이었다. 자기소개를 하기 직전까지 그가 단어를 매우 조심스럽게 골라 쓰고 있다는 인상이 강하게 느껴졌다.

개츠비가 자신의 정체를 밝힌 뒤 곧바로 집사가 그에게 와서 시카고에서 전화가 왔다고 했다. 그는 우리를 한 사람씩 돌아보면서 고개를 가볍게 숙이며, 실례했다고 말했다.

"필요한 게 있으면 뭐든지 부탁하십시오, 친구." 그는 나에게 정중하게 말했다. "그럼 이만 실례하겠습니다. 나중에 다시 뵙지요."

그가 가자마자 나는 조던을 바라보았다. 내가 놀랐다는 것을 그녀에게 확인시켜줘야 할 것 같았기 때문이었다. 나는 개츠비 씨가 혈색 좋고 비대한 중년 신사일 거라고 생각했던 것이다.

"저 사람은 어떤 사람입니까?" 내가 물었다. "뭐 아는 게 있나요?"

"개츠비라는 이름을 가진 사람일 뿐이에요."

"어디 출신이냔 말입니다. 그는 뭘 하는 사람입니까?"

"오! 이젠 당신도 드디어 그 주제에 걸리셨군요." 그녀는 희미한 미소를 띠며 대답했다. "글쎄요……. 누군가가 옥스퍼드 대학 출신이라고 하더군요."

개츠비의 배경이 드디어 형태를 잡아가는 듯했지만, 그녀의 다음 말 때문에 다시 사라져버리고 말았다.

"하지만 난 믿지 않아요."

"왜죠?"

"나도 모르겠어요." 그녀는 힘주어 말했다. "왠지 그가 거기에 다녔으리라고 생각되지 않아요."

그녀의 말의 뉘앙스 속에는 "어쩐지 그는 살인을 저지른 범죄자 같아요."라고 했던 다른 여자의 말이 뒤섞이면서 호기심이 일게 했다. 개츠비가 루이지애나 주의 습지대 출신이거나 뉴욕 시의 이스트 사이드 아래쪽 출신이라고 해도 믿었을지 모른다. 그럴 듯했기 때문이다. 하지만 젊은 사람들은 — 적어도 나의 짧은 경험으로 본다면 — 어디인지도 모르는 곳에서 흘러 들어와서 롱아일랜드 해협에 궁전 같은 저택을 사지는 않을 것이었다.

"뭐 그야 어쨌든, 그가 여는 파티는 정말이지 성대해요." 구질구질한 이야기라면 딱 질색이라는 뜻 조던이 화제를 돌렸다. "그리고 전 이렇게 성대한 파티가 좋아요. 특별히 내 존재가 눈에 띄지 않잖아요. 작은 파티에는 프라이버시라곤 없거든요."

그때 북소리가 크게 울리더니 오케스트라 지휘자의 목소리가 정원의 떠들썩한 소리를 누르며 크게 울렸다.

"신사 숙녀 여러분!" 그가 큰 소리로 외쳤다. "개츠비 씨의 요청으로 여러분을 위해 블라디미르 토스토프의 최근작을 연주하겠습니다. 이 작품은 지난 오월, 카네기홀에서 성황리에 연주된 바 있습니다. 이미 신문을 보신 분은 알고 있겠지만 엄청난 센세이션을 불러일으킨 작품이지요." 그는 깍듯한 예의로 유쾌하게 미소를 짓고는 이렇게 덧붙였다. "사실 그저 그런 센세이션이었지요." 그러자 사람들이 모두 웃음을 터뜨렸다.

"이 작품은 블라디미르 토스토프의 〈세계 재즈사〉라고 알려져 있지요." 그가 힘차게 말을 맺었다.

하지만 토스토프의 곡은 내 귀에 제대로 들리지 않았다. 연주가 시작되자마자 대리석 계단 위에 홀로 서서 여기저기 모여 있는 사람들을 흐뭇한 시선으로 둘러보고 있는 개츠비의 모습을 보았기 때문이다.

팽팽한 피부는 햇볕에 적당하게 그을려 있었고, 짧고 단정한 머리카락은 말할 수 없이 상쾌해 보였다. 그런 그에게서는 어떤 사악한 면도 발견할 수 없었다. 단지 술을 한 잔도 마시지 않는다는 사실만이 그를 다른 사람들과 달라 보이게 할 뿐이었다. 손님들이 떠들어대는 소리가 커지면 커질수록 그는 더욱 빈틈이 없어 보였다. 〈세계 재즈사〉 연주가 끝나자 여자들은 강아지처럼 남자들 어깨 위에 머리를 기대었다. 그런가 하면 누군가가 받쳐줄 거라고 생각하고는 남자들의 팔 쪽으로, 심지어 사람들 속으로 장난스럽게 몸을 뒤로 젖혀 넘어지는 여자들까지 있었다. 하지만 그 누구도 개츠비한테는 몸을 기대려 하지 않았다. 게다가 프랑스식 단발머리를 한 여자들도 개츠비의 어깨는 건드리지 않았다. 개츠비를 둘러싸고 함께 노래를 부르는 사람조차 없었다.

"실례합니다."

그때 개츠비의 집사가 갑자기 우리 옆에 나타났다.

"혹시 베이커 양 아니십니까?" 그가 물었다. "실례합니다만 개츠비 씨가 단둘이서 말씀을 나누고 싶다고 하십니다."

"저랑요?" 그녀가 소스라치게 놀라 소리쳤다.

"네, 그렇습니다만."

그녀는 나한테 눈썹을 추켜올려 보이면서 천천히 자리에서 일어나 집사를 따라 집 쪽으로 걸어갔다. 나는 그제야 이브닝드레스를 입은 그녀의 뒷모습을 보라보았는데, 그녀는 이브닝드레스조차도 꼭 운동복을 입은 것처럼 보였다. 그녀는 맑고 상쾌한 아침에 골프장에서 처음 골프를 배우는 사람처럼 경쾌하게 몸을 놀렸다.

나는 혼자 남게 되었고, 시간은 벌써 두 시를 가리키고 있었다. 테라스 위로 창이 많은 기다란 방에서 들리는 소란 속에 궁금증을 일으키는 소리가 들려왔다. 조던과 같이 온 대학생이 코러스 걸 두 명과 산부인과에 관한 이야기를 하면서 같이 어울리자고 조르는 바람에 나는 그들을 피해 집 안으로 들어갔다.

커다란 방 안에는 사람들로 붐볐다. 그때 노란 드레스를 입은 아가씨 중 하나가 피아노를 치고 있었고, 그녀 옆에서는 유명한 코러스 출신의 키가 크고 붉은 머리카락을 가진 젊은 부인이 노래를 부르고 있었다. 샴페인을 너무 많이 마시는 바람에 잔뜩 취해 세상이 온통 슬픈 일 천지라고 결론을 내린 목소리였다. 그녀는 노래를 부르면서 울었다. 노래를 부르다 멈출 때면 숨을 헐떡이며 흐느낀 뒤 다시 떨리는 소프라노로 계속 노래했다. 그러자 하염없는 눈물이 그녀의 두 뺨에 흘러내리면서 두껍게 칠해진 속눈썹에 닿는 바람에 화장이 번지면서 눈물은 검은 실개천처럼 흘렀다. 누군가가 우스갯소리로 얼굴에 그려진 악보대로 노래를 하는 모양이라고 하자 그녀는 두 손을 번쩍 들어올리고는 소파에 푹 파묻혀 그대로 깊은 잠에 빠지고 말았다.

"저 여자는 남편이라고 떠드는 남자와 다퉜어요." 내 곁에 있던 한 여자가 말했다.

나는 주위를 둘러보았다. 아직 집으로 돌아가지 않고 남아 있는 여자들은 대개 남편과 싸우고 있었다. 조던 일행으로 이스트에그에서 온 두 부부도 다툼 끝에 각자 떨어져 있었다.

한 남자가 호기심에 가득 찬 얼굴로 젊은 여배우에게 말을 걸자, 그의 아내는 품위를 지키느라고 처음엔 무관심한 체하면서 웃어넘길 작정을 하다가 순식간에 이성을 잃고 공격하기 시작했다. 대화가 잠시 끊긴 틈을 타고 날카롭게 각이 진 다이아몬드처럼 성마르게 남편에게 다가가 그의 귀에 대고 "당신 약속했잖아요." 하고 소리를 지른 것이다.

집으로 돌아가기 싫어하는 것은 바람난 사내들만이 아니었다. 이제 흘은 술에 취하지 않은 두 남자와 몹시 화가 난 그들의 부인들이 차지하고 있었다. 부인들은 화가 날 대로 났지만 이성을 되찾으려고 노력하면서 서로를 위로하고 있었다.

"참 나! 내가 기분을 좀 내려고만 하면 저이는 집으로 가자고 조른다니까요."

"그런 이기적인 남편 이야기는 처음 듣네요."

"우린 항상 맨 먼저 집에 가는 편이에요."

"우리 역시 그래요."

"이봐! 한데 오늘은 우리가 맨 마지막까지 남은 손님이 되었다고." 두 남자 중 한 명이 낮은 목소리로 말했다. "오케스트라는 이미 삼십 분 전에 떠났소."

그렇게 심술궂게 나오다니 참을 수 없다며 부인들이 입을 모았지만 언쟁은 짧은 다툼으로 끝나버렸다. 끝내 두 부인은 발버둥을 치면서 어둠 속으로 끌려나가고 말았다.

홀에서 하인이 모자를 가져다주기를 기다리고 있는데, 조던 베이커와 개츠비가 서재에서 함께 걸어 나왔다. 개츠비가 마지막으로 뭔가 말을 하려고 할 때 사람들이 그에게 작별 인사를 하려고 다가오자 그의 열정적인 태도가 순간적으로 경직되었다.

일행이 현관에서 베이커를 재촉하였지만 그녀는 악수를 하느라 잠시 동안 머뭇거렸다.

"방금 정말 놀라운 얘길 들었어요." 그녀가 속삭이듯 말했다. "우리가 저기서 얼마나 오래 있었나요?"

"글쎄…… 한 시간쯤 됐을 거요."

"이건…… 정말로 놀라운 얘긴데요." 그녀는 얼빠진 얼굴로 반복해서 말했다. "하지만 입을 다물겠다고 맹세했으니 당신을 애태울 수밖에 없네요." 그녀는 나를 바라보며 우아하게 하품을 했다. "저에게 연락 줄래요……? 전화번호부에서…… 시고니 하워드 부인 이름으로…… 제 친척 아주머니예요……." 그녀는 이렇게 말하면서 서둘러 떠났다. 그녀는 구릿빛 손을 흔들어 활달하게 인사하면서 문간에 서 있는 일행 속으로 사라졌다.

나는 처음 초대되어 온 파티에 너무 늦게까지 남은 것이 조금 부담스러웠지만 개츠비를 중심으로 모여 있는 손님들과 마지막까지 어울렸다. 초저녁부터 그를 찾아다녔는데, 정원에서 알아보지 못하여 미안하다는 말을 전하고 싶었다.

"그런 말씀 마십시오." 그는 강단 있게 말했다. "너무 염려하지 마십시오, 친구!" 그의 친구라는 말보다는 내 어깨를 토닥이는 손길이 훨씬 더 정겹게 느껴졌다. "오전 아홉 시에 수상 스키를 타기로 한 걸 잊지 마십시오."

그때 집사가 그에서 다가와 말했다.

"필라델피아에서 전화가 왔습니다."

"알았어. 곧 간다고 전해줘…… 저, 그럼 안녕히들 가십시오."

"편안히 주무세요."

"안녕히 가세요." 개츠비가 미소를 지었다. 마치 자신의 오랜 바람처럼 내가 맨 마지막까지 남은 손님들 사이에 있어서 매우 기쁘다는 듯한 미소였다.

"안녕히 가시오. 친구…… 편히 주무십시오."

그러나 층계를 내려가면서 파티가 완전히 끝나지 않았음을 깨달았다. 문에서 50피트쯤 떨어진 곳에서 한 무리의 헤드라이트가 기괴한 광경을 비추고 있었다. 신형 쿠페(2인승 승용차)가 개츠비의 차고를 나온 지 2분도 채 안 되어 바퀴 하나가 빠진 채 길가의 도랑에 처박혀 있었다. 튀어나와 있는 벽에 부딪혀 타이어가 빠진 모양이었는데, 호기심 많은 기사 대여섯 명이 지대한 관심을 갖고 그것을 들여다보고 있었다. 하지만 그들이 길가에 차를 세우고 길을 가로막고 있는 동안 뒤에 있던 차가 신경질적으로 경적을 울리는 바람에 몹시 혼란스러워졌다.

그때 기다란 코트를 입은 한 사내가 찌그러진 차에서 내려와 길한가운데 서서 당황스러운 얼굴로 차체와 바퀴를 퍼즐이라도 풀 듯흥미롭게 바라보더니 구경꾼들에게로 시선을 옮겼다.

"이런!" 사내가 외쳤다. "차가 도랑에 빠졌군."

차가 도랑에 빠졌다는 사실에 사내는 몹시 당혹스러워하고 있었다. 나는 사내의 모습이 예사롭지 않다는 생각을 하며 바라보다가 그가 누군지 알아보았다. 그는 바로 개츠비의 서재에 매혹된 사내였다.

"무슨 일입니까?"

그러자 사내는 어깨를 으쓱했다.

"난 기계에 대해선 아는 게 없습니다." 그가 말했다.

"한데 어쩌다 저렇게 됐습니까? 벽을 들이받은 겁니까?"

"더 이상 묻지 마십시오." 올빼미 안경을 낀 사내는 이 사고에 대해 아무것도 모른다는 듯이 말했다. "난 운전에 대해 잘 몰라요. 아무것도 모릅니다. 어쩌다보니 이런 한심한 상황이 됐소, 내가 아는 건 그뿐이오."

"운전이 서투르시면서 밤에 운전을 왜 합니까?"

"난 운전할 생각이 전혀 없었어요." 그가 화를 내며 말했다. "전혀그럴 생각조차 없었다고요."

그 말을 듣고 구경꾼들은 충격을 받은 듯 입을 다물었다.

"그렇다면 자살할 생각이었습니까?"

"바퀴 하나만 빠졌으니 망정이지, 큰일 날 뻔했군요. 운전이 서툰운전사가 신경을 쓰지 않으니 말입니다."

"난 운전을 하지 않았어요!" 범인 취급을 받고 있던 사내가 말했다. "내가 운전을 한 게 아니란 말이오. 차 안에 낯선 사람이 있어요."

그 말에 사람들은 충격을 받았고, 그제야 자동차 문이 천천히 열리면서, "아아아!" 하는 신음 소리가 들렸다. 군중들은 — 그야말로 이제 정말 군중이 되었다 — 무의식적으로 뒤로 물러섰고, 자동차 문이 활짝 열리자, 유령이라도 본 것처럼 굳어졌다. 그때 창백한 얼굴을 한 한 사내가 찌그러진 차에서 비틀거리며 나오더니 마치 발에 맞지도 않은 커다란 무용 신발을 시험하듯 발을 내디뎠다.

사내는 밝은 헤드라이트 때문에 앞이 잘 보이지 않는데다 끊임없이 울려대는 경적 소리 때문에 정신이 혼미해졌는지 몸을 가누지 못한 채 불안하게 서 있었다. 코트를 입은 사람을 알아볼 때까지.

"어떻게 된 겁니까?" 그가 물었다. "혹시 기름이 떨어졌습니까?"

"저길 좀 보세요!"

사람들 대여섯 명이 일제히 빠져버린 바퀴를 가리켰다. 그는 잠깐 그것을 응시하더니 하늘에서 그것이 떨어지기라도 한 듯 상공을 올려다보았다.

"저게 빠진 거예요." 누군가가 설명했다.

그러자 그가 고개를 끄덕였다.

"나는 차가 멈춘 것도 몰랐어요."

그러고는 말이 없었다. 잠시 후 그는 길게 숨을 내쉬면서 어깨를 펴고는 결연한 목소리로 말했다.

"주유소가 어디 있는지 누구 아는 분 있습니까?"

열 명도 넘는 사람들이 이를 지켜보고 서 있었는데, 그중에는 차에서 기어 나온 사람보다 상태가 나을 게 없어 보이는 사람도 있었지만 누군가가 그에게 바퀴가 자동차에서 떨어져 나왔다고 설명해주었다.

"후진해서 차를 뒤로 빼야겠어요." 그가 말했다. "기어를 뒤로 놓아봐요."

"바퀴가 빠져버렸다니까요."

그가 망설이다 말했다.

"일단 시도는 해보라니까요."

경적 소리가 점점 커지자 나는 잔디밭을 가로질러 집으로 돌아갔다. 한순간 나는 뒤를 돌아보았다. 오늘도 여느 때와 다름없이 웨이퍼 과자 같은 달이 개츠비의 저택을 환하게 비추어 밤하늘을 장식하고 있었다. 여전히 환하게 불을 밝힌 정원의 웃음소리나 말소리보다 달빛이 더 인상적이었다. 갑자기 창들과 커다란 문에서 말할 수 없이 공허한 기운이 흘러나오더니, 현관에서 형식적으로 작별 인사를 보내며 한 손을 쳐들고 있는 집주인을 에워싸기 시작했다. 그것은 완전한 고독이었다.

여기까지 쓴 글을 읽어보면 몇 주일 간격으로 사흘 밤 동안 일어난 사건들이 나를 완전히 매혹시키고 있다는 인상을 주고 있다. 그러나 사실 그 일들은 단지 사람들로 붐비던 어느 여름에 일어난 우연한 사건에 지나지 않았고, 그때까지만 해도 나는 그 사건보다는 나의 개인적인 일에 더 몰두해 있었다.

나는 하루 중 대부분의 시간을 일로 보냈다. 이른 아침 내가 뉴욕 남쪽의 하얀 건물들 틈바구니 사이에 있는 프로비티 신탁 회사를 향해 급히 내려갈 때면 태양이 내 그림자를 서쪽으로 밀어놓았다. 나는 친하게 지내는 동료들이나 젊은 증권업자들과 함께 어두컴컴하고 북적거리는 식당에서 작은 돼지고기 소시지와 으깬 감자, 그리고 커피로 점심을 때웠다. 나는 저지 시에 사는 동안 회계과에서 일하는 아가씨와 짧은 연애를 하기도 했다. 그런데 그녀의 오빠가 나를 못마땅한 눈으로 보기 시작하는 바람에 그녀가 7월에 휴가를 떠난 것을 계기로 우리의 관계가 슬그머니 정리되도록 내버려두었다.

나는 자주 예일 클럽에서 저녁을 먹었다. 무슨 이유인지는 알 수 없었지만 이때가 하루 중 가장 우울한 시간이었다. 저녁 식사를 마치고 나면 위층 도서실에 올라가 한 시간 동안 증권 투자와 관련된 공부를 했다. 클럽에는 늘 시끄러운 건달들이 몇 명 있기는 했지만 도서실까지 들어오지는 않았기 때문에 공부하기에 적절한 장소였다. 공부를 끝낸 뒤 밤공기가 따뜻한 날이면 나는 매디슨 가를 어슬렁거리며 내려가 유서 깊은 머리힐 호텔을 지나 33번가를 지나 펜실베이니아 역으로 걸어갔다.

나는 점점 뉴욕이 좋아지기 시작했다. 활기차고 모험으로 가득 찬 밤이면 끊임없이 명멸하는 자동차들이 남녀의 들뜬 눈동자에 안겨주는 만족감이 마음에 들기 시작한 것이다. 나는 5번가를 걸어 올라가 군중 속에서 낭만적인 분위기를 가진 여자들을 찾아내 몇 분 안에 그들의 삶 속으로 들어가는 상상을 하며 즐겼다. 어느 누구도 그 사실을 눈치 채지 않았으므로, 누구 하나 말리는 사람도 없었다.

때로는 그녀들이 길모퉁이에 있는 아파트로 들어갈 때까지 따라가다가, 그녀들이 문을 열고 따뜻한 어둠 속으로 사라지기 직전 잠시 돌아서서 나를 향해 미소를 짓는 모습을 상상해보기도 했다. 아! 매혹적인 대도시의 황혼녘이면 때때로 나는 주체할 수 없는 고독감에 휩싸였고, 다른 사람도 비슷한 감정에 사로잡혀 있다는 느낌을 받았다. 식당에서 저녁 식사가 나오기를 기다리며 바라보고 있노라면 쇼윈도 앞에서 서성이는 가난한 젊은 사무원들과 삶의 가장 강렬한 순간들을 하릴없이 낭비하며 어스름 속을 헤매는 젊은이들 역시 나와 비슷한 감정일 거라고 느꼈다.

저녁 여덟 시가 되어 40번가의 어두운 골목에 위치한 극장가를 향하는 택시들이 다섯 겹으로 늘어서서 부르릉거리는 소리를 낼 때면 나는 마음이 차분해졌다. 택시에 탄 사람들은 차가 떠나기를 기다리며 서로 몸을 기댔다. 그러고는 노래를 부르기도 하고 농담을 주고받기도 하며 키들거리는 것이었다.

담뱃불의 움직임을 보고도 택시 안에 탄 사람들의 몸짓의 흐름을 읽을 수 있었다. 나 역시 즐거운 일이 기다리는 곳을 향해 서둘러 가고 있다는 상상을 하며 그들과 은밀한 흥분을 나누며, 그들에게 행운을 빌었다.

이후 나는 한여름이 될 때까지 조던 베이커를 만나지 못하였다.

처음 그녀와 만날 때는 그녀가 골프 챔피언이라서, 모든 사람들이 그녀의 이름을 알고 있었기 때문에 우쭐한 마음으로 이곳저곳을 쏘다녔다. 그러다가 어느 순간 우리 둘 사이는 놀랍게 진전되었다. 진심으로 그녀를 사랑하지는 않았지만 애정이 깃든 호기심을 갖고 있는 것은 사실이었다.

세상을 향해 고개를 빳빳하게 쳐들고 있는 그녀의 얼굴은 따분하고 거만했는데, 뭔가를 숨기고 있는 듯한 비밀스러움이 담겨 있었다. 대부분의 가식은 처음에는 실체를 숨길 수 있지만 결국은 들통이 나게 마련이다. 그리고 어느 날, 마침내 그 모든 것을 알아냈다. 위릭에서 열린 파티에 함께 갔을 때 그녀는 빌려온 자동차의 뚜껑을 열어놓은 채 빗속에 세워두고는 그 일에 대해 거짓말을 했던 것이다. 그러자 문득 나는 데이지의 집에서 처음 만났을 때는 미처 생각해내지 못했던 그녀에 관해 떠돌던 이야기가 기억났다. 처음으로 참가했던 대규모 골프 대회에서 거의 신문에까지 날 뻔한 소동이 있었음을. 준결승 때 치기 매우 까다로운 곳에 떨어진 골프공을 슬며시 옮겨놓았다는 소문이 돌았던 것이다. 그 사건은 스캔들로 확대될 뻔하다가 결국 흐지부지되고 말았다. 어쩐 일인지 캐디는 자신의 진술을 번복했고, 단 한 명뿐이었던 목격자는 어쩌면 자신이 잘못 보았을지도 모른다고 인정했던 것이다. 그러나 그 사건과 스캔들의 주인공 이름은 내 기억 속에서 지워지지 않았다.

조던 베이커는 영리하고 약삭빠른 사람과의 만남을 본능적으로 피했다. 이제야 생각해보니 그녀는 규범에 어긋난 행동이 용납되지 않는 곳에 있을 때 훨씬 마음이 편안한 사람이었다. 그녀는 구제불능일 정도의 부정직함으로 똘똘 뭉친 여자였다. 조금도 불리한 입장에 있는 것을 참지 못했던 그녀는 내키지 않는 상황이 벌어지면 차갑고 오만한 미소를 보여주었다. 그녀는 활기차고 건강한 육체의 욕구를 충족시키기 위해 어렸을 적부터 속임수와 은밀한 거래를 해왔던 것이다.

그렇다고 내 마음이 변한 것은 아니다. 여자의 부정직함이란 그리 심하게 나무랄 것이 못 되었기에 말이다. 그녀의 그런 모습을 보면 나는 순간적으로 실망이 되었지만 곧 잊어버렸다. 우리가 자동차 운전에 관해 묘한 대화를 주고받은 것도 바로 워릭에서 열린 파티에서였다. 발단은 그녀가 지나가는 노동자들 옆으로 차를 바싹 차를 몰아 가다가 차의 펜더로 누군가의 코트 단추를 스친 것이었다.

"이런! 운전 솜씨가 형편없군요." 내가 다그쳤다. "조심해서 운전을 하든가, 아니면 아예 운전대를 잡지 않는 것이 나을 것 같군요."

"조심하고 있어요."

"아니, 당신은 전혀 조심하고 있지 않아요."

"그럼 다른 사람들이 조심하겠지요." 그녀는 대수롭지 않은 듯이 대꾸했다.

"다른 사람들이 조심할 것이라니요?"

"그들이 저를 비켜갈 게 아니냔 말이에요." 그녀는 자신의 잘못된 주장을 굽히지 않았다. "사고가 나는 건 양쪽 모두 실수하기 때문이에요."

"당신이랑 똑같은 사람을 만나면 어떻게 하려고?"

"그럴 일은 없을 거예요." 그녀가 대답했다. "난 조심성 없는 사람들을 일찌감치 피하거든요. 당신을 좋아하는 이유도 바로 그거예요."

뜨거운 햇볕에 지친 잿빛 동공은 앞을 보고 있었지만, 그녀는 의식적으로 우리의 관계를 진전시킨 것이다. 그 순간 나는 그녀를 사랑한다는 생각이 들었다. 하지만 나는 뭐든 행동으로 옮기는 것이 느린데다가 욕망에 브레이크를 거는 규칙을 많이 알고 있었다. 무엇보다 급선무인 것은 고향에서 있었던 연애 사건에서 확실히 빠져나오는 것이었다. 나는 일주일에 한 번가량 '당신을 사랑하는 닉' 이란 서명을 한 편지를 그녀에게 보냈지만, 당시 그녀에 대해 생각나는 것이라고는 테니스를 칠 때 윗입술에 콧수염처럼 살며시 땀방울이 맺혔다는 것뿐이었다. 하지만 그 정도의 관계라도 확실히 끊어버리지 않고서는 자유를 얻을 수 없었다.

사람은 누구나 기본적으로 가져야 할 덕목 한 가지는 갖고 있다고 생각하는데, 나에게도 그러한 덕목이 있었다. 나는 내가 알고 있는 몇 안 되는 정직한 사람 중 한 명이라는 사실이었다.

4

일요일 아침, 교회의 종소리가 해변을 낀 마을에 장엄하게 울려
퍼지는 동안 상류 사회 사람들이 연인과 함께 개츠비 저택의 잔디밭
을 흥겹게 거닐고 있었다.

"그는 밀주업자래요." 젊은 여성들이 개츠비의 칵테일 바와 꽃이
핀 정원 사이를 오가며 말했다. "그가 폰 힌덴부르크의 조카이자 악
마와 육촌지간이라는 사실을 알아낸 사람을 죽였대요. 여보, 저 장
미 한 송이 꺾어줘요. 그리고 저기 있는 크리스털 잔에 마지막으로
한 모금만 따라줄래요?"

언젠가 나는 기차 시간표의 빈 자리에 그해 여름 개츠비의 집에
왔던 사람들의 이름을 적어놓은 적이 있었다.

이제는 접은 부분이 닳아버리고 위쪽에 '이 시간표는 1922년 7월
5일까지만 유효함'이라고 적혀 있는 오래된 메모였다. 그러나 지금
도 희미하게 보이는 이름들을 알아볼 수 있다. 아마 그 이름들은 개
츠비의 환대를 받고도 그에 관해 아무것도 모른다는 모르쇠 작전으

로 보답하였던 사람들에 대해 내가 뭉뚱그려 말하는 것보다 분명한 인상을 줄 수 있을 것이다.

이스트에그에서는 체스터 베커 부부, 리치 부부, 그리고 예일 대학 시절 알고 지냈던 번슨이라는 남자, 지난 여름 메인 주에서 익사한 웹스터 시벳 박사 등이 왔다. 혼빔 부부와 윌리 볼테어 부부, 그리고 블랙벅 일가도 모두 왔다. 그들은 늘 구석에 모여 수군거리다가 누구든 가까이 접근하면 염소처럼 코를 벌름거렸다. 그리고 이즈메이 부부, 크리스티 부부(어쩌면 휴버트 아우어바흐와 크리스티 씨의 아내라고 해야 할 것이다.) 그리고 들리는 소문에 의하면 어느 겨울 오후, 이렇다 할 이유도 없이 머리카락이 솜처럼 하얗게 세버렸다는 에드거 비버가 왔다.

그리고 내 기억이 정확하다면 클래런스 엔다이브도 이스트에그에서 온 것이 맞다. 그는 무릎 부분에서 끝으로 졸라매는 흰 니커보커스를 입고 꼭 한 번 왔었는데, 그때 정원에서 에티라는 부랑자와 싸움을 벌였다. 롱아일랜드 끝에서는 치들 부부, O. R. P. 슈레이더 부부, 조지아 주의 스톤월 잭슨 에이브러햄 부부, 피시가드 부부, 리플리 스넬 부부가 왔다. 스넬은 주 교도소에 들어가기 사흘 전에 왔는데, 몹시 술에 취해 자갈이 깔린 차도에 누워 있다가 율리시스 부인의 자동차에 그만 오른손이 치였다. 댄시 부부도 왔고 예순이 훨씬 넘은 S. B. 화이트베이트, 모리스 A. 플링크와 해머헤스 부부, 담배 수입업자인 벨루가와 그의 여자들도 왔다.

웨스트에그에서는 폴 부부, 멀레디 부부, 세실 로벅과 세실 쇼언,

주 의회 상원의원인 굴릭, 영화사 '필름스 파 엑설런스'를 장악하고 있는 뉴턴 오키드, 에크하우스트, 클라이드 코언, 돈 S. 슈워츠(아들), 아서 맥카티 등이 왔는데 모두 영화와 이리저리 얽힌 사람들이었다. 그리고 캐틀립 부부, 뱀버그 부부, G. 얼 멀든도 왔는데, 그는 나중에 자기 아내를 교살한 바로 그 멀든과 형제간이었다. 프로모터인 다 폰타노도 왔고, 에드 리그로스와 제임스 B(롯것) 페릿, 드 종 부부, 어니스트 릴리가 왔다. 그들은 게임을 하러 왔는데, 페릿이 정원을 헤매고 다니는 걸 보면 그의 호주머니가 깨끗이 털렸음을 의미했는데, 이튿날 연합 철도의 주가가 올라주어야 했다.

클립스프링어라는 사람은 개츠비의 저택에 너무 자주 나타나 너무 오래 머물렀기 때문에 하숙생으로 통했다. 그에게 다른 집이 있었는지 의심스러울 정도였다. 연극에 관련된 인물로는 거스 웨이즈, 호레이스 오도너번, 레스터 마이너, 조지 덕위드, 프랜시스 불 등이 왔다. 그리고 뉴욕에서 온 사람들로는 크롬 부부, 백히슨 부부, 데니커 부부, 러셀 베티, 코리건 부부, 켈러허 부부, 듀어 부부, 스컬리 부부, S. W. 벨처, 스머크 부부, 지금은 이혼한 젊은 퀸 부부, 타임스 스퀘어에서 지하철에 뛰어들어 자살한 헨리 L. 팔미토가 왔다.

베니 맥클리너핸은 언제나 네 명의 여자를 데리고 왔다. 그들은 서로 다른 사람이었지만 외모가 너무 비슷해 전에 온 적이 있는 듯한 느낌이었다. 이름은 모두 잊어버렸다. 재클린이라는 이름이 있었던 것 같고 콘수엘라나 글로리아, 주디 아니면 준도 있었던 것 같다. 그들의 성은 꽃이나 달에서 따온 것처럼 음악적인 것이거나 미국의 대자본가들 식으로 좀 딱딱한 것이었을 텐데 캐물어보면 그들의 사촌뻘이라고 고백했을지도 모르겠다.

이 사람들 외에도 포스티나 오브라이언이 최소한 한 번은 왔던 것으로 기억난다. 베데커 가문의 여자들과 전쟁 중에 총에 맞아 코를 잃은 브루어, 올브럭스버거 씨와 그의 약혼녀인 하그양, 아디터 피츠피터스, 미국 재향군인회 회장을 지낸 P. 주. 자신의 운전기사로 알려진 남자와 같이 온 클로디아 힙 양, 그리고 우리가 공작이라고 부른 어느 나라의 왕자인가 하는 사람도 있었는데, 이름은 생각나지 않는다.

위에 열거한 사람들 모두가 그해 여름 개츠비 저택에 다녀간 사람들이다.

7월 하순의 어느 날 오전 아홉 시에 개츠비의 번쩍거리는 자동차가 자잘한 돌이 깔린 차도를 힘겹게 올라와 우리 집 문 앞에 멈추고는 세 가지 음색의 멜로디로 경적을 울려댔다. 그가 나를 찾아온 것은 그때가 처음이었다. 당시 나는 그가 여는 파티에 두 번이나 참석했고, 수상 스키를 탄 적도 있었으며, 그의 진심 어린 초대에 그의 집 앞 해변을 자주 이용했지만 말이다.

"잘 있었소. 친구? 오늘 내 차로 같이 가서 점심이나 합시다."

그는 미국인 특유의 여유로운 몸짓으로 자동차 대시보드에서 몸의 균형을 잡고 있었다. 나는 그가 젊었을 때 무거운 물건을 들어보지도 않았고, 오랫동안 한 곳에 앉아 있어본 적이 없는 데다가 우리가 때때로 벌이는 그 긴장감 도는 게임 때문에 이런 습관이 생겼으리라고 짐작한다. 이런 특성은 쉴새없이 그의 경직된 태도를 완화시키면서도 경박하게 보이기도 했다. 그는 잠시도 한 곳에 가만히 있질 못했다. 항상 다리를 떨거나 손을 쥐었다 폈다 하였다.

그는 감탄을 연발하며 자동차를 바라보고 있는 나를 보며 말했다.

"근사하죠?" 그는 자동차를 좀 더 잘 보이게 하려고 차에서 뛰어내렸다. "이런 차 본 적 있나요?"

물론 나는 그런 차를 본 적이 있었다. 누구나 그럴 것이다. 짙은 크림색에 번쩍이는 니켈 장식, 괴물처럼 긴 차체 곳곳에 뽐내듯이 모자 상자와 도시락 상자, 그리고 공구 상자가 놓여 있고, 앞유리는 복잡한 미로처럼 꾸며져 해가 여러 갈래로 반사되고 있었다. 여러 겹의 유리창과 녹색 가죽 시트로 뒤덮인 온실 같은 자동차를 타고 우리는 시내를 향해 출발했다.

지난달, 나는 개츠비와 대여섯 번쯤 이야기를 나눈 적이 있었지만 실망스럽게도 그에게서 특별한 화젯거리를 발견할 수 없었다. 그래서 무엇인가 얘깃거리가 있을 듯한 인물이라는 첫인상은 차츰 흐려지고, 단순히 화려한 여관집 주인 정도로밖에 보이지 않았다.

그럴 즈음, 갑작스럽게 자동차를 함께 타고 간 것이다. 웨스트에그에 도착하기 전 개츠비는 지금까지의 우아한 말투를 내던져버리고 캐러멜 색의 양복 무릎을 탁탁 치기 시작했다.

"이봐요, 친구." 그가 입을 열었다. "내가 어떤 놈으로 보입니까?"

나는 당황해서 적절한 답변을 해주지 못하고 얼버무렸다.

"그렇다면 내가 살아왔던 얘기를 해야겠군요." 그는 내 말을 잘랐다. "다른 데서 들은 이야기를 가지고 나에 대해서 잘못 판단하지 않았으면 해서 말입니다."

그러고 보니 그는 자신의 집 홀에서 오고 간 이야기에 담긴 해괴한 험담들을 알고 있는 것 같았다.

"하느님께 맹세코 진실을 말씀드리지요." 그는 신이 자신을 처벌하는 것을 멈추게 하려는 듯 갑자기 오른손을 쳐들었다. "나는 중서부의 한 유복한 집안에서 태어났어요. 가족들은 모두 세상을 떠났습니다. 미국에서 자랐지만 옥스퍼드에서 교육을 받았어요. 선조 대대로 그곳에서 교육을 받아왔거든요. 집안 전통입니다."

그는 곁눈질로 슬쩍 나를 쳐다보았다. 그 순간 조던 베이커가 왜 그가 거짓말을 하고 있다고 하는지 알 수 있을 것 같았다. 그는 '옥스퍼드에서 교육을 받았다'는 말을 빠르게 했는데, 전에도 그 말 때문에 괴로운 적이 있었던 것처럼 그 말은 그의 입 속에서 삼켜졌거나 목구멍에서 막혀버린 것처럼 쭈그러들었다. 갑자기 의구심이 일자 그가 들려주는 과거사를 샅샅이 뜯어보게 되고, 그에게 음흉한 구석이 있다는 소문이 머릿속에서 더욱 증폭되었다.

"중서부 어디입니까?" 나는 무감각한 소리로 물었다.

"샌프란시스코요."

"아, 네."

"가족들이 모두 세상을 떠나는 바람에 거액의 유산을 상속받게 됐지요."

그는 갑작스러운 가족의 죽음에 대한 기억이 아직도 마음에서 떠나지 않았다는 듯 매우 엄숙하게 말했다. 나는 순간적으로 나를 놀리는 게 아닌가 하는 의구심이 들었지만 얼굴을 쳐다보고 나자 그럴 리가 없다는 생각이 들었다.

"그 뒤 저는 슬픔에 젖은 젊은 왕자처럼 파리, 베네치아, 로마 같은 유럽의 수도에서 살았어요. 그리고 루비 수집에 매료되기도 하고, 사파리 사냥을 하기도 하고, 취미 삼아 그림을 그리기도 하면서 살았지요. 제게 일어난 끔찍한 일들을 잊으려고 말입니다."

나는 너무나 허황된 그의 조작에 웃음이 터져 나오려는 것을 간신히 참았다. 실핏줄까지 훤히 들여다보일 정도로 상투적인 내용이라서 머리에 터번을 두른 '인형'이 톱밥을 질질 흘리며 불로뉴 숲에서 호랑이를 추격하는 장면 외에는 떠오르는 것이 없었다.

"그러다가 전쟁이 일어났지요. 내게 있어 구원이나 다름없는 그 기회를 맞이하여 세상을 떠나버리려고 애를 썼지만 내 목숨은 세상의 마법에 걸린 것 같았습니다. 나는 중위로 임관하여 전쟁에 나갔어요. 아르곤 숲의 전투에서는 기관총 부대를 너무 전진시키는 바람에 우리 양편 사이에 반 마일가량 틈이 생겨 보병 부대가 전진할 수 없는 상황이 오고 말았어요. 그래서 루이스식 기관총 열여섯 정을 가진 병사 백삼십 명이 이틀 밤낮을 꼬박 그곳에서 머물렀지요. 결국 보병이 왔을 때, 시체 더미 속에서 독일군 삼 개 사단의 휘장을 발견했지요. 그 일로 나는 소령으로 승진했고, 모든 연합국 정부에서 훈장을 달아주더군요. 심지어 몬테네그로…… 저 아드리아 해에 있는 그 작은 몬테네그로에서까지 훈장을 수여했다니까요."

조그마한 몬테네그로! 그는 목소리를 높여 한 음절 한 음절 발음하면서 고개를 끄덕였다. 미소를 지으면서. 그 미소는 몬테네그로 수난의 역사를 생각하며 그곳 사람들의 용감한 투쟁을 동정하는 빛이 역력했다. 몬테네그로의 작지만 따뜻한 마음이 그러한 감사의 표시를 받게 된 일련의 일들에 애틋한 사랑을 갖고 있는 미소였다. 이제 처음의 불신은 매혹 저 아래로 가라앉고 말았다. 마치 열두 권쯤 되는 잡지를 순식간에 훑어본 것 같았다고나 할까.

잠시 후 개츠비는 호주머니 속에 손을 넣더니 리본이 달린 금속하나를 꺼내 내 손바닥에 떨어뜨렸다.

"몬테네그로에서 받은 겁니다."

놀랍게도 그 훈장은 진짜 같았다. '다닐로 훈장'이라고 새겨진 금속 조각 둘레에는 '몬테네그로, 니콜라스 왕'이라는 글자가 둥글게 새겨져 있었다.

"뒤집어보세요."

나는 '제이 개츠비 소령의 무공을 기리며'라는 문구를 소리 내어 읽었다.

"이건 내가 늘 갖고 다니는 겁니다. 옥스퍼드 시절의 기념물이지요. 트리니티대학 구내에서 찍은 겁니다. 저의 왼쪽 옆에 있는 친구가 바로 동캐스터 백작이지요."

사진 속에는 플란넬 운동복을 입은 청년 대여섯 명이 거들먹거리고 있는 뒤쪽으로 여러 개의 뾰족탑이 보였다. 거기에 크리켓 배트를 들고 있는, 젊은 청년의 모습을 한 개츠비가 있었다.

그렇다면 모두 사실이었다. 그랜드 운하에 있는 그의 저택에서 불타오르는 듯 번뜩이는 호랑이 가죽이 보였다. 또한 루비가 든 보석 상자를 열고 진홍빛을 내뿜는 보석을 바라보며 마음의 상처를 달래는 그의 모습도 떠올랐다.

"오늘 조금 어려운 부탁을 한 가지 드리려고 합니다." 흡족한 표정으로 기념품들을 호주머니에 넣으며 그가 말했다. "그전에 나에 관해 얼마간이라도 알아두는 게 좋을 거라고 생각했지요. 나를 그저 그런 한심한 사람이라고 생각지는 말아요. 이미 알고 있겠지만 나는 주로 낯선 사람들과 어울리죠. 그건 나에게 일어난 비극적인 일들을 잊으려고 여기저기 떠돌아다니는 것과 같은 맥락입니다." 그는 잠시 말을 끊었다가 덧붙였다. "그 얘기는 오늘 오후에 듣게 될 겁니다."

"점심을 먹으면서요?"

"아니오. 오후에요. 우연히 알았는데 베이커 양과 차를 마시러 다닌다면서요."

"그럼 베이커 양을 사랑하신다는 말입니까?"

"아니, 난 그녀를 사랑하지 않아요. 한데 베이커 양은 친절하게도 이 '문제'에 관해 당신에게 말을 해보겠다고 하더군요."

나는 이 '문제'라는 것이 뭘 의미하는지 짐작도 할 수 없었지만 호기심보다는 귀찮다는 생각이 들었다.

나는 제이 개츠비 씨 이야기를 하려고 조던에게 차를 마시자고 한

건 아니었다. 그 부탁이란 것이 매우 당혹스런 일일 것이라는 확신
이 들자 순간적으로 사람들이 득실거리는 그의 잔디밭에 발을 들여
놓은 것이 후회가 되었다.

그는 다른 말은 하지 않았다. 뉴욕 시에 가까워지자 그는 신사로
서의 매너를 완벽하게 갖추었다. 우리는 붉은 띠를 두른 외항선들이
언뜻언뜻 보이는 루스벨트 항구를 지나 거무스레하게 빛이 바래었
지만 아직도 사람들이 드나드는 1900년대의 술집들이 줄지어 들어
서 있는 슬럼가의 신작로를 빠른 속도로 지나갔다. 이윽고 양 옆으
로 재의 계곡이 펼쳐진 곳을 지나가는 동안 정비소에서 윌슨 부인이
헐떡거리며 펌프질을 하는 모습이 보였다.

우리는 자동차 펜더를 날개처럼 펴고 에스토리아의 절반가량을
가볍게 지나갔다. 그리고 잠시 멈춘 것은 고가철도의 기둥 사이를
누빌 때 "탁 탁 탁!" 하는 귀에 익은 모터사이클 소리가 들리면서 흥
분한 경찰관이 우리 옆에 바짝 따라오는 모습이 보였기 때문이다.

"알았다구, 친구!" 개츠비가 소리쳤다. 우리는 속력을 조금 늦추
었다. 그때 개츠비가 지갑에서 하얀 카드를 꺼내더니 경찰관 눈앞에
대고 흔들었다.

"알겠습니다." 경찰관이 거수경례를 하며 말했다. "개츠비 씨, 알
아뵙지 못해 죄송합니다. 실례했습니다."

"그 카드는 뭡니까?" 내가 물었다. "옥스퍼드 시절의 사진이라도
보여준 겁니까?"

"언젠가 경찰국장한테 도움을 준 적이 있는데, 해마다 크리스마

스카드를 보내오지요."

햇빛이 거대한 다리 위에서 들보 사이를 지나 움직이는 자동차들 위로 끊임없이 어른거렸다. 강 건너에는 도시가 마치 하얀 각설탕 조각처럼 솟아 있었다. 나는 그 모든 것이 냄새나지 않는 깨끗한 돈으로 세워졌으면 하는 생각이 들었다. 퀸스보르 교에서 바라보는 뉴욕은 늘 처음 보는 도시처럼 신선했고, 세상의 모든 신비와 아름다움에 대한 열광적인 첫 번째 약속을 영원히 간직할 것 같았다.

꽃으로 장식한 영구차에 탄 고인이 지나가고 난 후, 차양을 내린 마차 두 대와 고인의 친구들을 태운 조금 더 활기찬 마차들이 그 뒤를 따르고 있었다. 그들은 슬픈 눈동자에 동남부 유럽인 특유의 짧은 윗입술이 만들어내는 독특한 분위기를 가진 얼굴로 우리를 내려다보았다. 나는 그들이 우울한 날, 개츠비의 활기찬 차를 보았다고 생각하자 기분이 좋아졌다. 우리가 블랙웰 섬을 지날 때 백인 기사가 운전하는 리무진 한 대가 우리 앞을 지나갔다. 차 안에는 맵시 있게 차려입은 흑인 남자 두 명과 아가씨 한 명이 타고 있었다. 그들이 거만하게 우리와 경쟁이라도 하려는 듯 달걀 노른자위 같은 눈동자를 굴리는 것을 보고 나는 큰 소리로 웃음을 터뜨렸다.

'이 다리를 넘어섰으니 이제 무슨 일이든 일어날 거야.' 나는 혼자 생각에 감겼다. '무슨 일이……'

그러나 알고 보면 개츠비라는 존재도 특별히 놀랄 만한 인물이 아니잖은가.

와자한 정오였다. 선풍기가 쌩쌩 돌아가는 42번가의 지하 레스토랑에서 나는 개츠비와 점심을 먹기로 했다. 거리의 뜨거운 햇살을 받아서인지 눈을 끔벅거리다가 대기실에서 낯선 사람들과 이야기를 나누고 있는 그를 겨우 알아보았다.

"캐러웨이 씨, 이쪽은 제 친구 울프심 씨입니다."

체구가 작고 코가 납작한 그 유대인은 몸에 비해 유난히 커다란 머리를 쳐들고 나를 바라보았는데, 양쪽 콧구멍에는 코털이 무성했다. 나는 얼마 후, 어슴푸레함 속에서 천천히 조그마한 그의 눈을 찾을 수 있었다.

"……그래서 난 그를 쭉 훑어보았지." 울프심은 진지하게 내 손을 잡아 흔들며 말했다. "그래, 내가 어떻게 했을 것 같나?"

"어떻게라니요?" 내가 진중하게 물었다.

그러나 내 손을 놓고는 복잡한 감정을 담은 코로 개츠비를 가리키는 것으로 보아 나에게 한 말이 아닌 게 분명했다.

"캐츠포에게 그 돈을 건네주며 말했지. '좋아, 캐츠포! 입을 다물기 전까진 그에게 한 푼도 주지 마.' 그랬더니 그 녀석 그 자리에서 바로 입을 다물더라고."

우리 두 사람의 팔짱을 끼고 개츠비가 레스토랑 안으로 들어가자 울프심은 뭔가 말을 하려던 것을 삼키고 최면술에라도 걸린 것처럼 멍해졌다.

"하이볼로 드릴까요?" 웨이터가 물었다.

"멋진 레스토랑이군." 울프심은 천장에 새겨진 기독교의 요정들을 쳐다보면서 말했다. "하지만 난 길 건너 쪽이 더 좋은데!"

"음, 하이볼로 주게." 개츠비가 웨이터에게 말하고는 울프심에게 덧붙였다. "거긴 너무 더워요."

"그건 그래." 울프심이 말했다. "하지만 온갖 추억이 깃들어 있잖은가 말이야."

"거기가 어딥니까?" 내가 물었다.

"옛 메트로폴입니다."

"옛 메트로폴이라." 울프심은 우울한 얼굴로 생각에 잠겼다. "죽은 사람과 떠나가 버린 사람들의 얼굴로 가득 차 있는 곳이지. 이제 영원히 가버린 친구들의 얼굴로 말이야. 로지 로즌설이 총살을 당한 일은 평생 잊을 수가 없을 거야. 그때 우린 여섯이서 테이블 하나를 차지하고 있었고, 로지는 밤새도록 술에 절어 있었지. 새벽 무렵, 웨이터가 놀란 얼굴로 그에게 다가와 누가 잠깐 만나고 싶어 한다는 거야. 로지가 '좋아' 하면서 자리에서 일어나려고 하길래 나는 그를 다시 끌어다 앉혔어. 그러고는 말했어. '보고 싶으면 그 자식들보고 직접 이리로 오라고 해. 로지, 이 방 밖으로 나가면 절대 안 돼.' 새벽 네 시 무렵이었으니, 아마 블라인드를 올렸더라면 밝아오는 새벽빛을 볼 수 있었을 거야."

"그래서, 그 사람이 나갔나요?" 내가 순진하게 물었다.

"물론 나갔지." 울프심은 갑자기 흥분한 얼굴로 나를 향해 코를 빛냈다. "문 쪽으로 가면서 그가 말했어. '웨이터가 내 커피 가져가지 못하게 해!' 그리고 나서 보도로 걸어 나가자 놈들이 그의 불룩

한 배에 총을 세 방 쏘고는 자동차를 타고 달아나버렸어."

"그중 네 명은 전기의자에서 처형을 당했지요." 내가 기억을 더듬으며 말했다.

"베커까지 합치면 다섯이야." 흥미를 보이며 그가 나를 향해 코를 벌름거렸다. "사업 거래선을 찾고 있는 모양이로군."

'사업'과 '거래선'이라는 말이 연달아 튀어나오자 나는 조금 놀랐다. 개츠비가 나 대신 대답했다.

"아, 아닙니다." 그러고는 덧붙였다. "이 친구는 그 사람이 아니에요!"

"뭐, 아니라고?" 울프심이 실망한 목소리로 말했다.

"이 사람은 그냥 친구예요. 그 이야기는 다음에 하자고 말씀드린 것 같은데요."

"어, 미안하네." 울프심이 말했다. "사람을 잘못 봤군그래."

잘게 썬 해시 요리가 나오자 울프심은 옛 메트로폴의 감상적인 분위기는 잊고 게걸스럽게 먹기 시작했다. 그러는 한편 눈으로는 천천히 식당 주위를 살폈다. 바로 뒤에 있는 사람들까지 등을 돌려 살핀 뒤에야 한시름 놓는 것 같았다. 만약 내가 없었더라면 아마 식탁 밑까지도 들여다보았을 것이다.

"이봐요, 친구." 개츠비가 나에게로 몸을 기울이며 말했다. "오늘 아침 차에서 기분을 상하게 하지 않았는지 걱정입니다."

예의 그 미소가 다시 얼굴에 떠올랐지만 이번에는 내가 모른 척했다.

"나는 솔직한 것을 좋아합니다." 내가 대답했다. "왜 툭 터놓고 당신이 원하는 걸 말하지 않는지 모르겠군요. 왜 베이커 양을 통해서 들어야만 합니까?"

"아, 그건 은밀한 이야기가 아니에요." 그는 나를 안심시키려는 듯 말했다. "아시다시피 베이커 양은 훌륭한 선수 아닙니까. 옳지 않은 일은 절대로 하지 않아요."

갑자기 그가 시계를 보더니 자리에서 벌떡 일어났다. 그러고는 울프심과 나를 테이블에 남겨둔 채 급히 밖으로 나갔다.

"전화를 걸 데가 있는 모양이군." 울프심이 그의 뒷모습을 눈으로 좇으며 말했다. "좋은 친구지. 안 그런가? 미남인데다 나무랄 데 없는 신사야."

"맞아요."

"그는 영국 '오그스퍼드' 출신이야."

"아, 네."

"그는 영국에 있는 오그스퍼드 대학에 다녔어. 오그스퍼드 대학이라고 혹 아시나?"

"네, 알지요."

"세계에서 제일 유명한 대학 중 하나지."

"개츠비 씨와 알고 지낸 지 오래되었나요?"

"몇 년 된다네." 그는 만족한 듯이 대답했다. "운 좋게도 전쟁 직후에 그와 알게 되었지. 한 시간 동안 그와 얘기해보고 교양 있는 사람을 만났다는 생각이 들었어. '집에 데려 가서 어머니와 누이동생

97

에게 소개해주고 싶은 사람이다' 하고 혼잣말을 할 정도였으니 말이야." 그는 잠시 말을 쉬었다. "내 커프스 단추를 보고 있군그래."

사실 나는 단추를 보고 있지 않았지만 그가 그렇게 말하는 바람에 쳐다보게 되었다. 이상하게 낯이 익은 상아로 만든 단추들이었다.

"인간의 어금니로 만든 최고급품이지." 그가 말했다.

"그렇군요!" 나는 그 단추들을 자세히 살펴보았다. "정말이지 흥미로운 발상이네요."

"맞아." 그는 소매를 번쩍 치켜들었다. "개츠비는 여자에게 퍽 조심스럽지. 친구 마누라는 아예 쳐다보지도 않는다니까."

본능적으로 신뢰를 갖고 있는 상대가 돌아와서 테이블에 앉자 울프심은 커피를 훌쩍 마시고는 자리에서 일어섰다.

"점심 잘 먹었네." 울프심이 말했다. "젊은이들이 귀찮아하기 전에 난 그만 가봐야겠네."

"서두를 필욘 없어요, 마이어." 개츠비가 의례적인 목소리로 말했다. 울프심은 축복의 기도라도 올리는 듯이 손을 쳐들었다.

"호의는 고맙지만 난 세대가 다르다네." 그는 정중하게 말했다. "자네들은 여기 앉아서 스포츠며 젊은 아가씨들 이야기를 하라고! 그리고……." 그는 알아서 상상하라는 듯 다시 한 번 손을 흔들어보였다. "나야 뭐 벌써 나이가 쉰이니 이제 더 이상 자네들을 귀찮게 하고 싶지 않네."

악수를 하고 돌아설 때 보니 그의 특별히 비극적인 느낌을 주는 코가 가늘게 떨리고 있었다. 나는 혹시 그의 기분을 상하게 할 만한 말을 한 게 아닐까 걱정했다.

"저 사람은 이따금 아주 감상적이 될 때가 있어요." 개츠비가 설명했다. "오늘이 바로 그런 날이지요. 뉴욕에선 만나기 힘든 인물이랍니다. 브로드웨이에 살고 있어요."

"도대체 뭘 하는 사람인데요? 연극배우입니까?"

"아닙니다."

"그럼 치과 의사인가요?"

"의사냐고요? 아니, 그는 도박꾼이에요." 개츠비는 잠시 망설이다가 냉담하게 덧붙였다. "천구백십구 년 월드 시리즈를 조작한 장본인이 바로 저 사람이죠."

"월드 시리즈를 조작하다니요?" 내가 되물었다.

순간 나는 머리가 어찔했다. 물론 천구백십구 년에 월드 시리즈가 조작된 사실을 알고 있었지만, 그 사건은 우연의 결과물로, 불가피한 여러 상황이 얽혔기 때문이라고만 생각했던 것이다. 한 인간이 오천만 명이나 되는 사람들의 믿음을 가지고 장난을 칠 수 있으리란 생각은 절대 할 수 없었던 것이다. 그것도 금고를 폭파시키는 강도처럼 집요하게 말이다.

"어떻게 그런 일이 일어날 수 있지요?" 얼마 후에 내가 물었다.

"기회를 잡은 거지요."

"그러고도 감옥에 들어가지 않았단 말인가요?"

"누구도 그 사람을 집어넣지는 못해요, 그는 영리한 사람이니까."

그날 나는 점심값을 내겠다고 고집했다. 웨이터가 거스름돈을 가지고 왔을 때 왁자한 건너편 방에 톰 뷰캐넌이 있는 것이 눈에 띄었다.

"잠깐, 절 따라오세요." 내가 말했다. "인사할 사람이 있어서요."

나를 발견한 톰이 자리에서 벌떡 일어나 우리 쪽으로 대여섯 발짝 다가왔다.

"그동안 어디 있었나?" 그는 반가워서 어쩔 줄 모르며 물었다. "자네한테서 연락이 없다고 데이지가 몹시 화를 내고 있다네."

"이쪽은 개츠비 씨, 그리고 이쪽은 뷰캐넌 씨."

그들은 짧게 악수를 했는데, 순간적으로 개츠비의 얼굴이 굳어지면서 당혹스러워하는 모습이 역력했다.

"그동안 어디에 있었냐니까?" 톰이 또다시 다그쳐 물었다. "게다가 오늘은 어쩐 일로 이렇게 멀리까지 식사를 하러 왔나?"

"개츠비 씨랑 할 얘기가 좀 있어서."

나는 개츠비 쪽으로 몸을 돌렸지만 그는 이미 자리를 뜨고 없었다.

1917년 10월 어느 날이었지요…….

그날 오후 조던 베이커는 플라자 호텔 커피숍의 딱딱한 의자에 몸을 꼿꼿이 세우고 앉아 이렇게 말을 시작했다.

……저는 보도와 잔디밭을 왔다 갔다 하면서 걷고 있었어요. 잔디밭을 걷는 건 말할 수 없이 기분이 좋았지요. 밑창에 고무가 붙어 있는 영국 산 구두를 신고 있어서 부드러운 잔디의 느낌을 그대로 느낄 수 있었거든요. 그때 새로 산 체크무늬 스커트가 바람에 날렸어

요. 바람이 불 때마다 집집마다 걸려 있는 붉은색과 흰색, 푸른색의 깃발들이 빳빳하게 펼쳐지면서 '탓탓탓' 하는 볼멘 소리를 뱉어냈어요.

깃발이며 잔디밭 모두 데이지 페이네 것이 제일 컸어요.

데이지는 저보다 두 살 위로 막 열여덟 살이었는데, 루이빌의 아가씨 중에서 가장 인기가 좋았지요. 그녀는 흰옷에 흰색 소형 로드스터를 몰고 다녔지요. 그리고 데이지의 집에는 종일 벨소리가 끊이질 않았죠. 캠프 테일러에서 온 흥분한 젊은 장교들이 그날 밤 단 한 시간이라도 그녀를 독차지하고 싶어 애가 닳아 있었거든요.

그날 아침, 데이지의 집 맞은편에 와보니 흰색 로드스터가 길모퉁이에 서 있고, 차 안에는 중위와 그녀가 앉아 있는 게 보였어요. 서로에게 어찌나 열중해 있던지. 제가 다섯 걸음 정도 앞에까지 갈 때까지 알아보지 할 정도였어요.

"안녕, 조던." 데이지가 놀란 얼굴로 소리쳤어요. "이리 와봐."

그녀가 내게 말을 걸고 싶어 한다고 생각하자 우쭐했어요. 저보다 나이가 위인 여자들 중에 데이지가 제일 좋았거든요. 그녀는 적십자사에 붕대를 만들러 가는 길이냐고 묻더군요. 내가 그렇다고 했더니 자기는 갈 수 없다고, 못 가서 미안하다고 전해달라고 하더군요. 장교는 데이지가 얘기하는 동안 줄곧 그녀를 바라보고 있었는데, 젊은 아가씨라면 누구나 한 번쯤 받고 싶을 만한 그런 시선이었지요. 너무 로맨틱한 풍경이어서 지금까지도 잊혀지지 않아요. 그의 이름이 바로 제이 개츠비였고, 전 그 뒤로 4년이 넘게 그 사람을 보지 못했어요. 한참 지난 뒤에 롱아일랜드에서 그를 다시 만났을 때는 몰라 봤어요.

그때가 1917년이었어요. 그 이듬해 제게도 애인이 생겼고, 골프 시합에 나가기 시작하면서 데이지를 만나는 일이 소원해졌어요. 그 녀가 어울리는 사람들은 늘 그녀보다 약간 나이가 많았어요. 그런데 이상한 이야기가 들렸어요. 어느 겨울밤, 데이지가 외국으로 떠나는 한 군인을 전송하러 뉴욕에 가려고 가방을 챙기다가 어머니한테 들 켰다는 거예요. 당연히 가지 못하게 된 그녀는 몇 주일 동안 집안 식 구들이랑 말을 하지 않았대요. 그 일이 있은 뒤 그녀는 다시는 군인 들과 사귀지 않았다고 해요. 대신 군대에 들어갈 수 없는 평발을 가 진 사람이나 근시인 젊은 남자들하고만 돌아다녔어요.

그리고 이듬해 가을이 되자, 데이지는 다시 예전의 명랑함을 되찾 았어요. 세계대전이 휴전에 접어든 뒤 사교계에 데뷔하더니, 2월에 뉴올리언스 출신의 한 남자와 약혼을 했다는 소문이 돌았지요. 그런 데 그해 6월이 되자 데이지는 시카고 출신의 톰 뷰캐넌과 결혼했어 요. 루이빌에서는 볼 수 없었던 굉장히 성대한 결혼식이었지요. 그 는 자동차 넉 대에 백여 명의 사람들을 태우고 실바크 호텔 한 층을 통째로 빌렸지요. 그리고 결혼식 전날엔 진주 목걸이를 받았어요. 무려 35만 달러나 하는 걸 말이에요.

저는 신부의 들러리를 섰어요. 그래서 피로연이 열리기 30분 전 에 신부 방에 들어가 보았더니 데이지는 6월의 밤처럼 아름다운 꽃 으로 장식된 드레스를 입고 침대에 누워 있었어요. 아, 그런데 엉망으로 취해 있었어요. 새신부가 말이에요. 한 손에는 백포도주병을 쥐고, 다른 손에는 편지를 들고…….

"축하해줘." 그녀가 중얼거렸어요. "술을 마신 건 처음이야. 한데 왜 이렇게 기분이 좋을까?"

"데이지, 왜 이러는 거야?"

저는 덜컥 겁이 났어요. 그때까지만 해도 그렇게 취한 여자를 본 적이 없었거든요.

"자, 이거." 그녀가 침대 위에 있는 휴지통을 뒤지더니 진주 목걸이를 꺼냈어요. "이걸 갖고 내려가서 임자가 누구든 그 사람한테 돌려줘. 가서 데이지의 마음이 변했다고 전해주라고, '데이지의 마음이 변했다' 고 말이야!"

말을 마치고는 슬피 울기 시작했어요. 울고 또 울었지요. 나는 밖으로 뛰쳐나가 데이지네 집 하녀를 찾아왔어요. 그러고는 서둘러 문을 걸어 잠근 뒤 찬물을 채운 욕조 속에 그녀를 집어넣었어요. 그 상황에서도 그녀는 손에 꼭 쥔 편지를 놓으려고 하지 않았어요. 욕조 속에 몸을 담근 그녀는 편지를 물에 담가 쥐어짜 덩어리를 만든 뒤 눈송이처럼 종이가 흩어지는 것을 보고서야 그걸 비누 접시에 버렸지요.

하지만 입은 꼭 다물고 있었어요. 우리는 그녀에게 암모니아 냄새를 맡게 해 정신을 차리게 한 다음 이마에 얼음을 얹은 후에야 드레스를 입혀주었지요. 그리고 30분 뒤 방에서 나왔을 때 진주 목걸이는 목에 제대로 걸려 있었어요. 그렇게 그날의 해프닝은 끝이 났어요. 이튿날 다섯 시에 그녀는 아무렇지도 않게 톰 뷰캐넌과 결혼식을 올린 뒤 석 달 예정으로 남태평양으로 신혼여행을 떠났지요.

그들이 여행에서 돌아온 뒤 샌타바버라에서 그녀를 만났는데, 남편에게 그렇게 미쳐 있는 여자는 처음 보았어요. 그녀는 남편이 잠깐만 방을 비워도 불안하게 방 안을 왔다 갔다 하며 말했어요. "모래 위에 앉아 남편의 머리를 무릎에 올려놓고 한 시간씩이나 그의 눈가를 문지르며 행복에 겨워 지냈지요." 당신도 그들이 함께 있는 모습을 봤다면 감동 받았을 거예요. 매혹되어 저절로 미소가 지어질 정도로요. 그때가 8월이었어요. 제가 샌터바버라를 떠난 지 일주일 뒤에 톰이 몰던 차가 벤투라에서 왜건과 충돌해 앞바퀴가 빠지는 사고가 일어났어요. 한데 같이 타고 있던 여자의 팔이 부러지는 바람에 그 사실이 신문에 나고 말았지요. 그녀는 샌타바버라 호텔에서 청소부로 일하는 여자였어요.

데이지는 이듬해 4월, 딸을 낳았어요. 그리고 그들 부부는 일 년 동안 프랑스에서 지냈지요. 저는 어느 해 봄에 칸과 도빌에서 한 번씩 그들을 봤어요. 이후 그들은 정착해서 살려고 시카고로 돌아왔어요. 알다시피 데이지는 시카고에서 아주 인기가 많았어요. 두 사람은 젊고 제멋대로고 돈 많은 무리들과 늘 어울려 다녔지만, 그녀는 평판을 잃지는 않았지요. 아마 술을 입에 대지 않기 때문일 거예요. 술꾼들 틈에서 술을 마시지 않는다는 건 유리한 점이 많죠. 입조심도 할 수 있고, 사람들이 잔뜩 취한 틈에 사소한 장난 같은 것도 할 수 있죠. 취한 사람들은 알 수도 없을 테니까요. 데이지는 바람을 피우지는 않았을 거예요. 하지만 그녀의 목소리에는 범상치 않은 구석이 있었지요.

그런데 약 6주 전, 데이지는 몇 년 만에야 문제의 이름을 다시 듣게 된 거예요. 바로 내가 당신에게 말했을 때였지요. 기억나세요? 웨스트에그에 사는 개츠비라는 사람을 알고 있느냐고 물었잖아요. 그날, 당신이 집으로 돌아간 뒤 그녀가 제 방에 들어와 이렇게 물어보더라고요. "개츠비라니, 어느 개츠비를 말하는 거지?" 그래서 제가 이러저러한 사람이라고 말했지요. 저는 그때 반쯤 졸고 있었거든요. 그러자 그녀가 아주 이상한 목소리로 자기가 알고 있는 사람임에 틀림없다고 하는 거예요. 그때서야 어렴풋이 오래전 데이지와 하얀 자동차를 타고 있던 장교와 지금의 개츠비를 연관시키게 됐지요.

조던 베이커가 데이지의 이야기를 모두 마쳤을 때는 플라자 호텔을 떠난 지 30분이 지난 뒤였다. 우리는 빅토리아 자동차를 타고 센트럴 파크를 지나고 있었다. 태양은 어느새 서부 50번가의 영화배우들이 사는 높은 아파트 위로 넘어갔고, 계집애들의 맑은 목소리가 귀뚜라미 소리처럼 황혼의 더위를 뚫고 솟아올랐다.

　　나는 아라비아의 족장
　　그대의 사랑은 나만의 것
　　그대 잠들어 있는 밤에
　　그대의 텐트 속으로 나는 기어 들어가리……

"참으로 기묘한 우연이군요." 내가 말했다.

"오, 하지만 그건 우연이 아니었어요."

"우연이 아니라니요?"

"개츠비가 그 저택을 산 것은 데이지가 바로 그 만의 건너편에 살고 있었기 때문이었다고요."

그렇다면 그 6월의 밤에 그가 바라보았던 것은 밤하늘의 별이 아니었던 것이다. 호화롭지만 왠지 허허로운 하나의 장막이 걷히고, 그의 모습이 실체를 드러내는 순간이었다.

"그가 부탁했어요." 조던이 다시 말을 이었다. "언젠가…… 데이지를 집으로 초대하게 되면 자기도 불러달라고요."

그토록 겸손한 요청을 해왔다는 말을 듣자 나는 놀라서 몸이 떨릴 지경이었다. 그는 5년을 기다려 저택을 산 다음 숱한 나방들이 날아들게 하기 위해 불빛을 밝혀왔던 것이다. 단지 한 사람의 집 정원을 건너갈 수 있기를 기대하면서 말이다.

"그가 말하기 전에 내가 먼저 알아챘어야 했나요?"

"그는 굉장히 두려워하고 있어요. 너무 오래 기다려왔기 때문일 거예요. 또 당신 기분을 상하게 할까봐 걱정하는 눈치였어요. 그러면서도 이 일에 강하게 집착하고 있어요."

나는 알 수 없는 불안감에 휩싸였다.

"어째서 당신에게 직접 데이지를 만나게 해달라고 부탁하지 않는 겁니까?"

"데이지에게 자기 집을 보여주고 싶기 때문일 거예요." 그녀가 설명했다. "그런데 당신 집이 바로 옆에 있잖아요."

"아, 네!"

"어느 날 밤, 그녀가 자기 집 파티에 우연히 들르기를 바랐나봐요." 조던이 말을 이었다. "한데 그녀는 끝내 오지 않았어요. 그러자 그는 무심한 듯한 태도로 사람들에게 데이지를 아는지 수소문하기 시작했어요. 그렇게 해서 찾아낸 사람이 바로 나였어요. 파티에서 날 부르는 걸 보셨지요? 그날 그가 얼마나 조심스럽게 말을 꺼냈는지 몰라요. 그래서 뉴욕에서 점심을 같이 하자고 했지요. 그랬더니 그가 벌컥 화를 내더군요. '눈에 띄는 행동은 하기 싫습니다! 나는 그녀를 옆집에서 만나고 싶어.' 제가 당신이 톰과 각별한 친구 사이라는 사실을 얘기해주자 그는 계획을 전부 포기하려고 했어요. 하지만 톰에 대해서는 아는 게 거의 없었어요. 혹시나 데이지의 이름을 찾을 수 있을까 해서 몇 해 동안 시카고 신문을 읽었다고 하면서도 말이지요."

어느새 밖은 캄캄해져 있었다. 자동차가 작은 다리 아래로 접어들자 나는 한 팔로 조던의 황금빛 어깨를 감아 내 쪽으로 끌어당기며 저녁을 먹자고 제의했다. 순간 데이지와 개츠비에 대한 생각이 머릿속에서 사라졌다. 그 대신 깔끔하고 냉정하며 만사를 회의적으로 보는 이 여자가 내 품에 몸을 기대고 있다는 생각이 머리를 가득 채웠다. 흥분으로 들뜬 나의 귓가에 이런 구절이 울려대기 시작했다. '쫓기는 자와 쫓는 자, 바쁜 자와 지친 자가 있을 뿐이다.'

"데이지의 삶에도 뭔가 변화가 필요해요." 조던이 중얼거렸다.

"데이지도 개츠비를 만나고 싶어 합니까?"

"그녀는 모르게 해야죠. 개츠비는 그녀가 이런 일들을 모르길 원해요. 그러니 당신은 데이지에게 단지 차를 마시러 오라고 초대하기만 하면 돼요."

장벽같이 길게 늘어선 어두운 나무들을 지나자 59번가 앞쪽으로 창백한 불빛이 공원을 비추고 있었다. 개츠비나 톰 뷰캐넌과는 달리 나에게는 어두운 처마 밑이나 번쩍이는 간판과 함께 떠오르는 여자의 얼굴 같은 것이 없었다. 곁에 앉아 있는 여자를 두 팔로 바짝 조여 끌어안았다. 그녀의 입술에 조소하는 듯한 미소가 떠오르자 나는 그녀의 얼굴을 내 쪽으로 바짝 끌어당겼다.

5

내가 웨스트에그로 돌아왔을 때 너무나 환하게 불이 밝혀져 있어 집에 불이 난 게 아닌가 하고 놀랐다. 새벽 두 시인데도 웨스트에그의 한 모퉁이 전체가 불빛으로 휘황하게 타오르고 있었기 때문이다. 그 불빛은 관목을 비추면서 환상적인 빛을 내기도 하고, 길가 전선에도 가늘고 기다란 빛을 던져주었다. 모퉁이를 돌아선 뒤에야 나는 개츠비 저택의 온 집안에 불을 밝혀 놓았다는 사실을 깨달았다.

불빛을 본 나는 처음에는 또 파티가 열렸다고 생각했다. 시끌벅적한 파티를 벌이다가 '숨바꼭질'이나 '상자 속의 정어리 놀이(작은 공간에 사람들이 최대한 많이 들어가게 하는 놀이)'를 하느라 온 집 안을 활짝 열어젖히고 놀이터로 만든 줄 알았다. 그러나 귀를 기울여보니 집 안에서는 아무 소리도 들리지 않았다. 전깃줄을 흔들어대는 바람에 마치 집이 어둠을 향해 윙크를 하고 있는 것처럼 불을 깜박이게 했는데, 알고보니 나무에 스치는 바람 소리일 뿐이었다. 내가 탄 택시가 부르릉거리며 달려가자 개츠비가 잔디밭을 가로질러 나를 향해 걸어오는 모습이 보였다.

"마치 세계박람회장에 온 것 같군요." 내가 말했다.

"아, 그렇게 보입니까?" 그는 무심코 자기 집 쪽으로 눈을 돌렸다. "방들을 좀 돌아보고 있었지요. 코니아일랜드에 갈까요? 제 차로 말입니다."

"거길 가기에는 너무 늦었어요."

"그럼 풀장에 뛰어드는 건요? 여름 내내 한 번도 쓰질 않았거든요."

"아, 전 잠을 좀 자야겠어요."

"아, 그래요."

그는 나를 바라보며 조바심을 억누르고 기다렸다.

"베이커 양과 얘기를 하고 오는 길입니다. 내일 데이지에게 전화를 걸어 우리 집에 차를 마시러 오라고 할 겁니다."

"아, 정말입니까?" 그는 무관심을 가장하며 말했다. "당신에게 폐를 끼치고 싶진 않습니다만."

"언제가 좋을까요?"

"당신은요?" 그는 재빨리 내 말을 되받아 물었다. "정말이지 폐를 끼치고 싶진 않은데요."

"모레 어떻습니까?"

그는 잠시 생각에 잠겼다. 그리고 나서 썩 내키지 않는다는 듯이 이렇게 말했다.

"그날은 잔디를 깎을 계획인데요."

우리 두 사람은 똑같이 잔디밭을 바라보았다. 전혀 손질이 되어 있지 않은 우리 집 잔디가 끝난 지점부터 무성하게 잘 가꿔진 개츠비 저택의 잔디가 시작되는 경계선이 뚜렷하게 구별되었다. 나는 그가 우리 집 잔디를 말하는 게 아닌가 하는 생각이 들었다.

"다른 일도 좀 있고." 그가 머뭇거리면서 말을 했다.

"그럼, 아예 며칠 뒤로 미룰까요?" 내가 물었다.

"음, 그게 아니라……." 그는 말을 꺼내놓고 계속 머뭇머뭇했다. "저, 내 말은…… 그러니까…… 올드 스포트, 당신은 수입이 그리 많진 않죠?"

"네, 그리 많진 않아요."

내 대답에 안심이 되었는지 그는 확신을 갖고 말을 이어 나갔다.

"아, 네. 실례가 되었다면 용서하십시오. 아시다시피 저는 부업으로 조그만 사업을 하고 있습니다. 그래서 생각을 해보았는데 당신 수입이 넉넉지 않다면……, 증권 거래일을 하고 계시지요?"

"네."

"그렇다면 이 일에 흥미를 느낄 겁니다. 시간을 별로 들이지 않고도 꽤 많은 수익을 올릴 수 있거든요. 비밀 준수의 의무가 있지만."

만약 다른 때에 이런 이야기가 오갔다면 그 일은 내 인생에 커다란 전환기가 되었을 것이다. 그러나 이때 나온 그의 제안은 내가 신경 써준 것에 대한 보답임이 분명했기 때문에 그 자리에서 거절하는 것 외에 다른 방법이 없었다.

"지금 하고 있는 일도 제대로 처리하지 못하고 있어요." 내가 대답했다. "고맙긴 하지만 업무 외에 다른 일을 할 수가 없어요."

"울프심과의 거래가 아니에요." 그는 점심 식사 때 나왔던 '사업 거래선'이라는 말 때문에 자신의 제안을 받아들이지 않는다고 생각하는 모양이었다. 나는 그 문제가 아니라고 분명하게 못박았다. 그는 내가 뭔가 얘기해주길 바라면서 조금 더 기다렸지만 내가 이미 다른 일에 정신이 팔린 뒤라 하는 수 없이 집으로 돌아갔다.

그날 저녁 나는 한없이 마음이 가볍고 행복했다. 집 현관에 발을 들여놓으면서 잠 속으로 걸어 들어갔다. 그래서 나는 개츠비가 코니 아일랜드에 갔는지, 아니면 집 안에 또 요란스럽게 불을 켜놓고 오랫동안 방들을 들여다보았는지는 알지 못한다. 이튿날 아침, 데이지에게 전화를 걸어 우리 집으로 차를 마시러 오라고 초대했다.

"톰이랑 같이 오지 않았으면 좋겠어." 나는 그녀에게 주의를 주었다.

"뭐라고?"

"톰을 데리고 오지 말라고."

"'톰'이 누군데?" 그녀가 순진한 목소리로 물었다.

약속한 날은 비가 무섭게 퍼부었다. 열한 시가 되자, 비옷을 입은 사람이 잔디 깎는 기계를 들고 우리 집 문을 두드렸다. 그러고는 개츠비 씨가 우리 집 잔디를 깎으라고 보냈다고 했다. 순간 예전에 일하던 핀란드인 가정부에게 다시 와 달라고 일러두는 걸 잊어버린 것이 생각났다. 그래서 나는 웨스트에그 마을로 차를 몰고 가서 하얗게 석회칠을 한 젖은 골목에서 컵과 레몬과 꽃을 샀다.

사실 꽃은 사지 않아도 되었다. 두 시쯤 개츠비의 저택에서 수많은 화분과 함께 온실을 우리 집에 옮겨 왔기 때문이다. 꽃이 오고 한 시간 후에 흰 플란넬 양복에 은색 셔츠를 입고 금색 넥타이를 맨 개츠비가 급하게 현관문을 열어젖히며 들어왔다. 잠을 자지 못했는지 그의 눈 밑에 거무스레한 다크 서클이 생겨 있었다.

"준비는 됐나요?" 들어오자마자 그가 물었다.

"잔디는 잘 다듬어져 있어요."

"무슨 잔디 말입니까?" 그가 멍하게 물었다. "아, 뜰의 잔디를 말하는 것이군요." 그는 창밖을 내다보고 있었지만 특별히 무언가를 보고 있다고는 할 수 없었다.

"정말 보기 좋군요." 그는 무심한 듯 말했다. "신문을 보니까 네 시경에 비가 그친다고 하더군요. 〈저널〉에서 본 것 같은데. 모든 준비가 끝났나요. 차를 마시는 데 필요한 건?"

우리는 함께 식료품 저장실로 갔는데, 그는 핀란드인 가정부를 못마땅한 듯 바라보았다. 그리고 상점에서 배달되어 온 열두 개의 레몬 케이크를 자세히 살펴보았다.

"이 정도면 됐나요?" 내가 물었다.

"물론이지요. 아주 훌륭해!" 그러고는 건성으로 덧붙였다. "……친구."

세 시 반을 지나면서 비가 뜸해지더니 축축한 안개로 바뀌었다. 이따금 안개 사이로 작은 빗방울이 이슬처럼 내렸다. 개츠비는 멍하게 클레이의 『경제학』을 들여다보다가 핀란드인 가정부가 부엌 마룻바닥을 울리며 걸어오는 소리에 깜짝 놀랐다. 그러고는 보이지는 않지만 놀라운 사건들이 쉴 새 없이 일어나고 있는 밖을 향해 시선을 던지기도 했다. 잠시 후 그는 자리에서 일어서더니 기운 없는 목소리로 집으로 가봐야겠다고 말했다.

"왜 그래요?"

"아무도 차를 마시러 오지 않는군요. 시간이 너무 늦었어요!" 그는 마치 다른 약속이 있기라도 하다는 듯 시계를 들여다보았다. "하루 종일 기다릴 순 없잖습니까."

"바보처럼 굴지 말아요. 아직 네 시 이십 분 전이에요."

내가 억지로 주저앉히기라도 한 것처럼 그는 비참한 모습으로 자리에 앉았다. 바로 그때 우리 집의 좁은 길로 들어오는 자동차 소리가 들렸다. 우리는 약속이나 한 듯이 벌떡 일어났고, 나는 어리둥절해져서 뜰로 나갔다.

물방울이 뚝뚝 떨어지는 라일락 나무 아래로 커다란 오픈카 한 대가 차도를 따라와 멈춰 섰다. 보라색 삼각 모자 아래로 고개를 숙인 데이지가 화사하고 황홀한 미소를 띠며 나를 쳐다보았다.

"정말로 여기에서 사는 거야?"

활기가 넘치는 물결 같은 그녀의 목소리는 빗속에서 강하게 울렸다. 나는 그녀의 말에 뭐라고 대답하기 전에 잠시 동안 오르락내리락하는 발소리를 귀로만 따라갈 수밖에 없었다. 푸른 페인트로 죽 그어내린 것처럼 젖은 머리카락 한 가닥이 그녀의 뺨으로 흘러내려 있었고, 자동차에서 내리는 그녀를 도와주려고 잡은 손은 빗물에 젖어 번들거렸다.

"나를 사랑하는 건 아니야?" 그녀는 내 귀에 대고 나지막하게 말했다. "그게 아니라면 왜 혼자만 오라고 한 거야?"

"그건 랙렌트 성의 비밀이야. 운전기사더러 멀리 가서 한 시간만 있다가 오라고 해."

"퍼디, 한 시간만 있다가 오세요." 그녀는 기사에게 말한 후 가라앉은 목소리로 중얼거렸다. "저 사람 이름은 퍼디야."

"휘발유 때문에 코가 어떻게 된 거야?"

"그런 일은 없었을 거야." 그녀는 천진하게 말했다. "한데 그건 왜?"

우리는 집 안으로 들어갔다. 그런데 놀랍게도 거실은 텅 비어 있었다.

"그 참 이상하네!" 내가 말했다.

"뭐가?"

그때 가벼우면서도 위엄이 있게 현관문을 두드리는 소리가 들리자 그녀는 그쪽으로 고개를 돌렸다. 내가 문을 열었다. 순간 개츠비가 죽은 사람처럼 창백한 얼굴로 아령이라도 쥔 듯이 코트 주머니에 두 손을 깊숙이 찌른 모습으로 물웅덩이 속에 서 있었다.

그는 코트 주머니에 두 손을 찌른 채 내 옆을 지나 복도로 걸어 들어갔다. 그리고 얼마 후 마치 전깃줄에 감전이라도 된 것처럼 홱 돌아서더니 거실 안으로 사라졌다. 그 장면은 사뭇 엄숙했다. 나는 심장이 쿵쾅거리며 뛰는 걸 느끼면서 점점 거세어지는 빗줄기를 막기 위해 현관문을 닫았다.

그러자 더 이상 빗소리는 들리지 않았다. 잠시 후 거실에서 나지막한 중얼거림과 짧은 웃음소리 같은 것이 들렸고. 이어 데이지의 일부러 꾸민 듯한 맑은 목소리가 들렸다.

"다시 보게 되어 정말 기뻐요."

그리고 또다시 말이 끊겼다. 참을 수 없이 무거운 침묵이었다. 나는 복도에서 더 이상 할 일이 없었으므로 방으로 들어갔다.

개츠비는 여전히 두 손을 호주머니에 찌른 채 편안함을 가장하며 벽난로 장식에 몸을 기대었다. 그가 몸을 너무 뒤로 젖힌 나머지 머리가 고장 난 벽난로의 장식용 시계 글자판에 닿을 지경이었다. 얼마 후 그는 조금은 놀란 듯했지만 우아함을 잃지 않은 자세로 딱딱한 소파 끝에 앉아 있는 데이지를 내려다보고 있었다.

"우린 전에 만난 적이 있어요." 개츠비가 중얼거리듯 말했다. 그의 눈이 순간적으로 나를 힐끔 쳐다보았고, 입술은 웃으려다 말고 그대로 벌어졌다. 그 순간 시계가 그의 머리에 눌려 위험하게 옆으로 기울자 그는 돌아서서 떨리는 손으로 시계를 붙잡아 제자리에 올려놓았다. 그러고는 뻣뻣하게 앉아 팔꿈치를 소파의 팔걸이에 올려놓고는 손으로 턱을 고였다.

"아, 시계를 건드렸군요. 죄송합니다." 그가 말했다.

이제는 내 얼굴이 붉게 달아올랐다. 머릿속에는 하고 싶은 말로 가득 차 있었지만, 그저 그런 평범한 말조차 할 수가 없었다.

"뭐 낡은 시계인걸요." 나는 두 사람에게 바보 같은 말을 했다.

한순간 모두가 시계가 바닥에 떨어져 산산조각이 났다고 생각하는 것 같았다.

"못 만난 지 오래됐지요?" 데이지는 무심함을 가장한 목소리로 말했다.

"오는 십일 월이면 오 년이 됩니다."

개츠비의 사무적인 대답에 우리는 또다시 침묵에 빠졌다. 나는 머리를 써서 부엌에 가서 차를 준비하는 것을 도와달라며 두 사람을 자리에서 일어서게 했지만, 그 순간 바로 마귀 같은 핀란드 여자가 쟁반에 차를 받쳐 들고 왔다.

찻잔과 케이크를 건네받으며 격식을 차리는 중에 평정을 되찾았다. 찻잔을 들고 그늘진 곳으로 옮겨간 개츠비는 데이지와 내가 이야기를 나누는 동안 불행해 보이는 눈빛으로 우리 두 사람을 지켜보았다. 그러나 그들이 조용히 침묵이나 지키자고 만난 것이 아니었기 때문에 나는 기회를 틈타 양해를 구하고 자리에서 일어났다.

"어딜 가십니까?" 순간 개츠비가 놀란 얼굴로 물었다.

"아, 금방 돌아올 겁니다."

"가기 전에 얘기할 게 있는데······."

개츠비는 나를 따라 부엌으로 들어오더니 문을 닫고는 비참한 목소리로 속삭였다. "오, 맙소사!"

"왜 그러십니까?"

"이건 정말 끔찍한 실수예요." 그는 머리를 좌우로 흔들며 말했다. "끔찍한, 정말이지 끔찍한 실수라고요."

"당황해서 그래요. 걱정 마세요." 그리고 나는 덧붙여 말했다. "데이지 역시 당신처럼 당황해하고 있다고요."

"그녀가 당황해 한다고요?" 그는 믿을 수 없다는 얼굴로 되풀이했다.

"당신만큼이나 당황한 것 같아요."

"목소리를 낮추세요."

"오늘 보니 당신 꼭 어린애 같군요." 나는 화를 내며 말했다. "게다가 무례하기까지 해요. 데이지는 지금 저기 혼자 앉아 있어요."

그는 손을 들어 내 말을 막고는 비난의 눈초리를 보냈는데, 그 눈빛은 지금까지도 잊혀지지 않는다. 그 뒤 그는 조심스럽게 문을 열고 거실로 돌아갔다.

나는 뒤쪽 길로 천천히 나갔다. 개츠비가 삼십 분 전에 안절부절 못하며 집을 한 바퀴 돌았을 때 그랬던 것처럼. 그러고는 무성한 잎이 비를 막아주는 지붕 노릇을 하는 커다란 옹이가 진 나무 아래로 뛰어갔다. 비가 다시 퍼붓기 시작하자 개츠비의 정원사가 잘 깎아준 엉성한 우리 집 잔디밭에는 작은 진흙 구덩이와 선사시대의 늪지 같은 것들이 곳곳에 생겨났다. 나무 아래로는 개츠비의 거대한 저택 말고는 그 무엇도 보이지 않았다. 그래서 나는 마치 칸트가 교회의 뾰족탑을 보았을 것 같은 눈으로 삼십 분 동안이나 저택을 바라보았다. 그것은 10년 전 한 양조업자가 '시대'의 유행에 맞춰 지은 집으로, 그 양조업자는 만약 근방에 있는 작은 오두막의 주인들이 모두 짚으로 지붕을 덮는다면 5년 동안 세금을 대신 내주겠다고 단언했다는 이야기가 전해져 오고 있다.

그런데 마을 사람들이 모두 그의 제안을 거절한 탓에 그는 한 가문을 세우려던 계획을 포기한 것 같았다. 그 뒤 양조업자는 바로 몰락했다고 한다. 그의 자식들은 문에서 검은 장의 화환을 떼기도 전에 그 집을 팔고 말았다. 미국인들이란 아예 농노가 되려 할 때는 있어도 소작농이 되려고는 하지 않는 법이다.

삼십 분 가량 지나자 다시 햇살이 비치면서 식료품상 자동차가 개츠비네 하인들이 먹을 저녁 식사 재료를 싣고 저택의 차도를 돌아 올라왔다. 나는 개츠비가 어떤 음식도 먹고 싶지 않을 것이라고 생각했다.

가정부 하나가 위쪽의 창문들을 열기 시작했다. 그녀는 중앙에 있는 커다란 내닫이창으로 몸을 내밀더니 뭔가 생각에 잠긴 듯한 얼굴로 정원에 침을 탁 뱉었다. 이제 돌아갈 시간이었다. 끊임없이 내리는 빗소리는 그들의 중얼거림처럼 들렸고, 감정의 강도에 따라 높아졌다가 때로는 낮아졌다 했다. 그러나 비가 그치고 다시 조용해지자 집 안도 고요 속에 내려앉는 것처럼 느껴졌다.

나는 부엌으로 갔다. 난로를 뒤집지 않았을 뿐이지 온갖 시끄러운 소리를 다 낸 뒤에 들어갔다. 그러나 그들은 어떤 소리도 들은 것 같지 않았다. 그들은 긴 소파 양 끝에 앉아서 마치 누군가 대답하기 곤란한 무엇을 물어보았거나 질문이 허공으로 날아가버린 것 같은 표정으로 마주 보고 있었는데, 아까의 당황했던 흔적은 찾아볼 수가 없었다. 내가 들어가자 데이지가 눈물 자국이 있는 얼굴로 벌떡 일어나 거울 앞에 가서 손수건으로 그 자국을 없애기 시작했다. 그러자 개츠비에게서 정말 놀랍다고밖에 할 수 없는 변화가 일어났다. 게츠비는 글자 그대로 놀랍도록 찬란한 빛을 발하고 있었다. 특별한 말이나 몸짓은 없었지만 새로운 행복감이 그의 내면으로부터 뿜어져 나와 작은 방 안을 가득 채우고 있었다.

"아, 돌아왔군요. 친구." 그는 마치 몇 년 만에 처음 만난 사람처럼 말했다. 순간적으로 나는 그가 악수를 하려는 게 아닌가 생각했다.

"비가 그쳤습니다."

"그래요?" 내 말에 방 안에 방울 같은 햇살이 비쳐들고 있다는 것을 깨달은 그는 다시 비쳐들기 시작한 햇살을 열광적으로 환영하는 기상 캐스터처럼 밝게 미소를 지었다. 그러고는 그 소식을 데이지에게 되풀이하여 전했다. "어때요? 비가 그쳤다네요."

"제이, 기뻐요." 뼈저린 슬픔을 띤 아름다운 데이지의 목소리가 예기치 않은 기쁨을 주었다.

"데이지와 함께 저희 집에 와주십시오." 그가 말했다. "데이지에게 집 구경을 시켜주고 싶어요."

"저도 함께요?"

"그럼요, 친구."

데이지는 세수를 하려고 위층으로 올라갔다. 나는 화장실에 걸린 수건이 깨끗하지 않다는 것이 생각나 창피했지만 이미 늦어 있었다. 개츠비와 나는 잔디밭에서 그녀를 기다렸다.

"우리 집 제법 근사하죠? 아닌가요?" 그가 나에게 물었다. "온통 햇살을 받고 있는 저 집 좀 보십시오."

나는 그의 말에 진심으로 동의했다.

"그래요." 그의 두 눈은 아치형 문 하나하나, 네모난 탑 하나하나를 샅샅이 훑어보는 것 같았다. "저 집을 사는 비용을 버는 데 꼬박 삼 년이 걸렸어요."

"재산을 상속 받으신 걸로 아는데요."

"그랬지요, 친구." 그가 자동적으로 대답했다. "하지만 대공황 때 거의 다 날렸어요. 전쟁의 공황 말입니다."

그는 자신이 지금 무슨 말을 하고 있는지 모르고 있는 것 같았다. 왜냐하면 내가 무슨 사업을 했느냐고 묻자, "그건 제 일이에요."라고 엉뚱한 대답을 했기 때문이다. 자신이 엉뚱한 대답을 했다는 사실을 깨달은 것은 잠시 후였다.

"아, 온갖 일을 다 했어요." 그는 얼른 정정해서 말했다. "약국 사업(금주법이 시행되던 당시 약국에서는 의사의 처방으로 위스키를 팔 수 있었다)도 하고, 석유 사업도 했지요. 하지만 지금은 모두 그만뒀어요." 그는 좀 더 주의 깊은 눈초리로 나를 쳐다보았다. "그날 밤, 제가 제안한 걸 생각해봤어요?"

내가 뭐라고 대답을 하기 전에 데이지가 나왔다. 드레스에 두 줄로 나란히 달려 있는 놋쇠 단추가 햇빛에 반짝이며 빛을 발했다.

"저 큰 저택이 당신 집인가요?" 데이지가 손으로 저택을 가리키며 물었다.

"네, 마음에 드나요?"

"물론 맘에 들고말고요. 한데 어떻게 저렇게 큰 집에서 혼자 사는 지 모르겠군요."

"저 집은 재미있는 사람들로 늘 북적이지요. 몹시 흥미로운 사람들, 이를테면 유명 스타들 말이에요."

우리는 해변을 따라 난 지름길로 가지 않고 도로 쪽으로 내려가 커다란 뒷문으로 들어갔다. 데이지는 뭔가에 홀린 듯 혼잣말을 중얼거리며 푸른 하늘을 배경으로 우뚝 솟아 있는 중세 풍의 저택에 대해 입에 침이 마르도록 찬탄했다. 그리고 노란 수선화의 짙은 향기와 산사나무와 자두꽃의 가벼운 향기, 그리고 오랑캐꽃의 옅은 금빛 향기로 꽉 찬 정원을 보면서 역시 감탄을 금치 못했다.

한데 이상하게도 우리가 대리석 계단까지 갔는데도 문을 드나드는 화려한 드레스의 움직임은 보이지 않았고, 나무에서 지저귀는 새소리 외에는 아무 소리도 들리지 않았다.

나는 집 안으로 들어가 마리 앙투아네트 풍의 음악실, 왕정복고시대 풍의 살롱을 얼쩡대면서 손님들이 우리가 지나갈 때까지 숨을 죽이고 있으라는 명령을 받고 소파와 테이블 뒤에 숨어 있는 게 아닐까 생각했다. 개츠비가 머튼 대학 도서관 풍의 문을 닫았을 때, 나는 올빼미 안경을 낀 사내가 유령처럼 큰 소리로 웃는 소리를 들었다고 확신할 수 있다.

우리는 위층으로 올라가 신선한 꽃들이 기분 좋은 향기 속에 장밋빛과 보랏빛 실크로 꾸며진 고풍스러운 침실, 의상실과 당구장, 움푹 팬 욕조가 있는 욕실들을 지나갔다. 그리고 파자마 바람에 머리카락을 엉망으로 헝클어뜨린 사내가 방바닥에서 운동을 하고 있는 방으로 들어가기도 했다. 그는 '하숙생' 클립스프링어였다. 그날 아침, 나는 그가 정신을 놓은 채 해변을 돌아다니는 것을 보았었다. 마지막으로 우리는 개츠비의 방으로 들어갔는데, 그의 방은 침실과 욕실, 그리고 애덤식 서재로 꾸며져 있었다. 우리는 방에 앉아 벽장에서 꺼내온 샤트루즈 포도주를 한 잔씩 마셨다.

개츠비는 데이지한테서 단 한 순간도 눈을 떼지 않았는데, 그녀의 사랑스럽기 그지없는 눈의 반응에 따라 집 안의 모든 것을 재평가받으려는 것 같았다. 그는 이제 그녀가 눈앞에 나타난 이상 세상의 모든 것이 의미가 없어진 것처럼 방 안의 가구들을 멍한 시선으로 둘러보았다. 그러다가 계단에서 굴러 떨어질 뻔하기도 했다.

화장대에 놓인 순금 화장 세트를 제외하면 그의 침실은 정말 소박하였다. 데이지가 행복에 겨운 얼굴로 브러시를 집어 머리를 빗어내리자 의자에 앉아 있던 개츠비는 눈을 가리고 웃기 시작했다.

"정말 우습지 않아요?" 그가 유쾌하게 말했다. "나는 할 수 없었어요. 말하려고 해보았지만……."

그는 분명히 두 단계를 지나 세 번째 단계로 접어들고 있는 것이 틀림없었다. 당황해 어쩔 줄 모르고 기뻐하는 단계를 지나 이제는 데이지가 자기 앞에 있다는 사실만으로 놀라는 것 같았다. 그는 너무나 오랫동안 그 생각에만 몰두해 있었으며, 전 생애를 걸어 그것만을 꿈꾸어왔던, 다시 말하자면 상상하기 어려울 정도로 오랫동안 데이지를 기다려왔던 것이다. 이제 그 반동으로 지나치게 조였던 태엽이 서서히 풀리고 있었다.

잠시 후, 개츠비는 정신을 가다듬고 양복, 실내복, 넥타이, 와이셔츠 등이 가득 들어 있는 커다란 옷장 두 개를 열어 보였다.

"영국에서 옷을 사 보내는 사람이 있지요. 계절이 바뀔 때마다 늘 새로운 물건을 구입해 보내오지요."

개츠비는 와이셔츠를 한 뭉텅이 끄집어내 하나씩 우리 앞에 내던졌다. 엷은 리넨, 두꺼운 실크, 고급 플란넬 등 셔츠가 떨어질 때마다 가지각색의 셔츠들의 개켜졌던 자국이 퍼지며 테이블 위를 덮었다. 우리가 그것을 보고 감탄하는 동안 개츠비는 계속 셔츠를 가져왔고, 섬세하고 값비싼 셔츠 더미는 점점 더 높이 쌓아올려졌다. 산홋빛과 능금빛, 초록빛, 보랏빛 그리고 옅은 오렌지색의 줄무늬와 소용돌이 무늬, 바둑판 무늬의 셔츠들에는 인디언 블루 색으로 그의 이름 머리글자가 새겨져 있었다. 그때 데이지가 느닷없이 셔츠에 머리를 파묻고는 울음을 터뜨렸다.

"정말 아름다운 셔츠들이에요." 훌쩍거리는 그녀의 목소리는 겹겹이 쌓인 셔츠 더미 속에 묻혀버렸다. "슬퍼요. 지금껏 이렇게⋯⋯ 이렇게 아름다운 셔츠를 본 적이 없거든요."

개츠비 저택을 샅샅이 구경한 우리는 수영장, 그리고 수상 스키를 타는 모습과 한여름의 꽃들을 둘러볼 생각이었다. 하지만 또다시 비가 내리기 시작하자 우리는 나란히 서서 파도가 넘실거리는 바다를 한동안 바라보았다.

"안개가 끼지 않았더라면 만 저쪽에 있는 당신 집이 보였을 겁니다." 개츠비가 말했다. "그곳의 부두 끝에는 항상 초록빛 불빛이 비치더군요."

데이지가 갑자기 개츠비의 팔장을 끼었지만, 그는 자신이 한 말에 정신이 팔려 있는 것 같았다. 불빛이 지니는 강렬한 의미가 영원히 사라졌다는 생각이 불현듯 떠올랐다. 그를 데이지와 갈라놓았던 머나먼 거리와 비교해보면 그 불빛은 그녀와 아주 가까이, 거의 손을 잡을 수 있을 정도로 가까이 있는 것 같았다. 달과 가까이 있는 별만큼이나 가깝게 보였던 것이다. 하지만 이제 그것은 단지 부두에 켜져 있는 초록 불빛에 지나지 않았다. 그에게 마법을 걸었던 물건들 중 하나가 사라진 것이다.

나는 어스름 속에서 희미하게 보이는 물건들을 눈여겨보면서 방 안을 어슬렁거렸다. 책상 위에 걸린 요트복을 입은 초로의 남자 사진이 내 시선을 끌었다.

"이분은 누굽니까?"

"댄 코디 씨예요."

왠지 익숙한 이름 같았다.

"지금은 세상을 떠났어요. 하지만 몇 해 전만 해도 저와 가장 절친한 친구였지요."

커다란 사무용 책상에는 역시 요트복을 입은 개츠비의 청년 시절 사진이 있었다. 개츠비는 도전적인 모습으로 머리를 뒤로 젖히고 있었는데, 열여덟 살 정도 되어 보였다.

"아, 정말 멋져요!" 데이지가 외쳤다. "이 퐁파두르 스타일(앞머리를 부풀려 위로 올린 스타일) 말이에요! 이런 머리를 했다고 말한 적은 없잖아요……. 요트 얘기도 하지 않았고요."

"이것 좀 봐요." 개츠비가 말했다. "여기에 스크랩해둔 기사들이 있어요……. 모두 당신 기사예요."

그들은 나란히 서서 신문을 살펴보았다. 내가 루비를 보여달라고 하려는데 전화벨이 울렸다. 개츠비가 수화기를 들었다.

"네……, 한데 지금은 대답하기가 곤란해요……. 지금은 말할 수 없다니까요. '작은 소도시'라고 했어요……. 작은 소도시가 어딘지 그는 알고 있을 거요…… 음, 디트로이트가 작은 소도시라고 생각하는 사람은 우리한테 소용이 없어요……."

개츠비는 전화를 끊었다.

"잠시 이리 와보실래요?" 데이지가 창가에서 말했다.

밖에서는 여전히 비가 내리고 있었다. 어느새 어둠은 서쪽으로 물러나고, 바다 위에는 거품 같은 구름이 금빛 파도가 되어 천천히 퍼져 나갔다.

"저길 봐요." 그녀는 속삭이더니 잠시 후 다시 말을 이었다. "저 금빛 구름 하나를 가져다가 당신을 태워 이리저리 밀어보고 싶어요."

나는 집으로 돌아가고 싶었지만 그들이 놓아주질 않았다. 아마 내가 옆에 있어야 단둘이 있어도 안심이 되는 것 같았다.

"이렇게 하는 게 어떻겠소?" 개츠비가 말했다. "클립스프링어에게 피아노를 쳐달라고 하는 것 말이오."

그는 "어윙!" 하고 부르며 나가더니 잠시 뒤 어리둥절해 하는 청년을 데리고 들어왔다. 성긴 금발에 조개껍데기 테 안경을 쓴 그는 몹시 피곤해 보였다. 청년은 목이 트인 단정한 스포츠 셔츠와 흐린 빛깔의 면바지를 입고 스니커즈를 신고 있었다.

"운동하는 걸 방해한 건 아닙니까?" 데이지가 겸손한 목소리로 물었다.

"오, 천만에요. 자고 있었는걸요." 클립스프링어가 당황한 목소리로 말했다. "그러니까, 조금 전까지 잠을 자고 있었어요. 이제야 잠이 깨어 일어나서……."

"클립스프링어는 피아노를 잘 칩니다." 개츠비가 청년의 말을 자르며 말했다. "그렇지, 어윙?"

"서툴러요. 아니, 잘 못 쳐요……. 피아노를 제대로 친다고 할 수 없어요. 연습을 전혀 하지 않아서……."

"자, 아래층으로 내려갑시다." 개츠비가 그의 말을 가로챘다. 그러고는 스위치를 올렸다. 집 전체에 불이 들어오면서 어두운 창들은 저 멀리로 사라져버렸다.

우리가 음악실에 들어서자 개츠비는 피아노 옆의 램프를 켰다. 그러고는 떨리는 손으로 성냥불을 그어 데이지의 담배에 불을 붙여주고는 멀리 떨어져 있는 긴 소파에 그녀와 함께 앉았다. 그곳은 홀에서 들어오는 불빛이 바닥에 반사되어 희미하게 번들거릴 뿐 어두웠다.

클립스프링어는 〈사랑의 보금자리〉를 치고 난 뒤 자세를 고쳐 앉은 후 몸을 돌려 유감스럽다는 얼굴을 하고는 개츠비를 찾았다.

"보시다시피 연습을 통 못했다는 걸 알겠죠? 서툴다고 분명히 말씀드렸잖아요. 연습을 통 안 해서……."

"말이 너무 많아, 이 친구야." 개츠비는 명령하듯 말했다. "어서 쳐보라고!"

아침에도
저녁에도
우리에겐 즐거움이 없노라……

밖에서는 세차게 부는 바람 소리와 함께 해협을 따라 희미한 천둥소리가 들렸다. 웨스트에그는 이제 환하게 불이 밝혀져 있었다. 사람들을 실은 전철은 뉴욕을 떠나 빗속을 뚫고 돌진하였다. 그런 시간은 인간의 내면에 깊은 변화가 일어나는 때였으므로, 공기 중으로 가벼운 흥분이 퍼져 나가고 있었다.

단 한 가지는 분명해, 다른 일은 잘 몰도.
부자는 더 부자가 되고, 가난한 사람에게 생기는 건 아이들뿐
그러는 동안
이럭저럭 하는 사이에……

내가 집으로 돌아가기 위해 개츠비에게 인사하러 갔을 때 그의 얼굴에 다시 당혹스러운 표정이 떠올라 있었다. 지금 누리고 있는 행

복이 그만한 가치가 있는 것인지 생각에 잠긴 듯한 표정이었다. 5년이 가까운 세월! 심지어 그날 오후에도 데이지가 그의 꿈을 깨뜨린 순간이 수없이 많았다. 그것은 그녀의 잘못이라기보다는 그가 품어온 환상의 힘 때문이었다. 그 환상은 너무나 큰 힘을 갖고 있어 현실의 그녀를 훨씬 초월해 있었다. 그는 창조적인 열정으로 자신이 만들어낸 환상에 뛰어들어, 그것이 한없이 부풀어 오르게 했다. 그리고 자신의 길 앞에 떠도는 빛나는 깃털로 환상을 장식했던 것이다. 어떤 정열이나 순수함도 한 인간이 마음속 깊숙이 품은 유령과 같은 환상을 더 이상 어찌할 수 없었다.

그를 바라보자 지금의 분위기에 어느 정도 적응을 한 것 같았다. 그는 그녀의 손을 꼭 잡고 있었는데, 그녀가 그의 귀에 입을 바싹 붙이고 뭐라고 속삭이자 감정이 솟구치는지 그녀 쪽으로 몸을 돌렸다. 이제야 생각이 나지만 물결처럼 파동을 치는 그녀의 목소리가 열띤 흥분으로 그를 사로잡았던 것 같다. 왜냐하면 그보다 매혹적인 목소리는 현실에서는 찾을 수 없는, 불멸의 노래였기 때문이다.

그들은 한동안 나의 존재를 까맣게 잊고 있었다. 한참 후에 현실로 돌아온 데이지가 나를 올려다보며 손을 내밀었다. 개츠비는 이제 나를 전혀 모르는 사람 같았다. 나는 다시 한 번 그들을 바라보았고, 그들은 강렬한 사랑의 기운에 사로잡힌 모습으로 나를 돌아다보았다. 나는 그들을 남겨둔 채 방을 나와 대리석 계단을 거쳐 빗속으로 걸어 들어갔다.

6

그 무렵의 일이었다. 어느 날 아침, 뉴욕에서 온 한 야심만만한 젊은 기자가 개츠비 저택으로 찾아와 뭔가 할 말이 없느냐고 물었다.

"할 말이라니, 무얼 말하라는 겁니까?" 개츠비가 정중하게 물었다.

"글쎄요……. 저, 대외적으로 밝히고 싶은 말이라면 뭐든지요."

처음에는 무슨 말인지 알 수가 없었지만 5분 동안 혼란스러운 대화가 오고 간 뒤에야 그 기자가 어떤 문제와 관련하여 개츠비의 이름이 오르내리는 것을 사무실에서 들었다는 사실이 밝혀졌다. 휴일임에도 불구하고 진상을 '밝히려고' 이렇게 서둘러 찾아온 것이었다.

그것은 마구잡이식 사격에 가까운 억측이었지만 그 기자의 본능은 옳았다. 개츠비의 악명은 그에게서 환대를 받은 수백 명의 사람들이 그의 과거에 대한 권위자가 되어 마구 지껄여댔고, 그 소문은 한여름 내내 부풀려지다 결국 뉴스가 될 위기에 처해 있었던 것이다. 이 무렵 '캐나다로 연결되는 지하 파이프라인' 같은 현대판 전설이 꼬리에 꼬리를 물고 이어졌고, 개츠비는 집이 아니라 집처럼 생긴 배에 살면서 그곳에서 롱아일랜드 해협을 몰래 오르내리고 있다는 이야기가 끊임없이 나돌았다. 도대체 왜 이런 꾸며낸 이야기가 노스다코타 주의 제임스 개츠비를 만족시키는 원인이 되었는지는 설명하기 어렵다.

제임스 개츠 — 이것이 바로 그의 본명, 아니, 정확하게 법률상의 이름이었다. 그는 열일곱 살 무렵, 인생의 첫발을 내디디려던 바로 그 순간에 이름을 바꿨다. 그것은 그가 댄 코디의 요트가 슈피리어 호수에서 가장 위험한 곳에 닻을 내리는 것을 본 순간이었다. 그날 오후, 찢어진 초록색 스포츠 셔츠에 무명 바지를 입고 호숫가를 따라 빈둥거리던 사람이 바로 제임스 개츠였다. 하지만 보트 한 대를 빌려 '투올로미' 호로 다가가 코디에게 반 시간 뒤면 바람이 불어 배가 산산조각날 것이라고 일러줬을 때는 제이 개츠비가 되어 있었다.

어쩌면 그는 이미 오래전부터 그 이름을 준비해뒀는지도 모른다. 그의 부모는 무능하고 별 볼일 없는 농사꾼이었다. 화려한 상상력을 가진 그는 절대 그들을 부모로 받아들일 수가 없었다.

사실 롱아일랜드 웨스트에그의 제이 개츠비는 그 자신이 제조해낸 이상적인 모습에서 튀어나온 인물이었다. 그는 신의 아들이었다. 신의 아들이야말로 바로 그를 지칭하는 말이었을 것이다. 그리고 그는 '자기 아버지인 신의 위업' 즉, 거대하고 속되며 기만적인 아름다움을 섬기는 일을 떠맡았다. 결국 그는 열일곱 살의 청년이 그릴 법한 제이 개츠비라는 인물을 상상 속에서 만들어낸 다음, 그 모습에 충실하려고 노력했다.

그는 1년이 넘도록 슈피리어의 호숫가에서 조개를 따거나 연어를 잡는 등 생계가 해결될 만한 일을 하면서 지냈다. 힘든 일을 한 후 빈둥대며 쉬는 사이에 그의 몸은 자연스럽게 근육질의 매력적인 구릿빛 피부를 갖게 되었다. 그는 일찌감치 여자에게 흥미를 가졌지만 여자에 대해 뭘 좀 알고부터는 그들을 경멸하게 되었다. 대부분의 처녀들은 무식하고 자아도취에 빠져 있었기 때문이다. 여자들 역시 그가 히스테리를 부렸기 때문에 경멸했다

그러나 그의 심연 깊은 곳에서는 언제나 알 수 없는 열정이 격렬하게 소용돌이쳤다. 잠자리에 누워 있노라면 기괴하고 환상적인 생각들이 머릿속을 꽉 채웠다. 세면대에서 시계가 째깍거리고, 바닥에 아무렇게나 벗어놓은 옷을 촉촉한 달빛이 적시는 동안, 말로 표현할 수 없을 정도로 화려한 세계가 그의 머릿속에서 실타래처럼 풀려 나갔다.

졸음이 몰려와 기괴한 환상을 망각의 이불로 감쌀 때까지 새로운 환상은 계속 몰려왔다. 한동안 이런 환상은 그의 상상력에 놀라운 지향점을 마련해주었다. 비현실적인 미래를 만족스럽게 암시해주고, 이 세상의 모든 것이 요정의 날개 위에 안전하게 놓일 수 있다는 약속을 암시해주었던 것이다.

댄 코디를 만나기 몇 달 전 미래의 영광을 본능적으로 감지한 그는 남부 미네소타 주에 있는 작은 루터파에 속해 있는 세인트 올라프 대학에 입학하였다. 그러나 자신의 미래를 보장해주지 않는 학교생활에 실망한 데다 학비 조달 차원에서 하고 있던 경비 아르바이트

마저 염증이 나자 그는 이 주일 만에 자퇴를 하고 말았다. 그 후, 그는 슈피리어 호수로 되돌아와서 일거리를 찾아다니고 있었다. 댄 코디의 요트가 그 호수에 닻을 내리던 그날도.

코디는 당시 50세로, 유콘 강의 금광과 네바다 주의 은광을 포함해 1875년 이후의 골드러시가 만들어낸 벼락부자의 행렬에 끼게 되었다. 이후 몬타나 주의 동광은 그를 억만장자로 만든 결정적인 계기가 되었다. 그는 강인한 육체의 소유자였으나 정신은 말할 수 없이 나약했다. 이를 눈치 챈 수많은 여성들이 돈을 뜯어내려고 달려들었다. 여기자 엘러 케이가 그의 약점을 이용해 맹트농 부인(프랑스왕 루이 16세의 두 번째 부인)이 하던 수법 그대로 코디를 요트에 태워바다로 내보내곤 하였다.

1902년의 저널리즘은 좋은 먹잇감을 만나자 정신없이 우려먹었다. 5년 동안에 걸쳐 기후가 좋은 해안을 따라 요트여행을 하던 코디는 마침내 리틀걸 만에서 제임스 개츠와 운명적인 해후를 하게 되었던 것이다.

노를 젓던 젊은 개츠에게 난간이 둘려진 커다란 요트는 이 세상의 모든 아름다움과 매력이 똘똘 뭉쳐 있는 듯했다. 코디를 바라보면서 그는 미소를 지었을 것이다. 자신의 미소가 사람들 마음속에 호의를 불러일으킨다는 사실을 잘 알고 있었으리라. 어쨌든 코디는 그에게 두세 가지를 물었다(그 질문에 대답하다가 개츠가 개츠비로 새로 태어나게 되었다). 그런 다음 코디는 이 젊은이가 재능이 있고 야심만만하다는 사실을 알아냈다. 며칠 뒤 코디는 그를 덜루스에 데리고 가서 청색 양복과 흰색 바지 여섯 벌을 사주었다. 요트 모자도 포함해서⋯⋯ 그리고 '투올로미' 호가 서인도 제도와 바바리 해안을 향해 떠날 때, 개츠비는 코디의 요트 안에 있었다.

그는 특별히 정해진 직책 없이 고용되어 집사일을 봐주기도 하고 항해사나 조타수가 되기도 하고, 비서 역할을 하기도 했다. 심지어는 감시인 노릇까지 했다. 술에 취하면 자신이 어떻게 된다는 것을 잘 알고 있던 코디는 만약의 사태에 대비해 개츠비에게 자신을 부탁했던 것이다.

두 사람의 관계는 5년 동안 이런 식으로 계속되었다. 그동안 요트는 미국 대륙을 세 번이나 돌았다. 어느 날 밤, 엘러 케이가 보스턴에서 요트에 올라탔다. 그리고 그로부터 일주일 뒤 댄 코디가 어처구니없게 죽었다. 그 일만 없었더라면 두 사람의 여행은 아마 영원히 계속되었을 것이다.

반백의 머리카락에 불그레하고 무표정한 얼굴을 한 그의 사진을 개츠비의 침실에서 본 기억이 난다. 그는 미국 역사 속의 중요한 시기에 개척지의 창녀촌과 술집의 야만적 분위기를 동부 해안에 이끌어온 방탕한 개척자라고 할 수 있었다. 개츠비가 술을 마시지 않는 것은 코디에게서 받은 영향 때문이라고 할 수 있었다. 파티 도중 여자들이 그의 머리카락에 샴페인을 부은 적도 있었지만 그는 절대 술에 손을 대는 법이 없었다.

개츠비는 코디로부터 상속을 받았다. 유산 금액은 2만 5천 달러였다. 하지만 실제로는 그 돈을 받지 못했다. 그에게는 의미를 알 수 없는 법률적 용어만이 앞에 있었고, 결국 코디의 막대한 재산은 엘러 케이의 몫이 되고 말았다. 개츠비가 얻은 것이 있다면 교육을 받은 것뿐이었다. 실체를 알 수 없는 제임스 개츠비의 내면세계는 코디라는 확실한 실체로 채워졌던 것이다.

내가 이 사실을 개츠비로부터 들은 것은 훨씬 나중의 일이지만 여기서 이 이야기를 적는 이유는 그에 대한 소문이 워낙 난무하고 있었기 때문이다. 이 이야기를 듣기 전까지만 해도 나는 개츠비에 대해서는 믿을 수도 없었고, 그렇다고 믿지 않을 수도 없는 상태였다.
즉 개츠비가 숨을 죽이고 있는 기간을 나는 이 오해들을 정리하는 짧은 시간으로 이용한 것이다.

내가 개츠비와 만나지 못한 지도 꽤 오래되었다. 몇 주일째 나는 그를 만나지 못한 것은 물론 전화통화조차 하지 못했다. 나는 주로 뉴욕에 있으면서 조던과 함께 이곳저곳을 다녔다. 조던의 나이 든 백모의 환심을 사려고 애쓰면서 말이다.
그러던 어느 일요일 오후, 나는 개츠비의 집으로 찾아갔다. 개츠비와 만나자마자 손님들이 찾아왔다. 놀랍게도 그 속에는 톰 뷰캐넌이 있었다.
모두 세 사람이었는데, 그들 셋은 말을 타고 왔다. 톰과 슬론이라는 남자, 그리고 갈색 승마복 차림의 미녀였다. 여자는 전에도 본 적이 있었다.

"만나서 반가워요." 현관에 서서 개츠비가 말했다. "정말이지 반갑습니다." 왠지 그들이 찾아오기를 기다리고 있었다는 듯한 뉘앙스였다.

"자, 앉으세요들! 담배는 어떤 걸로?" 그는 이곳저곳을 다니며 벨을 눌렀다. "음료수를 준비할게요."

그가 톰의 존재에 신경을 쓰고 있는 것이 확실했다. 그들이 그저 '술이나 한잔 마시려고 온 게 맞을까' 라는 의문을 확인하려는 것인지 약간 서둘렀다. 슬론은 아무것도 마시지 않겠다고 했다. 레모네이드라도? 아뇨, 괜찮습니다. 그럼 샴페인을 좀 드릴까요? 아뇨, 괜찮습니다……. 미안합니다.

"승마는 어땠나요?"

"이 근처는 길이 아주 좋은데요?"

"그렇지요, 하지만 자동차들이……."

"그렇긴 하지요."

끝내 충동을 거부할 수 없다는 듯 개츠비가 톰에게 고개를 돌렸다. "어디선가 뵌 적이 있었던 것 같습니다만, 뷰캐넌 씨."

"아, 네……." 톰은 정중하게 대답했으나 분명하게 기억하고 있는 것 같지는 않았다. "그랬지요. 기억이 납니다."

"이 주 전쯤인 것 같습니다만……."

"아, 맞아요. 저, 닉과 함께 계셨죠."

"당신의 부인도 알고 있습니다." 개츠비가 거의 도전적으로 말을 이었다.

"그런가요?" 톰이 나를 바라보았다.

"닉, 혹시 이 근처에 살고 있나?"

"바로 옆집에 산다네."

"그래?"

슬론은 다소 거만하게 아무 말을 하지 않고 등을 소파에 기댄 채 앉아 있었다. 여자도 아무 말 없이 하이볼 두 잔을 거푸 마시고 나더니 입을 열었다.

"개츠비 씨, 다음번 댁에서 열리는 파티에 우리도 참석했으면 하는데요. 괜찮을까요?"

"대환영입니다. 찾아주신다면야."

"고맙군요." 슬론은 그다지 내키지 않는 것 같은 표정으로 말했다. "이제 일어나는 게 좋겠어요."

"잠깐만요. 너무 서두르시네요." 개츠비가 간곡한 목소리로 말했다. 마음이 편해지기 시작한 그는 톰을 좀 더 관찰하고 싶었다. "더 계시다가 저녁이라도 드시고 가시는 게 어떠실지요. 뉴욕에서 다른 손님들이 불쑥 들이닥친다고 해도 전 전혀 놀라지 않을 겁니다."

"그럼 저희 집으로 가서서 저녁 식사를 하는 건 어때요." 여자가 간절하게 청했다. "두 분이 함께요."

물론 두 분 가운데는 나도 들어 있었다. 슬론이 자리에서 일어섰다.

"자, 갑시다." 그가 말했다. 그것은 그녀에게만 하는 말 같았다.

"진심이에요." 그 여자가 고집했다. "두 분을 모시고 싶어요. 자리도 충분히 여유가 있답니다." 개츠비는 나를 바라보았다. 그의 눈빛에는 가고 싶은 마음이 그대로 담겨 있었다. 다만 슬론이 불편해 하는 이유를 모르는 눈치였다.

"저는 다음 기회에……." 나는 빠지기로 했다.

"아, 그러면 당신은 올 수 있죠?" 그녀가 개츠비를 향해 재차 권유했다.

슬론이 귓속말로 그녀를 재촉했다.

"지금 가면 늦지 않을 거예요." 그녀가 목소리를 높여 개츠비를 재촉했다.

"저는 말이 없어서요." 개츠비가 말했다. "군대에 있을 땐 말을 타곤 했는데, 말을 사본 적은 없거든요. 어, 자동차를 타고 뒤쫓아 가야겠군요. 그럼, 잠깐만 실례합니다."

개츠비를 제외하고 모두가 현관으로 나갔다. 슬론과 여자가 언성을 높여 대화를 나누기 시작하였다.

"저 친구, 정말 가려는 모양이지?"

톰 뷰캐넌이 중얼거렸다.

"여자가 원치 않는다는 걸 모르는 모양이야."

"그녀가 가자고 했잖아."

"성대한 파티가 될 텐데. 저 친구가 아는 사람은 하나도 없을걸?" 그는 얼굴을 찌푸렸다. "저 작자는 도대체 어디에서 데이지를 만났다는 거야? 요즘 여자들은 너무 싸돌아다녀서 탈이라니까. 내가 구식인지는 몰라도 말이야. 별 괴상한 인간들을 다 만나고 다니니……."

슬론과 여자가 계단을 내려가더니 말을 탔다.

"자, 자, 어서 가자고." 슬론이 톰에게 말했다. "늦었다고. 서둘러 야 해." 그러고는 나를 향해 말했다. "그 사람한테 바빠서 먼저 갔다 고 전해주시겠소?"

나는 톰과 악수를 했고, 나머지 사람들은 냉랭하게 서로 고개를 끄덕여 인사를 했다. 그들이 말을 몰아 급히 8월의 무성한 정원 너 머 숲속으로 사라졌을 때, 개츠비가 모자와 가벼운 오버 코트를 들 고 나타났다.

톰은 데이지가 혼자 돌아다니는 것에 신경을 쓰는 게 분명했다. 왜냐하면 그 다음 토요일 밤에 데이지를 따라 개츠비의 파티에 나타 났기 때문이다. 그가 참석했기 때문인지 그날 밤의 파티는 왠지 묘 한 중압감 같은 게 있었다. 그해 여름 개츠비가 열었던 그날 밤 파티 는 어느 파티보다도 기억에 뚜렷이 남아 있다. 여느 때와 다름없는 사람들, 같은 샴페인, 같은 소란들이었지만 이전에 느낄 수 없었던 불쾌감이랄까, 껄끄러움 같은 게 끈적하게 느껴졌다. 그것은 어쩌면 이곳 분위기에 익숙해진 내가 웨스트에그라는 곳을 하나의 완벽한 세계로 인식하고 있다가 이제 다시 데이지의 눈을 통해 바라보게 된 것인지도 몰랐다. 적응하기 위해 온힘을 쏟았던 대상을 전혀 새로운 시각으로 본다는 것은 착잡한 일이었다.

데이지와 톰이 도착한 것은 황혼녘이었다. 현란한 파티복 사이를 헤치고 그들을 맞으러 나가자, 데이지는 기교를 부린 듯한 목소리로 속삭였다.

"정말이지 흥분을 불러일으키는 광경이야." 데이지가 속삭였다. "닉, 오늘 밤 언제라도 말만 해. 기꺼이 키스해 줄 테니. 내 이름을 부르기만 해. 녹색 카드를 보여주거나. 미리 녹색 카드를 줄 테니……"

"뒤를 한번 보시겠습니까?" 개츠비가 제안했다.

"오, 지금 둘러보고 있어요. 신나게……"

"유명 인사를 직접 보실 수 있을 겁니다."

톰이 거만한 태도로 손님들을 둘러보았다.

"나는 별로 나다니는 스타일이 아니라서 말이지." 그가 말했다. "사실, 난 아는 사람이 한 명도 없는 것 같소만."

"저 부인은 아마 아실 겁니다." 개츠비는 하얀 자두나무 아래 품위 있게 앉아 있는, 난초꽃처럼 청초하고 아름다운 여자를 가리켰다. 데이지와 톰은 은막에서나 보던 인물을 현실에서 직접 만나는 데서 오는 묘한 비현실적인 느낌을 받으며 그녀를 바라보았다.

"아름다워요!" 데이지가 나지막하게 외쳤다.

"저 여자한테 허리를 굽히고 있는 사람은 그녀가 출연했던 영화의 감독입니다."

개츠비는 격식을 차리며 그들을 이 그룹에서 저 그룹으로 안내했다.

"이쪽은 뷰캐넌 부인이고…… 저쪽은 뷰캐넌 씨입니다……." 그리고 잠시 머뭇거리다 덧붙였다. "폴로 선수지요."

"아, 아닙니다." 톰이 당황해서 재빨리 부정했다. "전 아닙니다."

톰의 이 말이 개츠비를 즐겁게 한 모양이었다. 톰은 그날 저녁 내 내 '폴로 선수'로 소개되었다.

"유명 인사를 이렇게 많이 만나다니…… 난생처음이에요!" 데이 지가 감격한 목소리로 외쳤다. "저기 저 사람이 마음에 들었어요. 이 름이 뭐죠? 코가 푸른색인 저 사람 말예요……."

개츠비는 그 남자의 이름을 알려주면서 그저 그런 연출가라고 덧 붙였다.

"글쎄, 아무튼 그 사람이 마음에 들어요."

"난 폴로 선수로 소개되는 게 부담스러운걸." 톰이 유쾌하게 말했 다. "이 유명하신 분들은 그냥 쳐다보는 것이 좋겠어. 그냥 조용 히……."

데이지와 개츠비가 함께 춤을 추었다. 점잖고 우아한 개츠비의 폭 스트롯 스텝에 놀랐던 기억이 난다. 그때까지 나는 그가 춤추는 것 을 한 번도 본 적이 없었다. 그러고 나서 두 사람이 우리 집으로 걸어 가 30분이나 돌층계에 앉아 있었다. 그동안 나는 그녀의 부탁으로 개츠비의 정원에서 망을 보았다. "불이 나거나 홍수가 날지도 모르 잖아요." 그녀가 말했다. "혹은 천재지변이 일어나면 안 되니 까……."

저녁을 먹으려고 모두 함께 앉아 있을 때 어디론가 사라졌던 톰이 나타났다.

"저기, 난 저쪽 사람들하고 식사를 했으면 좋겠는데?" 그가 말했 다. "저분이 썩 재미있는 이야기를 하고 있거든."

"그러세요." 데이지의 목소리는 매우 상냥했다. "주소가 필요하면 제 금제 만년필을 쓰세요……" 잠시 후, 그녀는 주위를 둘러보더니 톰의 옆자리에 앉은 여자에 대해 말했다. "품위는 없지만 얼굴은 예쁘네요."라고. 데이지에게 이 파티에서 즐거웠던 시간이라면 개츠비와 단둘이 있었던 30분밖에는 없었던 것 같았다.

우리가 앉은 테이블에는 술에 취한 사람들이 유난히 많았다. 모든 것은 내 실수라고 할 수 있었다. 두 주일 전 한 파티에서 개츠비가 전화를 받으러 간 사이, 나는 이 사람들과 자리를 같이했던 것이다. 그때는 재미있었는데 지금은 불쾌할 뿐이었다.

"괜찮습니까? 베데커 양."

내 어깨에 자꾸 기대려는 아가씨에게 내가 말을 건네자 그녀는 자세를 바로 하며 눈을 떴다.

"네, 네? 뭐라고요?"

데이지에게 내일 골프를 치자고 조르던 덩치 큰 여자 하나가 베데커 양을 옹호하고 나섰다.

"걱정할 것 없어요. 이 아인 별 일 없을 거예요. 칵테일이 대여섯 잔만 들어가면 언제나 저 모양이거든요. 술을 마시지 말라고 그렇게 당부했건만."

"술을 마시지 않았다고요!" 베데커 양이 말했다.

"소리를 질렀잖니? 여기 계신 닥터 시벳 씨한테 도움을 청하기도 했는걸."

"속으로는 이 아이도 고맙게 생각하고 있을 거예요." 옆자리의 친구가 빈정거리는 투로 말했다. "하지만 선생님이 이 아이 머리를 풀장에 처박는 바람에 옷이 다 젖었네요."

"난 풀장에 머리를 담그는 게 제일 싫다니까." 베데커 양이 웅얼거렸다. "뉴저지에선 하마터면 물에 빠질 뻔했어요!"

"술은 적당히 마셔야겠지." 시벳 씨가 응수했다.

"사돈 남 말 하시는군요." 베데커 양이 목청을 높였다. "선생님의 떨리는 손을 보라고요. 나는 선생님한테 절대 수술을 받지 않을 작정이에요."

이런 말을 나누느라고 몹시 소란스러웠다. 마지막으로 기억나는 일은 데이지와 함께 영화감독과 그가 뒷바라지하는 스타를 지켜본 것이었다. 그들은 아직도 자두나무 아래에 있었다. 창백한 달빛 한 줄기만큼의 사이를 두고 그들은 거의 얼굴을 맞대고 있었다. 감독은 저녁 내내 천천히 얼굴을 기울여 지금의 거리에 도달했을 것이라는 생각이 들었다. 심지어 지켜보는 사람이 있는데도 불구하고 그녀의 뺨에 키스를 하고 있었다.

"난 저 여자가 마음에 들어요." 데이지가 말했다. "저렇게 사랑스러워 보이다니!"

그 외에는 모든 것이 데이지의 마음을 거슬렀다. 그것은 그녀의 감정이었으므로 어찌할 수가 없었다. 그녀는 브로드웨이의 특성을 롱아일랜드의 어촌에 옮겨다놓은 듯한 웨스트에그의 특이함에 소름이 끼친 것 같았다. 낡은 미사여구를 경멸하며 날것이 그대로 묻어나는 활기와, 지름길을 따라 늘어선 현란한 운명들에 두려움을 느

껐다. 데이지는 자신이 이해하기 어려운 단순함과 소박함에서 무서운 그 무엇을 발견했던 것이다.

나는 그들과 함께 자동차를 기다리면서 맨 앞 계단에 앉아 있었다. 앞쪽은 어두웠다. 밝은 문만이 10평방피트가량의 정방형 빛을 부드럽고 어두운 새벽으로 내보내고 있었다. 이따금 위층 의상실 블라인드 사이로 사람 그림자가 나타났다가는 사라지곤 하였다. 그림자의 주인공들은 창 밖에서는 보이지 않는 거울을 보며 립스틱을 칠하거나 분을 바르는 사람들이었다.

"도대체 저 개츠비란 자의 정체가 뭔가?" 톰이 갑자기 생각난다는 듯이 물었다. "밀주업계의 큰손?"

"어디서 그런 소릴 들었나, 자넨?" 내가 되물었다.

"그저 내 생각일세. 벼락부자 가운데 밀주업자가 상당수 있다는 건 알잖은가?"

"개츠비는 그런 사람이 아닐세." 내가 딱 잘라 말했다.

그는 한동안 말이 없었다. 그의 발밑에서 자갈이 바스락거리는 소리를 냈다.

"어떻든 간에 이 별난 인간들을 한 자리에 모이게 하느라 애 좀 썼겠는걸."

바람이 불어와 데이지의 회색 가죽 코트의 깃이 가볍게 일렁거렸다.

"어쨌든 이 사람들은 우리 주위의 어느 사람들보다 재미있어요." 데이지가 힘주어 말했다.

"당신은 그다지 재미있어 하는 것 같지 않던데?"

"오, 아니에요. 정말 재미있어요."

톰이 씩 웃더니 나를 바라보았다.

"그 아가씨가 샤워장으로 데려다 달라고 부탁하는 모습을 지켜보던 데이지의 얼굴을 봤나?"

데이지가 음악에 맞춰 허스키한 목소리로 리드미컬하게 노래를 부르기 시작했다. 이전에도, 그리고 앞으로도 없을 것처럼 가사 하나하나를 천천히 음미하면서. 멜로디가 높아지면 콘트랄토 창법에서 흔히 시도하듯이 잠시 멈추었다가 다시 부르기도 했다. 그럴 때마다 그녀가 가진 따뜻하고 인간적인 매력이 공기 속으로 퍼져 나갔다.

"초대받지 않고 온 사람이 많이 있다고요?" 갑자기 데이지가 말했다. "그 아가씨도 불청객이었지요. 사람들이 막무가내로 들어와도 개츠비는 거절하지 못해요."

"내 관심사는 그자가 누구인지, 무슨 일을 하는지 알고 싶은 거라고." 톰은 지치지도 않는지 물고 늘어졌다. "나는 그걸 다 알아낼 수 있어."

"지금 바로 알려 드리죠." 데이지가 대답했다. "그 사람은 약국을 운영하고 있어요. 그것도 아주 많이요. 모두 자기 힘으로 일으켜 세운 사업이에요."

기다리던 리무진이 때마침 그들 앞으로 굴러 들어왔다.

"닉, 잘 자요." 데이지가 말했다.

그녀의 시선이 나를 너머 불이 켜진 계단 꼭대기에 머물렀다. 거기서는 그해에 유행한 산뜻하고도 애조 띤 왈츠 곡 〈새벽 3시〉가 열린 문을 통해 흘러나오고 있었다. 자유로움이 지나쳐 산만하기까지 한 개츠비의 파티에는 그녀의 세계에서는 사라지고 없는 낭만적인 매력이 있었던 것이다. 그녀를 다시 집 안으로 불러들이는 노래 속에 담긴 의미는 무엇이었을까? 이제 불이 꺼지고 모든 것이 어둠 속에 묻힌 이 저택에서는 무슨 일이 일어나는 것일까?

누군가 뜻밖의 손님, 모두가 감탄할 만큼 중요한 인물이 도착할지도 모른다. 아니면 눈부시게 아름다운 아가씨가 와서 운명적인 해후의 순간 첫눈에 개츠비의 마음을 완전히 사로잡아, 일편단심 한 여자를 사랑해온 지난 5년의 세월을 말끔히 씻게 해줄지도 모른다.

그날 밤, 나는 늦게까지 남아 있었다. 개츠비가 부탁해서였다. 나는 수영을 하던 패거리들이 떠들면서 어두운 해변에서 저택으로 올라온 후 손님방에 불이 모두 꺼질 때까지 정원에서 어슬렁거리고 있었다.

한참 후에야 개츠비는 층계를 내려왔다. 햇볕에 그을린 얼굴이 전에 없이 긴장되어 있었고, 반짝이는 눈은 몹시 피곤해 보였다.

"데이지는 오늘 파티를 썩 내켜 하지 않더군요." 그가 대뜸 말했다.

"좋아하는 것 같았는데요."

"아니오, 그녀는 좋아하지 않았어요." 그가 고집스럽게 말했다. "즐거운 시간을 보내는 것 같지 않았다고."

그는 입을 다물었다. 나는 그의 침묵에서 그가 말할 수 없이 우울하다는 걸 알 수 있었다.

"거리감이 느껴졌어요." 개츠비가 한참만에 말했다. "그녀가 알아주질 않아요."

"춤에 대해서 말씀인가요?"

"춤요?" 그는 손가락을 따딱 소리를 내며 튕겼다. 자신이 추었던 춤이 모두 무의미한 것이기라도 하듯. "춤 따위는 중요한 게 아니지요."

그가 원하는 것은 오직 한 가지뿐이었다. 데이지가 톰에게 다가가서, "난 결코 당신을 사랑한 적이 없어요."라는 한 마디, 그뿐이었다. 그것으로 지난 3년 간의 괴로운 세월을 깨끗이 지워버린다면 그들은 좀 더 현실적이고 구체적인 방법을 취할 수 있었다. 그녀가 자유로운 몸이 되면 두 사람은 루이빌로 돌아가 그녀의 집에서 결혼식을 올리는 것이다. 5년 전처럼.

"데이지는 이해를 못 해요." 그가 말했다. "예전에는 이해할 줄 알았어요. 우린 몇 시간씩이나 앉아서……."

그가 갑자기 말을 중단하더니 과일 껍질이며 내다버린 선물, 그리고 짓이겨진 꽃들이 어지럽게 널려 있는 길을 왔다 갔다 하기 시작했다.

"나 같으면 그녀에게 너무 많은 것을 요구하지는 않을 것 같아요." 내가 불쑥 말했다. "과거를 되돌릴 수는 없어요."

"과거를 되돌릴 수 없다고요?" 그는 믿을 수 없다는 듯 큰 소리로 말했다. "아닙니다. 그것은 가능했요!"

개츠비는 마치 과거가 자신의 손이 닿지 않는 곳에, 집 앞 그늘진 구석에 숨어 있기라도 하다는 듯 주위를 두리번거렸다.

"저는 모든 것을 옛날과 똑같이 돌려놓을 생각입니다." 그는 결연하게 고개를 끄덕이며 말했다. "그녀도 이제 알게 될 겁니다."

그는 지난 일에 대해 많은 이야기를 했다. 나는 그가 되돌리고 싶은 것이 데이지를 사랑하면서 생겨난, 그 자신에 대한 어떤 관념이 아닐까 추측했다. 그 뒤로 그의 삶은 말할 수 없이 혼란스럽고 무질서해졌지만, 만약 출발점으로 돌아가 다시 시작할 수만 있다면, 그는 그것이 무엇인지 찾아낼 수 있을 것 같았다.

……5년 전 어느 가을날, 그들은 나뭇잎이 떨어지는 거리를 함께 걷다가 달빛으로 하얗게 물든, 나무 한 그루 없는 장소에 이르렀다. 그들은 그곳에 멈춰 서서 서로를 바라보았다. 대기는 일 년 중 두 계절이 변화할 때 오는, 신비스러운 흥분을 간직한 서늘함이 느껴졌다. 집 안에 켜져 있는 조용한 불빛들이 어둠 속에서 나직한 콧노래를 부르고 있고, 별들은 소란스럽게 움직이고 있었다. 개츠비는 곁눈질로 보도블록이 실제로 사다리가 되어 나무 위의 비밀스런 장소로 올라가는 것을 보았다. 혼자서 그것을 타고 비밀스런 장소까지 올라갈 수 있을 것 같았다. 일단 그곳에 다다르면 그 무엇과도 견줄 수 없는 경이로운 생명의 자양분을 들이켤 수도 있었을 것이다.

데이지의 하얀 얼굴이 개츠비의 얼굴에 닿는 순간 그의 심장은 점점 더 빠르게 뛰었다. 이 여성과 입을 맞추고 말로 표현할 수 없는 자신의 꿈을 그녀의 숨결에 영원히 결합시킨다면, 그는 이제 신의 정신처럼 다시는 유희의 세계에 머물지 못할 것을 잘 알고 있었다. 그래서 그는 별과 부딪힌 소리굽쇠가 내는 아름다운 소리에 귀를 기울이고 있었다. 잠시 후, 그는 그녀에게 키스를 했다. 그의 입술이 그녀에게 닿자, 그녀는 꽃처럼 피어났고, 꿈은 현실이 되었다.

그가 들려준 이야기들, 즉 어처구니없는 마음속의 감상을 들으면서 나는 떠오르는 것이 있었다. 정확하게 포착할 수 없는 음률이랄까, 오래전에 어디서 들은 적이 있는 잃어버린 말의 파편 같은 것. 한순간 어떤 구절이 입가에 막 떠오르려고 하더니 벙어리처럼 벌어진 입술을 다물지 않았다. 마치 놀라서 내뱉는 짧은 한숨처럼. 그러나 그것들은 아무런 소리도 내지 못했고, 내가 간신히 떠올렸던 구절도 영원히 전달할 수 없게 되었다.

7

개츠비에 대한 호기심이 최고조에 달했던 것은 어느 토요일 밤이었다. 그날 그의 집에는 불이 켜져 있지 않았다. 트리말키오(페트로니우스의 작품에 등장하는 인물)로서 그의 경력은 시작할 때 그랬듯 슬그머니 막을 내렸던 것이다.

기대에 차서 그의 저택 차도에 몰려온 자동차들이 잠깐 머물렀다가 화가 나서 떠나버린다는 것을 알았다. 나는 그가 병이라도 난 게 아닌지 알아보려고 찾아갔다. 그러자 험상궂은 얼굴을 한 집사가 수상쩍은 듯 빠끔히 내다보았다.

"개츠비 씨가 어딘가 좀 불편하신가요?"

"전혀요." 그는 잠시 침묵한 뒤, 마지못한 듯 '선생님'이라는 호칭을 덧붙였다.

"요새 통 얼굴을 뵙지 못해서요. 캐러웨이란 사람이 왔었다고 전해주십시오."

"누구라고요?" 그가 무례하다고 할 정도로 따져 물었다.

"캐러웨이!"

"캐러웨이! 네, 알았습니다. 그렇게 전하지요."

그러고는 문을 쾅 닫아버렸다.

우리 집 핀란드인 가정부가 전해준 말에 따르면, 개츠비는 일주일 전에 집에서 부리던 하인들을 모두 해고시키고 대여섯 명 새로 고용했는데, 그들은 웨스트에그에 가서 상인들에게 매수당하는 일 없이 전화로 필요한 식품을 주문한다는 것이었다. 식료품 배달 소년이 전하기를 주방이 마치 돼지우리 같더라고 했고, 새 고용인들은 전혀 하인 같지 않다는 소문이 마을에 나돌았다.

다음 날, 개츠비가 전화를 걸어왔다.

"다른 곳으로 떠나려고 하십니까?" 내가 물었다.

"아닙니다, 친구."

"하인을 모두 내보냈다고 들었습니다만."

"멋대로 입을 놀리는 사람을 두고 싶지 않아서요. 데이지가 자주 놀러 오거든요. 특히 오후에."

말하자면 그녀의 불만스러운 한 번의 눈빛에 대저택 전체가 카드로 만든 집처럼 폭삭 주저앉아버리고 말았던 것이다.

"울프심이 돌봐주고 싶어 하던 사람들입니다. 모두 형제 자매 같은 사이예요. 조그만 호텔을 함께 경영한 적도 있지요."

"아, 네."

그는 데이지의 부탁으로 전화를 걸었노라고 했다. 내일 그녀의 집에서 점심 식사를 하지 않겠느냐는 것이었다. 베이커 양도 올 예정이라고 했다. 반 시간쯤 뒤 데이지가 직접 전화를 했다. 그리고 내가 간다는 것을 확인하자 안심하는 듯했다. 무슨 일이 있는 게 분명했다. 그러나 그들이 설마하니 그 자리를 빌어 소동을 벌이리라고는 생각지 못했다. 특히 정원에서 개츠비가 미리 대충 말해주었던, 끔찍한 그 소동을.

다음 날은 유난히 날씨가 푹푹 쪘다. 여름이 끝나갈 무렵이었는데, 그날은 몹시 더웠다. 내가 탄 기차가 터널을 지나 찌는 듯한 태양 아래로 나왔을 때 내셔널 비스킷 회사에서 내는 요란한 기적 소리가 지글거리는 한낮의 정적을 깨뜨리고 있었다. 차 안의 왕골 시트는 금방이라도 불이 댕겨질 것 같았다. 내 옆에 앉은 여자는 흰 셔츠 안으로 땀이 마구 흘러내리는 것을 참고 있다가 들고 있던 신문이 손가락 사이에서 축축하게 젖자 더 이상 폭염을 참지 못하고 소리를 지르면서 소파 깊숙이 몸을 파묻었다. 그 바람에 그녀의 지갑이 바닥에 떨어지고 말았다.

그녀는 "어머!" 하고 소리를 냈다.

나는 나른한 상체를 굽혀 지갑을 주운 뒤 소매치기범이 아니라는 사실을 알리기 위해 팔을 쭉 뻗어 그녀에게 돌려주었다. 하지만 그녀를 포함하여 주위 사람들 모두가 나를 의심하는 눈초리였다.

"지독히 찌는군요!" 차장이 낯익은 얼굴들을 향해 말했다. "정말 대단한 날씨예요……. 더워! ……정말 덥다! 더워! ……손님도 덥지요? 참…….”

내 정기승차권이 그의 손에서 거뭇한 얼룩을 묻혀서 돌아왔다. 이

런 더위라면 차장이 누군가의 뜨겁게 달아오른 입술에 키스를 하든,
누군가의 머리가 그의 가슴 쪽 셔츠 주머니를 축축하게 젖게 하든
아랑곳하지 않을 것이었다.

……우리가 문에서 기다리고 있는 동안, 뷰캐넌 저택의 복도를 통
해 한 줄기 미풍이 개츠비와 내게 전화벨 소리를 실어다주었다.

"주인님의 시체요!" 집사가 수화기에 대고 고함을 질렀다. "부인,
죄송합니다만 지금은 도움을 드릴 수 없는데요. 이런 한낮에는 너무
더워 손도 댈 수가 없어요!"

하지만 실제로 그가 한 말은 "네……. 네……. 한번 알아보겠습니
다"였다.

그는 수화기를 내려놓고 땀에 젖어 번질거리는 얼굴로 우리에게
다가와 딱딱한 밀짚모자를 받아들었다.

"부인께서 살롱에서 기다리고 계십니다!" 그렇게 할 필요도 없는
데, 그쪽을 가리키면서 그가 외쳤다. 이런 무더위에는 불필요한 몸
짓 하나하나가 짜증을 불러일으키기에 충분했다.

차양이 길게 그늘을 드리우는 그 방은 어둠이 주는 시원함이 있었
다. 데이지와 조던이 윙윙대며 돌아가는 선풍기 바람에 날리는 옷자
락을 누르며 커다랗고 긴 소파에 누워 있는 모습이 마치 은으로 만
든 우상 같았다.

"움직이질 못하겠어요." 그들이 합창을 하듯 내게 말했다.

분을 바른 조던의 그을린 손가락이 잠깐 내 손 안으로 미끄러져
들어왔다.

"우리의 스포츠맨 톰 뷰캐넌 씨는?" 내가 물었다.

바로 그때 홀에서 퉁명스런 목소리로 통화를 하고 있는 톰의 쉰 목소리가 들려왔다.

개츠비는 심홍색 카펫 한가운데 서서 황홀한 듯이 주위를 살펴보았다. 데이지는 그를 쳐다보며 말할 수 없이 감미롭고 자극적인 웃음을 지었다. 그녀의 가슴에서 섬세하기 그지없는 분가루가 공중으로 피어올랐다.

"듣기로는……." 조던이 소곤거렸다. "전화를 건 사람은 톰 애인이래요."

우리는 잠자코 있었다. 홀에서 화를 내는 소리가 점점 커졌다. "그럼, 알았어. 당신한테 그 차를 팔진 않겠어……. 난 당신에게 아무것도 빚지지 않았다고……. 그리고 그 문제로 점심 시간에 나를 성가시게 하는 건 정말이지 못 참겠단 말이야!"

"저건 수화기를 막고 떠들고 있는 거야." 데이지가 빈정거리는 투로 말했다.

"그렇지 않아." 나는 그녀에게 단언하듯이 말했다. "저건 진짜야. 우연히 알게 된 사실이지만 말이야."

문을 활짝 열더니 톰이 육중한 몸으로 문간을 잠시 가렸다가 성급히 방으로 들어왔다.

"개츠비 씨!" 그는 싫은 내색을 감추며 넓적한 손을 내밀었다. "반갑습니다……. 닉도……."

"시원한 음료 좀 갖다 줘요." 데이지가 소리쳤다.

톰이 방에서 나가자 그녀는 개츠비 곁으로 다가가 그의 얼굴을 끌어내려 키스했다.

"내가 당신을 사랑한다는 거 아시죠?" 그녀가 속삭이듯 말했다.

"여기에 숙녀가 있다는 걸 잊었나요." 조던이 말했다.

그러자 데이지는 그녀의 말에 개의치 않는 듯한 얼굴로 돌아보았다.

"너도 닉에게 키스하지그래."

"세상에! 점잖지 못하게!"

"뭐라고 해도 상관없어!" 데이지가 소리치고는 벽돌로 만든 벽난로 가에서 또각또각 소리를 내며 나막신 춤을 추기 시작했다. 잠시 후 온몸이 달아오르자 죄책감이라도 들었는지 긴 소파에 가서 앉았다. 그때 보모가 예쁘게 차려입인 조그만 계집애를 방으로 데리고 왔다.

"아이고, 우리 귀염둥이 보물!" 그녀는 두 팔을 내밀며 낮은 목소리로 소곤댔다. "자, 사랑하는 엄마에게 와봐."

보모가 놓아주자 아이는 어머니 품속에 수줍게 파고들었다.

"아, 우리 보물! 엄마가 네 금발머리에 분가루를 묻혔구나. 자, 이제 인사를 해야지."

개츠비와 나는 몸을 굽혀 소녀가 마지못해 내민 작은 손을 잡아주었다. 이때 개츠비는 아이에게서 놀란 듯한 눈을 떼지 못하고 있었다. 전에는 그 아이의 존재를 생각해보지 못했던 것 같았다.

"점심시간 전인데 옷을 갈아입었어요." 아이는 데이지에게 몸을 돌리며 말했다.

"엄마가 우리 아가를 사람들에게 자랑하고 싶어서란다."

데이지는 아이의 하얀 목주름 속에 얼굴을 파묻었다.

"넌 엄마의 꿈이야. 순수하고 작은 꿈이지."

"알아요." 아이가 조용히 대답했다. "조던 아줌마도 흰옷을 입었네요."

"엄마 친구들 어때?" 데이지가 아이를 한 바퀴 돌려 세워 개츠비와 마주 보도록 했다. "아저씨들 멋지지 않아?"

"한데 아빠는 어디 계세요?"

"이 앤 아빠를 안 닮았어요." 데이지가 말했다. "절 닮았어요. 머리카락이며 얼굴이 절 꼭 빼닮았어요."

데이지는 다시 긴 소파에 기대앉았다. 보모가 한 발짝 앞으로 다가서더니 손을 내밀었다.

"이리 와, 패미."

"잘 가, 예쁜 내 아가!"

반듯한 교육을 받고 자란 아이는 내키지 않는다는 듯 돌아보더니 보모의 손을 잡고 밖으로 나갔다. 그때 톰이 얼음으로 가득 채워 찰랑거리는 진리키 탄산수 넉 잔과 라임 과즙을 탄 음료수 넉 잔을 받쳐 들고 들어왔다.

개츠비가 자신의 잔을 들었다.

"정말 시원해 보이는군요." 개츠비의 얼굴은 긴장한 표정이 역력했다.

우리는 그것을 단숨에 쭉 들이켰다.

"어디선가 태양이 갈수록 더 뜨거워지고 있다는 글을 읽은 적이 있어요." 톰이 다감한 목소리로 말했다. "얼마 후면 지구는 태양 속에 빠져들 것 같습니다……. 아니, ……. 그와 정반대였나……. 뭐 태양이 해마다 식어가고 있다던가 뭔가……."

"우리, 밖으로 나갑시다." 톰이 개츠비에게 제안했다. "집 구경을 시켜드리지요."

나는 그들과 함께 베란다로 나갔다. 더위 속에 그대로 고여 있는 듯한 푸른 해협에 작은 돛단배 한 척이 푸르른 바다 쪽으로 천천히 나아가고 있었다. 개츠비는 눈으로 그 배를 쫓더니 한쪽 손을 들어 만 건너편을 가리켰다.

"저는 저 건너편에 살고 있습니다."

"아, 그렇습니까?"

우리는 눈을 들어 장미꽃밭 너머로 있는 뜨거운 잔디밭과 해변을 따라 불볕더위 아래 쌓인 잡초 더미를 건너다보았다. 돛단배의 하얀 날개가 푸르른 수평선을 배경으로 천천히 움직이고 있었다. 그 앞에는 부채처럼 펼쳐진 대양과 수없이 많은 축복받은 섬들이 떠 있었다.

"한번 해볼 만한 게임이 있는데……." 톰이 고개를 끄덕이며 말했다. "이 친구랑 한 시간만 저 배를 탔으면 좋을 것 같은데."

우리는 햇빛을 가려놓은 식당에서 점심과 함께 흑맥주를 들이켜며 거북한 흥거움을 가라앉히려고 애썼다.

"오늘 오후에는 뭘 하지?" 데이지가 말했다. "그리고 내일은, 또

삼십 년 후에는?"

"그렇게 유난 떨지 말아요." 조던이 대꾸했다. "가을이 와서 날씨가 상쾌해지면 인생은 다시 시작될 테니까요."

"하지만 지금은 너무 더워." 데이지는 곧 울음이라도 터뜨릴 듯한 얼굴로 짜증을 냈다. "더워서 그런지 만사가 뒤죽박죽이야. 우리 다 같이 시내에 나가는 게 어때요?"

그녀의 목소리는 더위로 무력해진 심신을 추스르려고 안간힘을 썼다. 그녀는 자신의 무의미한 소리에 형체를 부여하려는 듯했다.

"마구간을 차고로 고친다는 얘기는 들어봤지요." 톰이 개츠비에게 말했다. "그러나 차고를 뜯어서 마구간으로 만든 사람은 아마 내가 최초일 겁니다."

"시내에 나갈 사람 없어요?" 데이지가 말했다. 개츠비의 시선이 그녀 쪽으로 옮겨갔다. "아!" 하고 그녀가 가느다랗게 외쳤다. "당신 정말 멋져요."

둘만의 공간에서 눈이 마주친 순간, 두 사람은 서로를 응시했다. 그러고는 그녀가 힘겹게 시선을 식탁 아래로 떨어뜨렸다.

"당신은 정말 멋져요." 그녀가 되풀이해 말했다.

데이지가 그를 사랑한다고 말한 것이다. 톰 뷰캐넌은 그 사실을 알아차렸다. 순간 그야말로 아연실색한 듯했다. 톰은 벌린 입을 다물지 못한 채 개츠비를 쳐다보더니 오래전에 알았던 사람을 이제야 제대로 알아본 것처럼 데이지를 쳐다보았다.

"당신은 광고에 나오는 사람 같아요." 데이지는 천연덕스럽게 말을 이어갔다. "그 광고에 나오는 사람을 당신도 알 거예요……."

"좋아." 톰이 급히 말을 가로막았다. "나도 시내에 가고 싶어졌어. 자, 우리 모두 시내로 나갑시다."

그는 계속 개츠비와 자기 아내를 날카롭게 쏘아보며 자리에서 일어섰다. 그러나 그 누구도 움직이려고 하지 않았다.

"자, 일어나라고!" 그는 화를 냈다. "도대체 왜들 이러는 거지? 시내에 나갈 거라면 서둘러야 한다니까."

그는 분노를 가라앉히느라고 마지막 남은 흑맥주잔에 입술을 갖다 댔다. 맥주잔을 잡은 손이 심하게 떨리고 있었다.

잠시 후 우리는 데이지의 목소리를 듣고 자리에서 일어나 태양 아래 이글거리는 자갈길로 나갔다.

"지금 간다고요?" 그녀가 의아하다는 듯이 말했다. "그냥 이렇게요? 담배를 피울 사람들에게 담배 피울 시간은 좀 줘야 하지 않아요?"

"점심 먹으면서 다들 피웠잖아."

"아, 즐겁게 놀자고요." 데이지가 그에게 사정조로 말했다. "짜증을 내기에는 너무 더워요."

톰은 아무런 대꾸도 하지 않았다.

"당신 하자는 대로 할게요." 그녀가 말했다. "조던, 이리 좀 와봐."

세 사람의 남자가 발로 뜨거운 자갈을 차면서 서 있는 동안 여자들은 위층으로 올라가 외출 준비를 했다. 서쪽 하늘에는 은빛 초승달이 걸려 있었다. 개츠비가 무슨 말을 하려다 그만두자 톰이 몸을 휙 돌려 그를 마주 보았다.

"무슨 말을 하려고요?"

"마구간이 여기 있나요?" 개츠비가 냉정을 가장하며 물었다.

"이 길로 반 마일쯤 내려가면 있어요."

"음."

잠시 침묵이 흘렀다.

"왜 시내에 나가려고 하는지 통 모르겠단 말씀이야."

톰이 내뱉듯 말했다. "여자들 머리통엔 늘 그런 것들만 꽉 들어찼다니까."

"마실 걸 좀 가져갈까요?" 위층 창문에서 데이지가 물었다.

"위스키를 꺼내 올게." 톰이 대답하며 안으로 들어갔다. 개츠비가 딱딱하게 굳은 얼굴로 나를 돌아보았다.

"이 집에서는 어떤 말도 할 수 없군!"

"데이지의 목소리는 조심성이 없어요." 내가 말했다. "그 애의 목소리에는 뭔가 가득……."

그러고는 입을 닫았다.

"그녀의 목소리는 돈으로 가득 차 있어요." 느닷없이 그가 말했다.

그의 말은 정확했다. 나도 전에는 미처 깨닫지 못한 것이었다. 데이지의 목소리는 돈으로 가득 차 있었다. 돈 안에서 오르락내리락하는 특별한 매력, 그리고 딸랑거리기도 하고 때론 심벌즈 같은 노랫소리…… 하얀 궁전 저 높은 곳에 임금님의 따님이, 그 황금의 아가씨가…….

톰이 1쿼트짜리 술병을 타월로 싸서 집 안에서 나왔다. 그의 뒤를 따라 금속 느낌의 천으로 만들어진 꽉 끼는 모자를 쓰고, 팔에 얇은 외투를 걸친 데이지와 조던이 나왔다.

"제 차에 모두 탈래요?" 개츠비가 녹색 시트를 만지작거리며 말했다. "그늘에 세워둘 걸 그랬군요."

"변속 기언가요?" 톰이 물었다.

"네."

"그럼 당신이 내 쿠페를 몰고, 내가 시내까지 댁의 차를 모는 것으로 하죠."

톰의 제의가 개츠비는 못마땅한 듯했다.

"기름이 모자랄걸요." 개츠비가 썩 내키지 않은 얼굴로 말했다.

"기름은 얼마든지 있어요." 톰이 거만하게 말했다. 그러고는 연료 계측기를 보았다. "기름이 떨어지면 약국에 가면 됩니다. 요즘에는 약국에서 뭐든지 다 살 수 있으니까요."

핵심에서 약간 빗나간 것이 분명한 이 말에 잠시 침묵이 흘렀다. 데이지가 언짢은 듯이 톰을 쳐다보았고, 개츠비의 얼굴에는 뭐라고 형언하기 어려운 표정이 순식간에 스쳐 지나갔다. 마치 내가 직접 보는 것이 아니라 누군가가 전해주는 것처럼 낯설고 어렴풋한 그런 표정이었다.

"데이지, 이리 와." 톰이 개츠비의 자동차 쪽으로 그녀를 밀면서 말했다. "이 곡마단 마차에 태워줄게."

견딜 수 없는 폭염 아래에서 그가 차문을 열었지만 그녀는 톰의 팔에서 빠져나왔다.

"당신은 닉하고 조던을 데리고 가세요. 우리는 쿠페를 타고 뒤따라 갈게요."

그녀는 개츠비의 옆에 바짝 다가서서 손으로 그의 코트를 만졌다. 조던과 톰, 그리고 나는 개츠비의 차에 올라탔고, 톰은 익숙지 않은 기어를 시험 삼아 조작해보더니 곧 숨이 막힐 듯한 폭염 속으로 쏜살같이 차를 몰았다. 뒤에 남겨진 그들의 모습은 더 이상 보이지 않았다.

"봤지?" 톰이 말했다.

"뭘?"

조던과 내가 이미 알고 있었다는 것을 깨닫고 그는 날카롭게 나를 쏘아보았다.

"내가 바보인 줄 아나보지?" 그는 우리를 넌지시 떠보았다. "하기야 어쩌면 난 바보인지도 모르지. 그런데 내게도 그…… 가끔 어떻게 해야 하는지 알려주는 통찰력 같은 게 있단 말씀이야. 믿지 않을는지 모르지만 과학은…… ."

그가 갑자기 말을 멈췄다. 조금 전에 일어난 돌발적인 사건이 그를 이론의 심연 끝에서 끌어냈던 것이다.

"저 작자에 대해 조금 조사를 해봤어." 그가 계속 말을 이었다. "더 철저히 알아봤어야 하는 건데, 이럴 줄 알았더라면…… ."

"무당한테라도 찾아갔다는 말이에요?" 조던이 장난스럽게 물었다.

"뭐라고?" 우리가 큰 소리로 웃자 그는 어안이 벙벙해져서 우리를 바라보았다. "무당이라고?"

"개츠비에 관한 것 말이에요."

"개츠비에 관한 것이라니! 아니, 내 말은 그게 하니라 그 작자의 과거를 좀 알아봤다는 거요."

"아, 그럼 그가 옥스퍼드 출신이란 걸 알아냈겠군요." 조던이 들뜬 목소리로 말했다.

"옥스퍼드 출신이라니!" 그는 믿을 수 없다는 얼굴을 했다. "빌어먹을, 옥스퍼드가 얼어 죽었겠다! 저 꽃분홍 양복을 입고 있는 꼬락서니라니!"

"하지만 그는 옥스퍼드 출신인걸요."

"뉴멕시코에 있는 옥스퍼드겠지." 그는 코웃음을 쳤다. "아니면 그 비슷한 뭐겠지."

"이봐요, 톰. 이렇게 바보처럼 굴 거면 뭐하러 그 사람을 점심 식사에 초대했어요?" 조던이 따지고 들었다.

"데이지가 초대한 거야. 우리가 결혼하기 전부터 알던 사이라나 뭐라나. 어디서 알았는지 모르지만!"

우리는 흑맥주의 취기에서 막 깨어나고 있는 중이었으므로 모두 신경이 날카로울 대로 날카로워져 한동안 침묵 속에서 달렸다. 그러고 보니 닥터 T. J. 에클버그의 빛바랜 눈이 길 아래쪽으로부터 시야에 들어왔다. 나는 기름이 부족할지도 모른다고 했던 개츠비의 말이 생각났다.

"시내까지는 충분히 갈 수 있어." 톰이 말했다.

"바로 저기에 주유소가 있잖아요." 조던이 제동을 걸고 나섰다. "이 찌는 더위에 기름이 떨어져 길에서 꼼짝 못하게 되는 건 정말 끔찍해요."

톰은 성급하게 양쪽 브레이크를 밟았고, 우리는 월슨 정비소의 간판 밑으로 미끄러지듯 들어가 멈춰 섰다. 잠시 후 주인이 나타나 휑한 눈으로 자동차를 바라보았다.

"기름 좀 넣어주게!" 톰이 짜증스럽게 소리쳤다. "우리가 뭣 때문에 차를 멈춘 것 같나, 경치나 감상하려고?"

"몸이 좋지 않아요." 월슨이 꼼짝도 않은 채 말했다. "온종일 앓고 있었어요."

"왜 그러는데?"

"지친 거지요."

"그럼 내가 넣을까?" 톰이 말했다. "아까 전화 걸 때는 활기차 보이던데."

문설주 그늘에 간신히 기대어 섰던 월슨은 몸을 떼고는 가쁘게 숨을 몰아쉬며 휘발유 탱크의 뚜껑을 열었다. 햇빛에서 보니 그의 얼굴색이 푸르죽죽했다.

"식사를 방해할 생각은 없었어요." 그가 말했다. "하지만 돈이 아주 급해요. 그리고 당신이 옛날 차를 어떻게 할 건지 궁금하기도 했고요."

"이 차는 괜찮나?" 톰이 말했다. "지난주에 새로 산 건데 말이야."

"노란색이 정말 멋져요." 윌슨이 휘발유 펌프 손잡이에 힘을 주며 말했다.

"사고 싶나?"

"그건 모험이 필요하겠는데요." 윌슨이 힘없이 미소를 지었다. "안되겠어요. 다른 차도 있으니까요."

"갑자기 왜 돈이 필요한 거요?"

"이곳에 너무 오래 살았어요. 다른 데로 옮기고 싶어요. 마누라와 함께 서부에 가서 살고 싶어요."

"당신 부인도 가고 싶어 한다고?" 톰이 깜짝 놀라 외쳤다.

"십여 년 전부터 마누라는 그 소리를 해왔어요." 그는 펌프에 잠깐 기대 서서 눈을 가리고 쉬었다. "이번에는 원하든 원하지 않든 갈 겁니다. 마누라랑 함께요."

쿠페 한 대가 한바탕 먼지를 일으키고 손을 흔들며 우리 곁을 쏜살같이 지나갔다.

"얼마지?" 톰이 거칠게 물었다.

"이틀 동안 제가 몰랐던 황당한 사실을 알게 되었어요." 윌슨이 말했다. "그래서 이사를 가려는 거지요. 자동차 때문에 성가시게 해 드린 것도 그래서였고요."

"얼마냐니까?"

"일 달러 이십 센트요."

폭염으로 정신이 혼미해진 나는 그가 그때까지만 해도 톰을 의심하고 있지 않다는 사실을 깨닫기까지 조금 시간이 걸렸다. 그는 머틀이 자기 곁을 떠나 다른 세계에서 전혀 다른 종류의 삶을 누리고 있다는 사실을 발견한 충격에 결국 병이 나고 만 것이다. 나는 그를 물끄러미 쳐다보고 나서 톰에게로 눈길을 돌렸다.

그런데 불과 한 시간 전에 톰도 그와 비슷한 발견을 했던 것이다. 지능이나 인종의 차이는 아픈 사람과 건강한 사람의 차이에 비하면 너무나 하잘것없다는 생각이 문득 머리를 스쳐갔다. 병색이 짙은 윌슨의 얼굴은 죄를 지은 사람, 그것도 도저히 용서받지 못할 죄를 지은 사람 같았다. 마치 한 가엾은 소녀를 임신시키기라도 한 듯이 말이다.

"차를 팔겠어." 톰이 말했다. "내일 오후에 보내주지."

그 지역은 햇볕이 쨍쨍한 대낮인데도 늘 막연한 불안감이 감돌았다. 나는 문득 뒤를 조심하라는 경고라도 받은 듯 뒤를 돌아다보았다. 쓰레기 더미 너머로 닥터 T. J. 에클버그의 거대한 눈이 망을 보고 있었지만, 얼마 후 나는 또 다른 눈이 20피트도 떨어지지 않은 곳에서 섬뜩할 정도로 강렬한 빛을 번득이며 우리를 지켜보고 있다는 사실을 깨달았다.

정비소 위층의 수많은 창문 중 하나의 창문 커튼이 옆으로 살짝 젖혀져 있었다. 머틀 윌슨이 거기에서 자동차를 내려다보고 있었다. 그녀는 너무 열중한 나머지 누군가가 자신을 보고 있다는 사실조차 알아차리지 못했다. 그 얼굴에는 사진을 현상할 때 피사체가 천천히 떠오르는 것처럼 복잡한 감정이 떠올랐다. 그녀의 얼굴은 이상하리만큼 낯익은 것이었다. 보통 여자들의 얼굴에서 흔히 볼 수 있는 표정이었지만 머틀 윌슨의 얼굴은 특별한 목적도 없고 뭐라고 말하기 어려운 그 무엇이 있었다. 잠시 후, 나는 마침내 질투와 공포로 부릅뜬 그녀의 눈이 톰이 아니라 조던 베이커를 향하고 있음을 깨달았다. 그녀는 조던을 톰의 아내로 착각한 것이다.

오해가 불러일으키는 혼돈처럼 고통스러운 것도 없다. 차가 달리는 동안 톰은 몹시 겁에 질려 있었다. 한 시간 전까지 온전히 그의 것이었던 아내와 정부가 갑자기 그의 손에서 빠져나가려 하고 있었던 것이다. 그는 윌슨을 뒤로 하고 데이지를 쫓기 위해 가속기를 힘껏 밟았다. 시속 50마일로 애스토리아를 향해 달려 마침내 고가 철도의 거미줄 같은 기둥 사이에 이르러서야 한가롭게 달리고 있는 푸른색 쿠페를 발견했다.

"오십번가 근처의 영화관이 시원해요." 조던이 말했다.

"전 사람들이 떠난 텅 빈 여름날 오후의 뉴욕이 참 좋아요. 특별히 감각적인 느낌을 주거든요. 마치 갖가지 신기한 과일들이 수확할 정도로 농익었다고나 할까요."

'감각적'이라는 말을 들은 톰은 더욱 심란해졌지만, 그가 반대 이유를 찾아내기도 전에 쿠페가 멈췄다. 데이지가 우리에게 옆에 차를 세우라고 손짓을 했다.

"어디로 가죠?" 그녀가 소리쳤다.

"극장으로 가는 게 어때?"

"너무 더워요." 그녀가 불평했다. "그러니 당신들이나 가요. 우리는 차로 돌아다니다가 나중에 합류할게요." 그녀는 나름대로 재치 있게 말하려고 애를 썼다. "길가 모퉁이에서 만나죠. 한꺼번에 담배 두 개비를 피우고 있는 사람을 만나면 저라고 생각하세요."

"여기서 더 이상 노닥거리고 있을 순 없어." 트럭 한 대가 욕지거리를 퍼붓듯 큰 소리로 경적을 울려댔기 때문에 톰이 신경질적으로 말했다. "센트럴 파크 남쪽 플라자 호텔 앞으로 따라와."

그는 고개를 돌려 몇 번이나 차가 뒤따라오는지 확인했고, 교통신호 때문에 제대로 따라가지 못하면 차가 보일 때까지 속도를 늦추곤 했다. 그들이 옆길로 새어 자신의 삶에서 영원히 사라져버리는 게 아닐까 걱정하는 듯했다.

그러나 그들은 그러지 않았다. 우리는 플라자 호텔의 특실을 빌렸는데 그것은 설명하기 어려운 행동이었다.

그 방으로 몰려 들어갈 때까지 얼마나 소란스럽게 입씨름을 벌였는지는 어렴풋이 기억이 난다. 특히 떠들어대는 중에 속옷이 뱀처럼 축축하게 다리를 휘감았고, 가끔 등줄기로 땀방울이 서늘하게 흘러내렸던 기억은 아직도 생생하다. 그것은 데이지가 욕실 다섯 개를 빌려 냉수욕을 하자고 하는 바람에 결정된 일이었는데 나중에는 '민트줄렙을 마실 만한 장소'로 적당하다는 조금 더 구체적인 의견이 나왔다. 우리는 하나같이 '말도 안 되는 아이디어'라고 하면서도, 어리둥절해 하는 호텔 프런트 직원에게 모두가 한마디씩하고는 우리가 정말 재미있는 짓을 하고 있다고 생각했다. 아니면 그냥 그렇게 생각하는 척한 것인지도 모른다.

　방은 컸지만 답답했고, 벌써 네 시가 되었는데도 열어놓은 창문을 통해 공원의 뜨거운 바람만 불어왔다. 데이지는 우리에게 등을 돌린 채 거울 앞에서 머리를 매만졌다.

　"방이 아주 좋아요." 조던이 감동한 듯 혼잣말을 하자 모두들 웃었다.

　"창문을 모두 열어." 데이지가 돌아보지도 않고 명령하듯 말했다.

　"더 열 창문도 없는걸."

　"그럼 전화로 도끼를 가져오라고 할까……."

　"더위는 잊고 있으면 되는 거야." 톰이 성마르게 말했다. "덥다고 짜증을 부리면 열 배는 더 더워지는 법이라고."

　그는 위스키 병을 감싸고 있던 수건을 탁자 위에 탁 하고 올려놓았다.

　"그녀를 그냥 좀 놔둬요, 친구." 개츠비가 말했다. "당신이 시내로 오자고 하지 않았소."

　잠깐 침묵이 흘렀다. 이때 못에 걸려 있던 전화번호부가 떨어지자 조던이 "미안해요."라고 중얼거리듯 말했다. 그러나 이번에는 아무도 웃지 않았다.

　"내가 줍지." 내가 나섰다.

　"벌써 집었습니다." 개츠비가 끊어진 줄을 바라보며 재미있다는 듯 말하고는 "흠!" 하고 소파에 던졌다.

　"그게 당신 같은 사람이 사용하는 멋진 말씨입니까?" 톰이 쏘아

붙였다.

"뭘 말하는 겁니까?"

"그 '친구' 어쩌고 하는 말 말이오. 그건 어디서 주워들은 거요?"

"이봐요, 톰." 데이지가 거울 앞에서 돌아서며 말했다. "당신이 계속 인신공격이나 하겠다면 난 여기서 단 일 분도 더 지체하지 않겠어요. 전화로 민트 줄렙에 넣을 얼음이나 주문해요."

톰이 수화기를 들자 억눌려 있던 열기가 소리가 되어 터져 나왔고, 우리는 아래층 연회장에서 들려오는 멘델스존의 장중한 결혼 행진곡을 들었다.

"이런 한여름에 결혼식을 올리는 사람이 있다니!" 조던이 시무룩하게 말했다.

"하긴…… 나도 유월 중순에 결혼했어." 데이지가 생각난 듯이 말했다. "그것도 루이빌에서 유월에 말이야! 누군가가 기절했었는데! 기절한 게 누구였죠? 톰!"

"빌럭시!" 그가 짤막하게 대답했다.

"빌럭시라는 남자였어요. '블록(멍청이)' 빌럭시. 그는 상자 만드는 일을 했지요. 맞아요. 테네시 주 빌럭시 출신이었어요."

"사람들이 그를 우리 집으로 떠메고 왔답니다." 조던이 나머지 설명을 해주었다. "교회에서 두 번째 집이 바로 우리 집이었으니까요. 그런데 그 남자가 삼 주일이나 우리 집에 머물러 있는 거예요. 마침내 아빠가 그만 나가달라고 했죠. 그 남자가 떠난 바로 다음 날 아빠가 돌아가셨어요." 순간 자신이 한 말이 뭔가 이상하다고 생각했는지 그녀는 잠시 쉬었다가 다시 덧붙였다. "그렇다고 그게 무슨 연관이 있다는 건 아니에요."

"멤피스 출신의 빌 빌럭시라는 사람은 내가 알던 사람인데." 내가 말했다.

"그 사람 사촌이에요. 그가 떠나기 전에 그 사람의 집안 사람들을 모두 알게 되었어요. 알루미늄 골프채도 바로 그 사람이 준 거예요."

결혼식이 시작되면서 음악 소리는 끝났지만 요란한 박수 소리가 창문을 통해 흘러 들어오더니, "예, 예, 예!" 하는 소리가 띄엄띄엄 이어졌다. 그러고는 무도회가 시작되면서 재즈 음악이 흘러나왔다.

"우린 이제 늙었어." 데이지가 말했다. "젊었다면 이런 때 일어나 춤이라도 출 텐데."

"죽은 빌럭시를 생각해봐." 조던이 그녀에게 말했다. "톰, 그 사람을 어디서 알았어요?"

"빌럭시 말이오?" 그는 마음의 평정을 되찾느라 애를 썼다. "예전엔 만난 적이 없었소. 데이지의 친구였지."

"내 친구도 아니에요." 데이지가 고개를 가로저었다. "난 그 사람을 만난 적 없어요. 그는 자가용을 타고 왔어요."

"하여튼 그 사람은 당신을 안다고 했어. 루이빌에서 어린 시절을 보냈다고 하던걸. 에이서 버드가 결혼식이 끝날 무렵 데리고 와서 초청할 수 있느냐고 묻더라고."

조던이 웃었다.

"남의 차를 타고 고향에 가던 중이었나봐요. 나한테는 예일대학

교에 다닐 때 동기 회장이었다고 했어요."

톰과 나는 어이가 없어 마주 보았다.

"빌럭시가!"

"예일에는 동기 회장이란 것이 없었어……."

개츠비가 불안정하게 다리를 떨자 톰이 그를 빤히 바라보았다.

"아, 개츠비 씨, 당신도 옥스퍼드 출신이라면서요?"

"뭐 딱히 그렇다고 할 순 없습니다."

"아니, 맞아요. 옥스퍼드에 다녔다고 하지 않았습니까?"

"네……. 잠깐 다니기는 했어요."

잠시 말이 끊겼다. 얼마 후 톰이 못 믿겠다는 듯 모욕적인 말투로
이렇게 말했다.

"빌럭시가 뉴헤이번에 가 있을 때 당신도 옥스퍼드에 계셨겠군."

다시 침묵이 이어졌다. 그때 웨이더가 노크를 하고 잘게 부순 박
하와 얼음을 들고 들어와 "감사합니다."라고 말하고 문을 살며시 닫
고 나가는 동안 입을 여는 사람은 아무도 없었다. 마침내 괴물 같이
어마어마한 그의 과거가 드러나는 순간이었다.

"다녔다고 말했잖습니까." 개츠비가 말했다.

"나도 들었소. 하지만 그게 언제였는지 알고 싶소."

"천구백십구 년이었소. 난 그곳에 다섯 달밖에 머물지 않았어요.
그러니 엄밀하게 옥스퍼드 출신이라고는 할 수 없지요."

톰은 주위를 살피며 두리번거렸다. 우리도 자기처럼 그 말을 믿지
않는 눈치인지 보려고. 그러나 우리는 개츠비를 보고 있었다.

"휴전 후 장교들에게 기회가 주어졌어요." 그가 말을 이었다. "영국이나 프랑스에 소재하는 대학교라면 어디든 갈 수 있었지요."

아, 나는 자리에서 일어나 그의 등을 토닥여주고 싶었다. 전에도 그런 적이 있었지만 이번에도 그에게 품고 있는 신뢰감이 새삼스럽게 되살아났다.

데이지가 가볍게 미소를 지으며 탁자 쪽으로 갔다.

"위스키 좀 따줘요, 톰." 그녀가 명령하듯 말했다. "내가 민트 줄렙을 만들어줄게요. 그걸 마시면 당신이 어느 정도 바보인지 알 거예요…… 어머, 이 민트 좀 봐!"

"잠깐만 기다려." 톰이 날카로운 목소리로 말했다. "개츠비 씨 얘기를 좀 더 듣고 싶어."

"그러시죠." 개츠비가 공손하게 말했다.

"한데 당신은 무엇 때문에 우리 집에 와서 소동을 일으키려는 거요?" 마침내 모든 것을 공개적으로 털어놓고 맞서자 개츠비는 오히려 평온한 얼굴이 되었다.

"소동을 일으킨 건 저 사람이 아니에요." 데이지가 난처해진 얼굴로 두 사람을 번갈아 쳐다보았다. "소동을 일으키고 있는 건 당신이에요. 제발 이성을 되찾으세요."

"흥! 이성을 되찾으라고!" 톰은 믿기지 않는다는 듯이 되풀이했다. "어디서 굴러먹다 온 누군 줄도 모르는 놈이랑 마누라가 바람을 피우는데 보고만 있을 순 없잖아. 글쎄, 그게 당신 생각이라면 나는 좀 빼주었으면 좋겠어…… 요즘 사람들은 가정이며 가족 제도 자체를 비웃고 있는데 말이지, 이러다가는 자존심이고 뭐고 다 팽개쳐버리고 백인이랑 흑인이 결혼하려고 들 거야."

홍분해서 소리치느라고 얼굴이 후끈 달아오른 그는 자신이 문명의 마지막 한계선에 홀로 서 있다고 여기는 것 같았다.

"여기 있는 사람은 모두 백인인걸요." 조던이 말했다.

"내가 그다지 인기 있는 사람이 아니라는 건 잘 알아. 난 성대한 파티 같은 걸 열지 않으니까. 친구를 사귀려면 집을 돼지우리로 만들어야 되겠더군. 지금 시대에는 말이야."

나 역시 다른 사람과 마찬가지로 불쾌했지만 톰이 입을 열 때마다 웃음이 터져 나오려는 걸 참았다. 난봉꾼이었던 톰이 어느새 완벽한 도덕군자로 바뀌어 있었던 것이다.

"당신에게 말해둘 게 있어요, 친구……." 개츠비가 입을 열었다. 그때 데이지가 무슨 말을 할 것인지 눈치를 챈 것 같았다.

"제발 그만둬요!" 그녀가 절망적으로 톰을 가로막았다. "우리 다 같이 집으로 돌아가요. 집으로 가는 게 좋을 것 같아요."

"그게 좋겠어." 내가 자리에서 벌떡 일어섰다. "자, 톰! 가자고. 아무도 술을 마실 것 같지 않은데."

"한데 난 개츠비 씨의 말을 듣고 싶은데."

"당신 부인은 당신을 사랑하지 않소." 개츠비가 말했다. "당신을 한 번도 사랑한 적이 없다고. 오직 나를 사랑했을 뿐."

"흥, 미쳤군!" 톰이 버럭 소리를 질렀다.

이때 잔뜩 홍분해 있던 개츠비가 벌떡 일어섰다.

"데이지가 당신을 사랑한 적이 없었단 말이오. 알겠소?" 개츠비가 소리쳤다. "내가 가난했기 때문에 기다리다 지쳐 당신과 결혼한 것이오. 아주 큰 실수였지만 그녀는 나 말고는 그 누구도 사랑하지 않았단 말이오!"

나와 조던이 자리를 뜨려고 하자 톰과 개츠비가 결사적으로 우리를 붙잡았다. 마치 이제 두 사람 모두 숨길 것은 아무것도 없고, 그들의 감정을 공유하는 것이 무슨 특권이라도 된다는 듯.

"데이지, 잠깐 앉아봐." 톰은 아버지처럼 말하려고 했지만 제대로 되지 않았다. "그동안 무슨 일이 있었지? 모두 얘기해봐."

"그동안 있었던 일을 모두 말했잖소." 개츠비가 말했다. "이제 오 년이 돼가오…… 당신만 몰랐던 일이오."

느닷없이 톰이 데이지를 향해 몸을 돌렸다.

"오 년 간이나 이 자식을 만나왔다는 거야?"

"그런 얘기가 아니오." 개츠비가 덧붙였다. "우린 만나지는 않았지만 우리의 사랑은 변함이 없었소, 친구. 단지 당신만 그걸 몰랐던 거요. 어떤 땐 혼자서 웃기도 했소……." 그러나 그의 눈에 웃음기라곤 전혀 없었다. "당신이 아무것도 모르고 있다는 생각에 말이오."

"오, 그게 전부요?" 톰은 도톰한 손가락을 목사처럼 타닥거리며 소파 뒤로 기대앉았다.

"미쳤군!" 톰이 갑자기 고함을 질렀다. "오 년 전의 일에 대해선 뭐라고 하지 않겠어. 그때 나는 데이지를 몰랐으니까. 그리고 뒷문으로 식료품 배달이나 한 게 아니라면 어떻게 당신 같은 인간이 이 여자에게 접근할 수 있었는지 이해할 수 없는 일이군. 하지만 그 나머지는 모두 빌어먹을 거짓말이야. 데이지는 나와 결혼할 때는 물론이고 지금도 날 사랑하고 있어."

"잘못 알고 있는 거요." 개츠비가 고개를 저으며 말했다.

"누가 뭐래도 데이지는 날 사랑해. 어쩌다 바보 같은 생각을 하거나, 스스로도 무슨 짓을 하는지 몰라서 탈이지만 말이야." 그가 지혜로운 체하며 고개를 끄덕였다. "게다가 나는 늘 데이지를 사랑했어. 가끔 술판을 벌이다가 엉뚱한 짓을 한 적이 있긴 하지만 언제나 다시 제자리로 돌아왔어. 그리고 늘 마음속으로는 그녀를 사랑했지."

"구역질이 나는군요." 데이지가 말했다. 그녀는 몸을 나에게로 돌리고는, 한 옥타브 낮아진 목소리에 섬뜩한 경멸을 가득 담아 말했다. "우리가 왜 시카고를 떠났는지 알아? 저이가 술독에 빠져 어떤 짓들을 했는지, 얘기 못 들었어?"

개츠비가 데이지에게 다가갔다.

"데이지, 이젠 모두 끝났소." 개츠비가 진지한 목소리로 말했다. "이제는 아무 상관없어요. 그에게 진실을 말하면 돼요…… 단 한 번도 사랑한 적이 없다고 해요. 그러면 그 일은 영원히 지워지는 거요."

그녀는 멍하니 개츠비를 쳐다보았다. "생각해보세요. …… 어떻게 내가 저런 사람을 사랑할 수 있었겠어요……. 어떻게 말예요."

"당신은 그를 단 한 번도 사랑한 적이 없어."

그녀는 잠시 머뭇거렸다. 그러고는 호소하는 듯한 눈빛으로 조던

176

과 나를 쳐다보았다. 마치 그제야 자기가 무슨 짓을 했는지 알아차린 것 같았다. 또한 처음부터 뭔가를 하려고 한 것은 아닌 것 같았다. 그러나 이미 일은 벌어져 있었다. 너무 늦어버린 것이다.

"그를 한 번도 사랑한 적이 없어요." 그녀는 내키지 않는다는 듯이 말했다.

"카피올라니에서도?" 톰이 따져 물었다.

"그래요."

아래층 연회장에서 질식할 듯 답답한 화음이 뜨거운 바람을 타고 올라왔다.

"펀치볼(호놀룰루 북쪽에 있는 분지)에서 신발을 적시지 않게 하려고 당신을 안고 내려왔던 그날도 말이야?" 그의 목소리는 애절함이 묻어 있는 쉰소리였다. "……데이지!"

"제발 그만 해요." 그녀의 목소리는 여전히 냉철했지만 이제 증오는 사라지고 없었다. 그러고는 개츠비를 바라보았다. "제이, 저 좀 봐요." 그녀가 말했다. 담배에 불을 붙이는 손이 떨렸다. 순간 그녀는 담배와 불이 붙은 성냥개비를 카펫 위에 내팽개쳤다.

"아, 당신은 너무 욕심이 많아요!" 그녀는 개츠비에게 소리쳤다. "지금 난 당신을 사랑하고 있어요……. 그걸로 충분하지 않아요? 이미 지난 일은 어쩔 수 없잖아요." 그녀는 절망적으로 흐느끼기 시작했다. "저 사람을 한순간은 사랑했단 말이에요……. 하지만 당신에 대한 사랑은 변함이 없었어요."

개츠비는 눈을 번쩍 떴다 감았다.

"날 사랑했다고?" 톰이 되물었다.

잠시 후 톰이 거칠게 말했다. "그건 거짓말이야. 데이지는 당신이 살아 있는지도 몰랐소. 아무튼…… 데이지와 나 사이엔 누구도 알지 못하는 일들이 있었소. 우리 두 사람이 영원히 잊지 못할 일들 말이오."

그가 내뱉은 말들이 개츠비의 몸을 쥐어뜯는 듯했다.

"데이지와 얘기하고 싶소." 개츠비가 고집스럽게 말했다. "그녀는 지금 흥분해서……."

"우리 둘만 있어도 난 톰을 사랑한 적이 없었다고 할 순 없어요." 그녀는 비감에 젖은 목소리로 시인했다. "그건 거짓말이니까요."

"물론이지." 톰이 맞장구를 쳤다.

그녀는 남편인 톰을 돌아보았다.

"당신에겐 그게 그렇게 중요해요?" 그녀가 말했다.

"중요하고말고. 앞으로는 당신에게 좀 더 잘할게."

"당신은 중요한 걸 잊고 있군." 개츠비가 당황한 기색으로 말했다. "당신은 더 이상 그녀에게 잘해 줄 필요가 없을 거요."

"무슨 소릴 하는 거야?" 톰은 눈을 동그랗게 뜨며 껄껄 웃었다. 이제야 그는 자신을 다스릴 여유가 생긴 것 같았다. "왜?"

"데이지는 당신을 떠날 게 분명하니까."

"바보 같은 소리."

"하지만 사실인걸요." 그녀는 눈에 띄게 힘겨운 목소리로 말했다.

"데이지는 나를 떠나지 않아!" 톰의 말이 개츠비를 후려갈기는 듯했다. "여자 손에 끼워준 반지까지 훔쳐내는 악명 높은 사기꾼 때문에 데이지가 내 곁을 떠나지는 않을 거라고."

"더 이상 못 견디겠어요!" 데이지가 외쳤다. "아, 제발 모두 나가 줘요."

"도대체 당신은 누구지?" 톰이 느닷없이 외쳤다. "마이어 울프심과 몰려다니는 패거리 중 하나지…… 그 정도는 이미 알고 있어. 당신의 수상한 사업에 관해서도 좀 알아봤지…… 그리고 내일은 좀 더 자세히 알아볼 거고."

"좋을 대로 하시오, 친구." 개츠비가 침착하게 말했다.

"당신의 그 '약국'이라는 게 뭘 하는 덴지 알아냈소." 톰은 우리를 향해 말했다. "이 사람과 울프심이라는 작자가 이곳과 시카고의 뒷골목 약국 여러 곳을 사들여 에틸알코올을 판 거야. 그게 저 친구의 하찮은 재주 중 하나지. 난 처음 봤을 때부터 밀주업자일 거라고 생각했는데, 비슷하게 맞췄더군."

"그게 뭐 어떻다는 거요?" 개츠비가 침착하게 말했다. "당신 친구 월터 체이스도 우리 사업에 끼어들었는데."

"한데 당신 패거리들은 동료가 곤경에 빠졌을 때는 모른 척했다지. 아닌가? 뉴저지 주 감옥에 한 달 동안 갇혀 있도록 내버려두었잖소. 오, 월터가 당신 얘기를 어떻게 했는지 한번 들어봤어야 하는데."

"알거지가 되어 우릴 찾아왔었소. 돈을 좀 만지게 되니 그렇게 좋아할 수가 없더군, 친구."

"그놈의 '친구, 친구' 좀 제발 그만해!" 톰이 고함을 지르듯 말했다.

그러나 개츠비는 개의치 않았다.

"월터는 당신들을 도박 금지법으로 잡아넣을 수도 있었지만 울프심이 협박을 하는 바람에 입을 다물었소."

그다지 익숙하지는 않지만 늘상 기억에 남아 있는 표정이 다시 개츠비에게 떠올랐다.

"약국 사업이란 건 잔돈푼밖에 만질 수 없지." 톰이 천천히 말했다. "월터가 겁을 집어먹고 나에게 말은 못했지만 당신은 지금 분명히 모종의 사업을 벌이고 있어."

데이지는 공포감에 싸여 개츠비와 자신의 남편을 번갈아 바라보았고, 조던은 턱 끝에 재미난 물건을 달아놓은 듯 균형을 잡기 시작했다. 그리고 개츠비 쪽으로 몸을 돌렸을 때, 그의 얼굴을 보고 깜짝 놀라지 않을 수 없었다. 그는 마치—그의 정원에서 쑥덕거리던 사람들의 소리는 전혀 무시하고 하는 말인데— '살인이라도 저지른' 사람 같은 표정을 짓고 있었던 것이다. 그 순간의 그에 대해서는 그런 기이한 표현으로밖에는 달리 묘사할 방법이 없었다.

잠시 후 평정을 되찾은 개츠비는 데이지에게 흥분한 목소리로 지껄여대기 시작했다. 모든 것을 부인하고 아직 밖으로 드러나지 않은 비난까지 변명하면서 말이다. 그러나 그가 말을 하면 할수록 그녀의 마음은 점점 더 움츠러드는 바람에 결국 그는 입을 다물고 말았다.

한낮의 해가 점점 기울어져 가는 동안 이제는 만져볼 수 없는 깨어진 꿈을 만져보려고 필사적으로 몸부림치면서, 불행하지만 결코 절망하지는 않겠다고 스스로에게 다짐하며 사라져버린 목소리를 붙잡으려고 안간힘을 썼다.

그 목소리의 주인공이 다시 한번 집으로 돌아가자고 애원했다.

"제발, 톰! 이제 더 이상은 견딜 수가 없어요."

겁에 질린 그녀의 눈은 좀 전의 의지나 용기를 완전히 잠재웠음을 보여주었다.

"둘이서 먼저 떠나라고! 알아듣겠어, 데이지?" 톰이 말했다. "개 츠비 씨 차로 말이야."

데이지가 놀란 눈으로 톰을 쳐다보았지만 그는 아량이라도 베푸는 듯 경멸감을 드러내며 고집을 부렸다.

"가지그래. 저자가 더 이상 당신을 괴롭히진 않을 거야. 주제넘은 생각은 더 이상 해서는 안 된다는 걸 알아차렸을 테니까."

그들은 말없이 떠나버렸다. 마치 유령처럼. 우리의 동정심으로부터도 멀어진 느낌이었다.

자리에서 일어난 톰이 마개도 따지 않은 위스키 병을 다시 타월에 감싸기 시작했다.

"마실 건가? 조던…… 닉?"

나는 아무런 말도 하지 않았다.

"닉?" 그가 다시 물었다.

"뭐라고 했지?"

"마실 거냐고."

"아니……. 이제야 생각이 났는데, 오늘이 내 생일이군."

나는 이제 서른 살이 되었다. 내 앞에는 위협적이고 불길한 10년이 펼쳐져 있었다.

우리가 그의 쿠페에 올라타 롱아일랜드로 떠난 것은 일곱 시였다. 톰은 기분이 좋아 낄낄거리며 쉬지 않고 지껄여댔다. 하지만 조던과 나에게는 그의 목소리가 보도 위에서 나는 낯선 소음이나 고가철도의 소리처럼 아득하게만 느껴졌다. 인간의 동정심에는 한계가 있어서 그들의 참담한 말다툼이 도시의 불빛을 뒤로 한 채 스러져가는 것을 다행스럽게 여겼다. 서른 살—고독 속의 10년을 약속하는 나이, 독신자의 수가 점점 줄어드는 나이, 의욕에 찬 서류 가방도 점점 얇아지는 나이, 머리숱이 점점 줄어드는 나이이다. 그러나 내 곁에는 데이지와는 달리 깨끗이 잊혀진 꿈을 해를 묵혀가며 간직하기에는 지나치게 똑똑한 여성인 조던이 앉아 있었다. 캄캄한 다리 위를 건너고 있을 때, 그녀는 창백한 얼굴을 내 웃옷 어깨에 기댔다. 그리고 내게 위안을 주는 손길이 느껴지자 서른 살이 주는 엄청난 충격도 사라지고 말았다.

우리는 서늘한 땅거미 속을 지나 죽음을 향해 계속 차를 질주해갔다.

재의 계곡 옆에서 찻집을 운영하는 그리스 청년 마이클리스가 사건 심리의 주요 증인이었다. 그는 무더위 속에서 다섯 시까지 낮잠을 자다가 정비소로 어슬렁거리며 걸어가다가 조지 윌슨이 앓고 있는 것을 발견했다. 허여멀건 머리카락만큼이나 창백한 얼굴을 한 그는 온몸을 덜덜 떨 정도로 심하게 앓고 있었다. 마이클리스가 누워 있으라고 타일렀지만 윌슨은 영업에 손해가 막심하다며 말을 듣지 않았다. 이렇게 이웃 청년이 그를 달래고 있는 동안 머리 위에서 대소동이 벌어졌다.

"여편네를 위층에 가둬놓았어." 윌슨이 말했다. "모레까지 저렇게 가둬둘 생각이야. 그런 후 우린 떠나는 거지."

마이클리스는 깜짝 놀랐다. 4년이나 이웃하며 살아왔지만 농담으로라도 그런 말을 할 위인으로는 보이지 않았기 때문이다. 그는 늘 지쳐 있었다. 일을 하지 않을 때는 문간의 의자에 앉아 길 가는 사람이나 자동차를 멍하니 바라보고 있었다. 그때 지나가는 누군가가 말이라도 걸면 그저 생기 없는 웃음을 지을 뿐이었다. 그는 자기 뜻대로 행동한다기보다는 아내에게 휘둘리며 사는 남자였다.

마이클리스가 무슨 일이 있었는지 캐물었지만 윌슨은 한마디도 하려고 하지 않았다. 오히려 이 청년을 의심스런 눈으로 보기 시작하더니 날짜와 시간을 따지며 그 당시 무엇을 하고 있었는지 물었다. 마이클리스가 그의 질문을 불편하게 느낄 무렵, 몇몇 손님이 그의 음식점을 향해 지나가고 있었기 때문에 그는 나중에 다시 들르기로 하고 자리를 떴다. 그러나 다시는 오지 않았다. 그저 잊어버린 것일 뿐 다른 이유가 있었던 것은 아니었다. 일곱 시가 지나서 그가 다시 밖으로 나왔을 때는 정비소 아래층에서 고래고래 고함을 지르는 윌슨 부인의 목소리가 들렸기 때문에 갑자기 아까 나누었던 이야기가 생각났다.

"한번 때려봐!" 그는 여자가 외치는 소리를 들었다. "어디 날 때려보라고, 이 등신 같은 자식아!"

잠시 후, 그녀는 손을 흔들며 고함을 지르고는 황혼 속으로 뛰쳐나갔다. 그리고 그가 자신의 집 문간에서 몸을 돌리기도 전에 사건은 이미 끝나 있었다.

신문 기사의 표현처럼 '죽음의 차'는 멈춰 서지 않았다. 그 차는 점점 짙어져 가는 어둠을 헤치고 나타나 뭔가 말로 표현할 수 없는 비극성을 띠고 비틀거리더니 다음 순간 순식간에 모퉁이로 사라져버렸다. 마이클리스는 그 자동차가 어떤 색깔이었는지도 기억할 수가 없었다. 처음에는 경찰관에게 옅은 녹색이라고 말했다. 뉴욕을 향해 달리던 다른 차 한 대가 100야드가량 나아간 뒤 정지했고, 운전자는 급히 차를 돌려 머틀 윌슨의 주검에서 나온 끈적한 검붉은 피와 먼지에 뒤범벅이 되어 길바닥에 엎드려 있는 곳으로 되돌아왔다.

마이클리스와 이 남자가 제일 먼저 그녀에게 달려갔다. 두 사람이 아직도 땀에 젖은 블라우스 자락을 찢어보니 왼쪽 가슴이 떨어져 너덜거리고 있었고, 그 아래쪽 심장 고동 소리는 들어볼 필요도 없었다. 입은 마치 오랫동안 저장해놓은 무시무시한 양의 생명력을 한꺼번에 쏟아버리느라 조금 숨이 찬 모양인지 딱 벌린 채 양쪽 가장자리가 조금 찢겨 있었다.

우리가 사건 현장에 이르렀을 때 자동차 서너 대와 사람들이 모여 있는 것이 보였다.

"자동차 사고로군!" 톰이 말했다. "잘됐어. 윌슨에게 돈벌이가 생겼으니 말이야."

그는 속력을 늦추었지만 멈추지는 않았다. 사고 지점으로 좀 더 가까이 다가가 말을 잃고 긴장한 얼굴로 서 있는 사람들이 보이자 그는 반사적으로 브레이크를 걸었다.

"잠깐 구경이나 하자고." 그가 호기심을 보이며 말했다. "잠깐만 보자고."

그때 나는 정비소 안에서 공허한 목소리로 울부짖는 소리가 흘러 나오는 것을 들었다. 우리가 쿠페에서 내려 문간으로 향하자 그 소리는 헐떡이는 신음이 되어 "오, 하느님, 맙소사!"라는 말만 되풀이 하고 있었다.

"뭔가 끔찍한 사고가 난 게로군." 톰이 흥분하여 말했다.

그는 발끝으로 서서 둘러선 사람들의 머리 위로 정비소 안을 들여 다보았다. 흔들거리는 철망 안으로 노란 전등이 하나 켜져 있었다. 그때 톰이 목구멍에서 꺽꺽거리는 소리를 내더니 억센 팔로 사람들 을 난폭하게 밀어젖히고 안으로 들어갔다.

모여든 사람들에게 뭔가를 설명하느라고 중얼거리는 소리가 들 렸다. 그리고 잠시 동안 아무것도 보이지 않았다. 그러나 또다시 모 여든 구경꾼들이 줄을 흐트러뜨리자 조던과 나는 안으로 떠밀려 들 어갔다.

머틀 윌슨은 무더운 밤인데도 담요 두 장에 싸인 채 벽쪽 작업대 에 놓여 있었고, 톰은 우리 쪽으로 등을 돌린 채 꼼짝도 않고 시체 위로 몸을 구부리고 있었다. 그의 곁에는 경찰관 한 사람이 오토바이를 세워둔 채 땀을 뻘뻘 흘리며 서서 수첩에 이름을 받아 썼다가 다시 고쳐 적고 있었다.

나는 텅 빈 차고 안에서 큰 소리로 울려 퍼지는 그 신음소리가 어디서 나는지 알 수 없었다. 얼마 후 윌슨이 몸을 앞뒤로 흔들며, 두 손으로 문설주를 짚고 조금 돌출된 사무실 문지방에 서 있는 것을 보았다. 한 남자가 낮은 소리로 뭐라고 타이르고 있었고, 가끔 손으로 어깨를 짚으려 했지만 윌슨은 무엇 하나 들리지도 보이지도 않는 것 같았다. 그의 눈은 흔들거리는 전등으로 홱 되돌아가곤 했고, 그럴 때마다 으스스한 목소리로 끔찍한 괴성을 질러대는 것이었다.

"오, 하느님 맙소사! 오, 하느님 맙소사! 오, 하느님 맙소사! 오, 하느님 맙소사!"

잠시 후 톰이 고개를 쳐들고 흐릿한 눈으로 정비소 안을 둘러보더니 입속말로 뭐라고 경찰관에게 중얼거렸다.

"마브……." 경찰관이 말하고 있었다. "오……."

"아니, '로' 예요." 청년이 고쳐주었다. "마브로……."

"내 말 좀 들어봐요!" 톰이 나지막한 목소리로 거칠게 말했다.

"르……인가." 경찰관이 계속했다. "오……."

"그……."

"그……." 톰이 큼직한 손으로 경찰관의 어깨를 잡자 경찰관은 고개를 쳐들었다. "뭐야 당신?"

"무슨 일이오? 나는 그게 알고 싶소!"

"여자가 자동차에 치었어요. 즉사했어요."

"즉사?" 톰이 빤히 쳐다보며 되풀이했다.

"저 여자가 도로로 뛰쳐나갔어요. 한데 그 빌어먹을 놈의 운전자가 차를 멈추지 않았다고요."

"차가 두 대였어요." 마이클리스가 말했다. "한 대는 내려가고 있었고, 다른 한 대는 올라오고 있었지요. 제 말 아시겠어요?"

"어느 쪽으로 갔소?" 경찰관이 날카롭게 물었다.

"각기 다른 방향으로 가고 있었어요. 한데 저어, 저 여자가……" 하고 그의 손이 담요 쪽으로 반쯤 올라가다 다시 그의 옆구리로 내려왔다. "……저 여자가 차도로 뛰어나갔어요. 그러자 뉴욕에서 내려가던 차가 그녀를 정면으로 받았어요. 시속 삼사 마일은 되었을 겁니다."

"이 마을 이름은 뭡니까?" 경찰관이 물었다.

"이름이 없어요."

해쓱한 얼굴에 옷매무새가 단정한 흑인 한 사람이 가까이 다가왔다.

"노란 차였습니다." 그가 단정적으로 말했다. "커다란 노란 차였어요. 새 차였고요."

"사고 현장을 목격했나요?" 경찰관이 물었다.

"아뇨. 하지만 그 차가 내 옆을 지나 사십 마일도 넘는 속력으로 이 길 아래쪽으로 달려갔어요. 아마 오뉴십 마일의 속력을 낸 것 같아요."

"잠시 이리로 오시오. 이름 좀 적읍시다. 자, 비켜요. 이 사람 이름
이 뭡니까."

이들이 나누는 대화 가운데 한두 마디가 문간에서 몸을 흔들고 있
던 윌슨에게 들린 것이 틀림없었다. 왜냐하면 헐떡거리던 소리가 그
치고 갑자기 외침이 들렸기 때문이다.

"어떻게 생긴 차인지 나에게 말할 필요는 없어! 어떻게 생긴 차인
지는 이미 다 알고 있으니까!"

순간 톰의 뒤쪽 어깨 근육이 옷 아래로 딱딱하게 굳어지는 것을
알 수 있었다. 그는 재빨리 윌슨에게로 다가가더니 그의 양팔을 꽉
붙잡았다.

"정신 차리게!" 그의 목소리는 무뚝뚝했지만 따뜻한 위로가 녹아
있었다.

윌슨의 눈이 톰에게 못박혔다. 순간 윌슨이 발끝으로 일어나려고
하자 톰이 놀라서 벌떡 몸을 일으켰다. 그때 톰이 윌슨을 잡아주지
않았더라면 그는 아마 무릎을 꿇은 채 주저앉고 말았을 것이다.

"이봐." 톰이 그를 흔들며 말했다. "방금 뉴욕에서 돌아오는 길이
야. 우리가 말했던 그 쿠페를 당신에게 갖다주려고 오던 길이었단
말이야. 오늘 오후에 내가 몰던 그 노란 차는 내 차가 아니야. 내 말
알아듣겠어? 오후부터 그 차를 보질 못했다고!"

나와 그 흑인만이 그 말이 들릴 만큼 가까이 있었는데 경찰관이
그들의 말투에서 심상치 않은 뭔가를 눈치 챘는지 험상궂은 눈초리
로 훑어보았다.

"무슨 얘길 했소?" 그가 물었다.

"난 이 사람의 친구요." 톰의 손은 여전히 윌슨을 꽉 붙잡고 고개를 돌리고 있었다. "이 사람은 사고를 낸 차를 안다고 하더군······. 노란색 차였다고."

목소리에서 불안정한 흔들림을 느꼈는지 경찰관이 의심의 눈으로 바라보았다.

"당신 차는 무슨 색입니까?"

"푸른색입니다. 쿠페요."

"이제 뉴욕에서 오는 길이지요." 내가 말했다.

우리 뒤에서 따라오던 차의 운전자가 이 사실을 확인해주자 경찰관은 돌아섰다.

"자, 이름을 한 번만 더 말씀해주시겠습니까. 정확하게······."

톰은 윌슨을 인형처럼 껴안고 사무실 의자에 앉혀 놓은 후 나왔다.

"누구 이리 와서 이 사람과 잠깐 있어주시오." 그는 위압적으로 말했다. 그는 가장 가까이 서 있던 두 남자가 마주 쳐다보더니 마지못해 그 방으로 들어가는 것을 지켜보았다. 그런 뒤 문을 닫은 톰은 작업대 테이블 쪽에서 눈길을 돌리며 한 단으로 된 층계를 내려오더니 나에게 바싹 다가왔다. "그만 나가세."

톰은 주변을 의식하며 위엄 있게 두 팔로 길을 텄고, 아직도 모여들고 있는 구경꾼들의 틈을 밀치고 빠져나와 왕진가방을 들고 다급하게 들어오는 의사를 지나쳤다. 혹시나 하는 생각에서 반 시간 전에 부른 의사였다. 톰은 의사가 길모퉁이에 이를 때까지 천천히 차를 몰았다. 그 이후부터 그의 발에 힘이 들어갔고, 그의 쿠페는 칠흑 같은 밤을 헤치고 쏜살같이 달렸다. 잠시 후 나지막한 쉰 소리로 흐느끼는 소리가 들렸다. 눈물이 그의 얼굴을 타고 흘러내리고 있었다.

"빌어먹을 겁쟁이 같으니라고!" 그가 울먹이며 말했다. "뺑소니를 치다니!"

살랑거리는 검은 나무들 사이로 뷰캐넌의 집이 불쑥 나타났다. 톰이 현관 옆에 자동차를 세우고 담쟁이덩굴 사이로 난 창을 통해 환하게 불빛을 뿜어내는 이층을 올려다보았다.

"데이지가 와 있었군." 톰이 말했다. 차에서 내릴 때 그는 나를 힐끗 쳐다보더니 얼굴을 찡그렸다.

"닉, 웨스트에그에서 자네를 내려줄 걸 그랬어. 오늘 밤에는 아무 대접도 할 수 없으니까 말이야."

그는 조금 전과는 다르게 엄격하면서도 단호한 투로 말했다. 달빛에 빛나는 자갈길을 지나 현관으로 가는 동안 그는 급하게 몇 마디 말로 일을 처리했다.

"집으로 갈 택시를 불러줄게. 조던과 같이 안으로 가서 저녁을 차려달라고 해. 생각이 있으면 말이야." 그러고는 문을 열었다. "들어와."

"아니, 됐어. 뭐 그냥 택시나 좀 불러줘. 난 밖에서 기다릴 테니."

이때 조던이 내 팔에 손을 얹었다.

"닉, 들어가죠."

"싫습니다."

나는 속이 메스꺼웠기 때문에 혼자 있고 싶었다. 그러자 조던이 머뭇거렸다.

"아홉 시 반밖에 안됐어요." 그녀가 말했다.

나는 집 안으로 들어가느니 차라리 지옥행을 택하는 게 나을 것 같았다. 진절머리가 날 정도로 오래 이 사람들을 본 데다가 조던을 보는 것도 말할 수 없이 지루해졌기 때문이다. 그녀는 내 얼굴에서 그것을 읽어냈는지 홱 돌아서서 현관 층계를 뛰어올라 집 안으로 들어갔다. 나는 두 손으로 한동안 머리를 감싸고 있었다. 얼마가 지났을까? 마침내 택시를 부르는 집사의 목소리가 들려왔다. 나는 정문에서 기다릴 작정으로 차도를 따라 내려갔다.

20야드도 채 가지 않았는데, 내 이름을 부르는 소리와 함께 개츠비가 관목 사이에서 튀어나왔다. 뭐라고 말할 수 없을 정도로 기분이 으스스해졌다. 달빛 아래 번쩍이는 그의 분홍색 양복을 보자 아무 생각도 할 수 없었다.

"여기서 뭘 하는 겁니까?" 내가 물었다.

"그냥 서 있었어요, 친구."

그런 그에게서 비열한 뭔가가 풍겼다. 순간 금방이라도 그가 도둑질을 하러 집 안으로 들어갈지 모른다는 생각이 들었다. 그때 그의 등 뒤 컴컴한 정원수들 사이로 울프심 일당들 얼굴이 보인다고 해도 나는 그다지 놀라지 않았을 것이다.

"사고 난 것 봤습니까?" 얼마 후 그가 물었다.

"봤어요."

그는 잠시 머뭇거렸다.

"죽었나요, 그 여자?"

"네."

"그럴 줄 알았어요. 데이지에게도 그렇게 말했어요. 충격은 한꺼번에 받는 것이 나으니까. 생각보다 그녀는 잘 견뎌냈어요."

그는 데이지의 반응 외에는 세상에 아무것도 문제될 것이 없다는 투로 말했다.

"지름길로 해서 웨스트에그로 갔지요." 그는 덧붙여 말했다. "그러고는 제 차고에 차를 주차했지요. 사고를 목격한 사람은 없는 것 같지만 확신할 수는 없어요."

나는 그에게 혐오감을 느낀 나머지 그의 생각을 정정해주고 싶은 생각조차 들지 않았다.

"그 여잔 누굽니까?" 그가 물었다.

"윌슨이라는 여잡니다. 남편이 그 정비소의 주인이에요. 도대체 뭘 어쩌다 그랬습니까?"

"저어, 제가 핸들을 꺾으려고 했는데……." 그는 더 이상 말을 잇지 못했다. 순간 나는 모든 진실을 짐작할 수가 있었다.

"데이지가 운전을 했군요?"

"그래요." 잠시 후 그가 대답했다. "하지만 내가 운전했다고 할 겁니다. 당신도 봤겠지만, 뉴욕에서 출발할 때 그녀는 신경이 매우 예민해져 있어 운전을 하면 마음이 좀 편안해질 거라고 생각했지요.

우리가 맞은편에서 오는 차를 비키려는 순간 그 여자가 우리를 향해 달려들었어요. 한순간에 일어난 일입니다. 그때 그녀가 우리에게 무슨 말을 하려고 했던 것 같아요. 우리를 아는 사람이라고 생각한 듯합니다. 데이지는 처음에 그 여자를 피하려고 반대쪽으로 핸들을 꺾었다가 겁을 먹고는 다시 돌렸어요. 내가 핸들을 잡는 순간 그 여자가 차에 부딪히는 둔중한 충격이 느껴졌습니다. 그 자리에서 즉사한 것 같아요."

"갈가리 찢겨서……."

"그만하시오, 친구." 그는 눈살을 찌푸렸다. "아무튼…… 데이지는 사람을 치고도 서둘러 차를 몰았지요. 내가 차를 세우게 하려고 했지만 그럴 수가 없었어요. 그래서 내가 핸드 브레이크를 당겼습니다. 그제야 그녀는 제 무릎 위로 쓰러졌어요. 그 다음부터는 제가 운전을 했지요."

"내일이면 데이지는 좋아질 겁니다." 그가 잠시 후에 말했다.

"난 여기서 그자가 오후에 있었던 일을 가지고 데이지를 괴롭히지나 않는지 지켜볼 작정입니다. 그녀는 문을 잠그고 방에 있어요. 만일 그자가 폭행이라도 하려 들면 불을 껐다가 켜기로 했지요."

"톰이 폭력을 행사하지는 않을 겁니다." 내가 말했다. "그는 지금 데이지는 안중에도 없거든요."

"그를 못 믿겠어요, 친구."

"언제까지 기다릴 작정입니까?"

"밤이 새도록 기다릴 겁니다. 하여간 모두 잠들 때까지 기다릴 거에요."

문득 새로운 사실로 머릿속이 가득 찼다. 데이지가 차를 몰았다는 것을 톰이 알아낸다면 어떻게 할까? 그는 거기에 무슨 인과관계가 있다고 생각하는지도 모른다. 그리고 무슨 생각을 할지 모를 노릇이었다. 나는 집 쪽을 쳐다보았다. 아래층에 있는 두 개의 창문이 환하게 밝혀져 있었고, 이층 데이지의 방에서는 핑크빛 불빛이 쏟아져 나왔다.

"잠깐만 여기서 기다리십시오." 내가 말했다. "무슨 낌새가 있는지 보고 오겠습니다."

나는 잔디밭 가장자리를 따라 자갈길을 가로질러 베란다 층계를 살금살금 올라갔다. 석 달 전, 그러니까 6월의 그날 밤 저녁 식사를 하던 현관을 가로질러 식품 저장실 창문이라고 판단되는 곳에서 새어나오는 작은 사각형 불빛으로 다가섰다. 블라인드가 내려져 있었지만 창틀 쪽의 갈라진 틈을 하나 찾아냈다.

데이지와 톰은 식탁에서 마주 보고 앉아 있었다. 식은 프라이드치킨 한 접시와 흑맥주 두 병을 앞에 두고, 톰은 건너편에 앉아 있는 그녀에게 뭔가를 열심히 설명하고 있었다. 그러면서 내려온 손이 그녀의 손을 덮었다. 그녀는 그를 올려다보며 알았다는 듯이 간간이 고개를 끄덕였다.

두 사람은 치킨이나 맥주에는 손도 대지 않았다. 그들은 행복해 보이지도 않았고 그렇다고 불행해 보이지도 않았다. 그러나 거기에는 분명 자연스러운 친밀감이 감돌고 있었다. 누가 보더라도 그들이 함께 무슨 음모를 꾸미고 있다고 짐작했을 것이다.

발소리를 죽여 살금살금 지나쳐 가고 있노라니 내가 타고 나갈 택시가 어두운 길을 따라 천천히 다가오는 소리가 들렸다. 개츠비는 조금 전 내가 기다리고 있으라고 한 그 자리에 가만히 서 있었다.

"어때요, 별일 없어요?" 그가 걱정스런 얼굴로 물었다.

"아주 조용했어요." 나는 멈칫거리며 대답했다. "당신도 눈을 좀 붙이시는 게 좋을 것 같군요."

그러나 그는 고개를 내저었다.

"난 데이지가 잠들 때까지 여기서 기다리고 싶소. 잘 가시오, 친구."

그는 코트 주머니에 두 손을 찔러 넣었다. 마치 내가 옆에 있는 것이 자신의 신성한 의무를 방해라도 하는 것처럼 집 쪽으로 다시 고개를 돌렸다. 나는 마지못해 걸어 나왔다. 달빛 아래에서 그가 아무 가치도 없는 일에 신경을 쓰면서 지켜보도록 남겨둔 채 말이다.

8

나는 밤새 잠을 이루지 못하였다. 해협에서는 신음 소리 같은 안개 경보가 쉴 새 없이 울려왔다. 나는 믿기지 않는 기괴한 현실과 잔인하고 무서운 꿈 사이를 오락가락하며 고통스럽게 몸을 뒤척였다. 새벽녘에 개츠비 저택의 문으로 택시 한 대가 올라가는 소리를 듣고 나는 잠자리에서 일어나 옷을 입었다. 그에게 할 말이, 조심하라고 경고의 말을 해주어야 할 것 같았다. 아침이 되면 너무 늦을지도 몰랐다.

그의 집 잔디를 가로질러 가보니 앞문은 여전히 열려 있었다. 개츠비는 기력을 잃은 것 같기도 하고 졸린 것 같기도 한 얼굴로 홀의 테이블에 기대어 서 있었다.

"아무 일 없었어요." 그는 맥없이 말했다. "계속 기다렸지요. 새벽네 시쯤 되어 그녀가 창가로 오더니 잠깐 섰다가 불을 끄더군요."

그날 우리 두 사람은 담배를 찾으려고 널따란 방들을 헤매다녔는데, 그날만큼 그 집이 커 보인 적이 없었다. 우리는 하늘을 덮을 정도의 커다란 커튼을 옆으로 젖히면서 전등 스위치를 찾느라 계속 컴컴한 벽을 더듬었다. 한번은 유령 같은 피아노 건반에 걸려 철퍼덕 넘어지기도 했다. 어디나 할 것 없이 먼지투성이인 방들은 오랫동안 통풍을 시키지 않았는지 곰팡이 냄새가 났다. 나는 처음 보는 탁자 위에서 오래되어 말라 비틀어진 담배 두 개비가 들어 있는 담뱃갑을 찾아냈다. 우리는 거실의 프랑스식 창문을 활짝 열어젖히고 어둠 속으로 담배 연기를 내뿜었다.

"당신, 여길 떠나지 않으면 안돼요." 내가 말했다. "어쩌면 사람들이 당신 자동차를 찾아낼 겁니다."

"당장 떠나란 말씀입니까?"

"일주일 정도 애틀랜틱이나 몬트리올에 갔다 오세요."

개츠비는 전혀 그럴 마음이 없는 것 같았다. 데이지가 어떻게 할 것인지 알기 전에는 한 발짝도 움직일 수 없다고 했다. 그는 아직도 한 가닥 희망에 매달려 있었고, 나는 차마 그를 흔들어 희망의 끈을 놓게 할 수는 없었다.

그가 나에게 댄 코디와 함께 보낸 젊은 시절의, 뭐라고 말할 수 없이 이상한 이야기를 들려준 것은 바로 그날 밤이었다. 그가 그 얘기를 한 것은, '제이 개츠비'가 악의에 찬 톰 앞에서 유리 조각처럼 산산이 부서지면서 길고 은밀했던 희가극 공연이 모두 끝났기 때문이다. 지금 생각해보니 당시 그는 어떤 얘기든 숨김없이 다 털어놓을 자세가 되어 있었지만 그보다는 데이지 얘기를 더 하고 싶어 했던 것 같다.

데이지는 그가 난생처음 알게 된 '양가집' 여자였다. 그는 화려한 사교 능력을 발휘해 상류층 사람들과 만나긴 했지만, 그들과의 사이에는 언제나 눈에 보이지 않는 날카로운 철망이 쳐져 있었다. 그녀에게는 몹시 가슴 두근거리게 하는 뭔가가 있었다. 그는 처음에는 캠프 테일러 기지의 다른 장교들과 함께 그녀의 집을 찾았지만 나중에는 혼자서 찾아갔다.

　그녀의 집은 그의 눈을 휘둥그레지게 했다. 그렇게 아름다운 집에 들어가보기는 처음이었기 때문이다. 그러나 그 집에서 숨이 막힐 정도로 격한 기쁨을 느낀 것은 데이지가 그 집에 살고 있다는 사실 때문이었다. 훈련소의 텐트가 그에게 예사로운 것처럼 그녀에게는 그 집이 그랬다. 그녀의 집 주위는 늘 풍요로움이 주는 신비가 에워싸고 있었다. 위층에는 세상에서 가장 아름답고 시원한 침실이 있을 것만 같았고, 복도에는 늘 즐거운 일들이 일어날 것만 같았다. 그리고 라벤더 향기 속에 소중하게 보관해놓은 곰팡내 나는 로맨스가 아닌 금년에 출시된 최신형의 번쩍거리는 자동차 냄새를 풍기는 생기 넘치는 로맨스가 있을 것 같았다. 뿐만 아니라 언제까지고 시들지 않을 꽃들이 춤을 추고 있을 것만 같았다. 지금까지 수많은 남자들이 데이지를 사랑했다는 사실 또한 그의 감성을 자극했다. 갈수록 그녀의 가치는 커져 갔다. 그는 그녀의 주위를 얼씬거리는 남자들의 존재가 가슴 떨리게 하는 메아리로 가득 채우고 있다는 느낌을 받았다.

　그러나 그는 자신이 데이지의 집에 발을 들여놓게 된 것이 놀랄 정도의 우연임을 알고 있었다. 제이 개츠비가 제아무리 찬란한 꿈을 갖고 있다고 해도 당시는 한심하기 그지없는 무일푼의 청년에 불과했으며, 어쩌면 입고 있는 제복이 어깨에서 흘러내려버릴지도 모를 상황에 있었다. 그래서 자신에게 주어진 시간을 최대한 활용하기로 마음먹었다. 그는 자신이 원하는 것은 염치를 무릅쓰고 탈취했다. 고요한 10월의 어느 날 밤, 마침내 그는 데이지를 차지했다. 사실 그의 처지로서는 그녀의 손을 만질 만한 가치조차 없었기 때문에 더욱 적극적이었던 것이다.

그는 거짓의 옷을 입고 그녀를 차지했기 때문에, 스스로를 경멸했는지도 모른다. 실재하지도 않는 수백만 달러를 가지고 있다고 거짓말을 했다는 뜻이 아니라, 데이지에게 그럴 듯한 말로 안도감을 불어넣어 주었던 것이다. 그는 자신이 그녀와 같은 계층의 인물인 것처럼 믿도록 만들었다. 그녀를 보살펴줄 능력이 충분히 있다고 말이다.

하지만 그에게는 그럴 만한 능력이 없었다. 그에게는 집안의 뒷배경도 없었고, 비합리적인 정부의 변덕에 따라 지구촌 어디에서고 갑자기 목숨이 날아가버리게 될지도 모를 상황이었다.

그러나 그는 더 이상 자학하지 않았고, 그가 상상한 만큼 최악의 상황이 오지는 않았다. 그는 얻을 수 있는 것을 붙잡았을 때 미련 없이 떠나버릴 작정이었는지도 모른다. 이후 그는 중세의 기사가 되어 전력을 다해 성배를 좇았다는 것을 알게 되었다. 데이지가 특별하다는 것은 알고 있었지만 '양가댁' 여자가 도대체 어느 정도로 특별할 수 있는지는 미처 깨닫지 못했던 것이다. 그녀는 부유한 자신의 집안 속으로, 그 부유하고 충만한 생활 속으로 사라져버린 것이다. 그는 그녀와 결혼이라도 한 것 같은 착각이 들었지만 사실은 그것이 전부였다.

　이틀 뒤 그들이 다시 만났을 때, 왠지 배신을 당한 것 같았고, 그래서 마음을 졸인 쪽은 개츠비였다. 그녀의 집 현관에는 많은 돈을 주고 산 별빛 같은 사치품으로 눈이 부셨다. 그녀가 그에게로 몸을 돌리면서 기묘하게 아름다운 입술에 키스를 하는 동안 고리버들로 만든 긴 소파가 멋지게 삐걱거렸다. 감기에 걸린 그녀는 전보다 더 허스키한 목소리를 냈고, 그것이 그녀를 더욱 돋보이게 했다. 개츠비는 부(富)의 울타리가 보호하는 젊음의 신비, 수많은 의상이 주는 신선함, 그리고 힘겹게 살아가는 사람들과는 동떨어진 곳에서 그녀가 안전하고 당당하게 은처럼 빛을 발한다는 사실을 사무치게 깨달았다.

　"내가 그녀를 사랑한다는 사실을 깨달았을 때, 그 놀라움에 대해서는 차마 말로 표현할 수가 없었어요, 친구. 얼마쯤은 그녀가 나를 차버려줬으면 하는 바람까지 있었지만 그녀는 그러지 않았어요. 사실 그녀도 나를 사랑하고 있었으니까 말입니다. 그녀는 자신이 모르는 뭔가를 내가 안다는 이유로 나를 꽤 똑똑한 사람으로 생각했죠……. 아무튼 나는 본래의 야망과는 점점 멀어지면서 그녀에게 깊이 빠져들고 있었어요. 그리고 어느 날부터 그 야망에 대해서도 신경을 쓰지 않게 되었어요. 그녀에게 앞으로의 계획을 들려주면서 말할 수 없이 즐거운 시간을 보내고 있었는데, 거창한 일을 벌이는 따위가 무슨 의미가 있겠습니까?

외국으로 떠나기 전날 늦은 오후, 그는 데이지를 껴안고 몇 시간을 가만히 앉아 있었다. 쌀쌀한 가을날이라 난로를 피웠으므로, 불기로 인해 그녀의 뺨은 붉게 달아올라 있었다. 이따금 그녀가 몸을 뒤척일 때면 그는 팔을 움직여 편안하게 해주었다. 간간이 그녀의 반짝이는 검은 머리카락에 입을 맞추기도 했다. 그날 오후에는 차분하게 보냈다. 그 다음 날 다가올 긴 이별을 위해 추억을 간직해두려는 듯. 그들이 사랑에 빠진 지 한 달이 지나는 동안 그때만큼 서로 친밀하게 느끼거나 마음속 깊이 통했던 적은 일찍이 없었다. 데이지의 다문 입술이 그의 웃옷 어깨를 스칠 때나, 그녀가 잠들어 있기라도 하면 살며시 그녀의 손끝을 만질 때의 말할 수 없이 감미로운 느낌들이 말이다.

군인으로서의 그는 꽤 성공적이었다. 전선에 배치되기 전에는 대위였지만, 아르곤 전투 뒤에는 소령으로 진급하면서 사단 기관총 부대의 지휘관이 되었다. 휴전 후 그는 조금이라도 빨리 귀국하려고 몹시 서둘렀지만 어이없는 업무 착오로 옥스퍼드로 파견되고 말았다. 그는 몹시 걱정이 되었다. 데이지의 편지에 견딜 수 없는 절망감이 담겨 있었기 때문이다. 그가 어째서 귀국을 하지 못하는지 그녀로서는 이해를 할 수 없었던 것이다. 주위 사람들로부터 압력을 받고 있던 그녀는 그를 만나고 싶었고, 그가 옆에 있어주기를 간절히 바랐다. 그리고 그녀는 스스로의 선택이 옳았음을 확인받고 싶었던 것이다.

아직 어렸던 데이지는 감정적으로 불안정하였다. 난초 향기를 풍기는 그녀의 쾌활하고 명랑한 속물 근성은 오케스트라의 연주회를 연상시켰다. 이런 것들은 슬픔과 암시로 가득 찬 인생을 새로운 곡조에 담아 그해의 리듬을 결정했다. 밤이 새도록 색소폰이 〈빌 스트리트 블루스〉의 절망적인 넋두리를 하는 동안 금빛과 은빛의 화려한 구두 수백 켤레가 반짝거리며 먼지를 일으켰다. 차를 마시는 어슴푸레한 시간이면 으레 모든 방에서 나지막하고 달콤한 열기가 고동치는 것 같았다. 구슬픈 나팔 소리와 함께 바닥 위를 날리는 장미꽃잎처럼 여기저기 새로운 얼굴들이 떠돌아다녔다.

계절이 바뀌면서 데이지는 또다시 이 몽롱한 세계를 떠돌기 시작했다. 하루에도 몇 번씩 남자들과 데이트를 하고는 새벽녘이 되어서야 돌아온 그녀는 침대 머리맡에 놓인 시들어가는 난초 사이에 구슬 달린 시폰 드레스를 벗어던진 채 잠에 곯아떨어졌다. 그러는 동안 그녀의 마음속에는 줄곧 결단을 내려야 한다는 절박한 아우성이 들렸다. 그녀는 지금 당장 자신의 인생이 번듯한 형태를 갖추기를 바랐다. 그리고 그 형태란 어떤 힘에 의해 결정되어야 했다. 사랑이나 돈 또는 확실하게 보이는 현실적인 이유 같은 것에 의해서……. 그런데 그러한 힘이 그녀가 손을 뻗으면 잡을 수 있는 곳에 있었다.

봄이 무르익어 갈 무렵, 그 힘은 톰 뷰캐넌이 출현하면서 구체적인 모습을 드러냈다. 그의 풍채나 사회적 지위가 주는 현실감에 데이지는 우쭐해졌다. 감성을 지닌 사람으로서 얼마 동안 갈등을 느끼기는 했지만 곧 안도감 같은 것이 찾아왔다. 옥스퍼드에 있는 동안 개츠비는 그런 사연이 담긴 편지를 받았다.

 롱아일랜드의 새벽이 밝아왔다. 우리는 집 안을 돌아다니며 아래 층의 나머지 창문들을 모두 열어젖혀 암흑을 헤치고 나타난 찬란한 금빛을 집 안에 가득 채웠다. 나무 한 그루가 던지는 그늘이 불쑥 이 슬 위에 드리워지고, 푸른 나뭇잎 사이로 형체를 알 수 없는 새들이 울기 시작했다. 무겁게 가라앉은 대기에는 느릿하고 상쾌한 움직임 같은 것이 있어서 서늘하고 좋은 날씨를 예고하고 있었다.

 "난 데이지가 절대 그를 사랑한 적이 없다고 생각합니다." 창가에 서 돌아선 개츠비가 도전적으로 나를 바라보았다. "친구, 어제 오후 에는 그녀가 몹시 흥분해 있었다는 것을 생각해야 해요. 그 사람은 일부러 그녀가 겁을 먹도록 하기 위해 그런 얘기를 꺼냈으니까요. 나를 무슨 형편없는 사기꾼처럼 몰아세웠지요. 그 바람에 그녀는 자 신이 무슨 말을 했는지조차 깨닫지 못했던 겁니다."

 그는 우울하게 자리에 앉았다.

 "하기야 신혼 시절 아주 잠깐 동안 그를 사랑했는지도 모르지 요……. 실제로는 그때조차도 내 쪽을 더 사랑했을 겁니다. 아시겠 습니까?"

 갑자기 그는 이해할 수 없는 말을 했다.

 "하여튼 말입니다." 그가 말했다. "이건 지극히 개인적인 문제입 니다."

 판단하기 모호한 문제에 그가 집착하는 게 아닐까 의심하는 것 외에는 그 말을 받아들일 수 있는 방법이 없었다.

톰과 데이지가 신혼여행 중일 때 개츠비는 군대에서 받은 마지막 봉급을 가지고 프랑스에서 돌아와 비참한 심정으로 루이빌로 찾아갔다. 그는 일주일 동안 그곳에서 머물면서 11월의 밤에 데이지와 둘이서 거닐었던 거리를 다시 걸어보기도 하고, 그녀의 흰색 자동차로 드라이브를 하던 호젓한 장소들을 돌아보기도 했다. 데이지의 집이 어떤 집보다 신비롭고 흥겨워 보였던 것과 마찬가지로, 비록 그녀는 떠나고 없지만 그 도시 자체에 대한 그의 생각은 일종의 우울한 아름다움으로 가득 차 있었다.

그곳을 떠나면서 좀 더 애를 썼더라면 그녀를 찾아낼 수도 있을 것 같은 생각이 들었다. 어쩐지 그녀를 두고 혼자 떠나는 듯한 느낌이 들었다. 보통 객차는 — 그는 빈털터리 신세였다 — 푹푹 쪘다. 그는 객차의 승강용 통로로 나가 접는 의자를 펴고 앉았다. 역은 미끄러지듯 사라지고 낯선 건물들의 뒷모습이 지나쳐 갔다. 마침내 기차가 봄기운이 완연한 들판으로 나오자 잠시 동안 노란 전차 한 대가 객차와 경주하듯 나란히 달려갔다. 거리를 지나다가 데이지의 뽀얗고 매혹적인 얼굴을 한 번쯤은 보게 되지 않을까 미련이 남았다.

선로가 구부러지면서 기차는 벌판으로부터 서서히 멀어지고 있었다. 태양은 점차 낮게 가라앉으면서 그녀가 숨을 쉬던 도시 위에 축복이라도 내리는 것처럼 펼쳐지고 있었다. 그는 그녀가 있어 아름다웠던 그곳의 공기를 한 조각이라도 간직하려는 듯 필사적으로 손을 뻗쳤다. 한 줌의 바람이라도 잡으려는 듯. 그러나 눈물로 흐려진 그의 눈으로 바라보기에는 도시가 너무나 빨리 지나가버렸다. 그는 그 도시에서 가장 아름답고 신선한 것을 영원히 놓쳐버렸다는 사실을 깨달았다.

우리가 아침 식사를 마치고 현관으로 나왔을 때는 벌써 아홉 시였다. 밤새 날씨가 급격히 변해 어느새 가을 기운이 완연했다. 개츠비의 여러 하인 중 마지막으로 남은 정원사가 층계 밑으로 걸어왔다.

"주인어른, 오늘은 풀장 물을 뺄까 하는데요. 낙엽이 떨어지기 시작하면 파이프가 막히곤 하거든요."

"오늘은 하지 말게." 개츠비가 대답했다. 그리고 사과하듯 나를 돌아보았다. "친구! 사실은 여름 내내 풀장을 한 번도 이용하지 못했거든요."

나는 급히 자리에서 일어났다.

"열차 시간이 십이 분밖에 남지 않았어요."

나는 시내에 가고 싶은 생각이 없었다. 딱히 할일이 없기도 했지만 그것만이 전부는 아니었다. 개츠비를 혼자 남겨둬서는 안 될 것 같았다. 나는 그 열차를 놓치고 다음 열차도 놓친 후에야 마지못한 듯 자리에서 일어섰다.

"전화할게요." 마침내 내가 말했다.

"그래주겠어요, 친구?"

"열두 시쯤에 전화 드리겠습니다."

우리는 계단을 천천히 내려갔다.

"데이지도 전화를 하겠지요?" 그는 내가 확신을 주기를 기대하는 듯 걱정스럽게 바라보았다.

"그럴 겁니다."

"자, 그럼…… 살펴 가세요."

악수를 나눈 뒤 나는 그곳을 나왔다. 울타리에 다다르기 직전 나는 뭔가 생각이 나서 돌아섰다.

"저 인간들은 모두 썩어빠진 족속들이에요." 나는 잔디밭 너머로 외쳤다. "당신은 저 사람들 모두를 합쳐놓은 것보다 훨씬 훌륭합니다."

지금도 나는 그때 한 말을 생각하면 뿌듯하다. 나는 처음부터 끝까지 그의 행동에 동의해준 적이 없기 때문에 그 말이 그에게 한 유일한 칭찬이었다. 그는 처음에는 점잖게 고개를 끄덕이더니 나중에는 밝은 얼굴로, 마치 내가 줄곧 자신의 범행을 같이 공모해오기라도 것 같은 미소를 지었다. 그의 멋진 분홍색 양복이 하얀 계단을 배경으로 밝은 무늬를 만드는 모습을 보자 나는 석 달 전 그의 고색창연한 저택을 처음으로 방문했던 날이 떠올랐다. 잔디밭과 차도에는 그의 몰락을 추측하는 사람들로 붐볐었다. 그리고 그는 저 계단에 서서 자신의 순수한 꿈을 감춘 채 그들에게 손을 흔들어 작별 인사를 보내곤 했던 것이다.

나는 그의 환대에 감사를 표했다. 모두가 항상 그의 환대에 감사한다는 말을 했다. 손님들도 나도.

"안녕히 계십시오." 내가 말했다. "아침 잘 먹었어요."

나는 뉴욕으로 온 뒤 수많은 주식 시세표를 작성하느라고 회전의자에 앉은 채 잠이 들었다. 정오가 되기 직전 전화벨 소리에 고개를 번쩍 들어보니 이마에서 식은땀이 흘러내리고 있었다. 조던 베이커에게서 온 것이었다. 그녀는 아무런 계획도 세우지 않은 채 호텔이며 클럽, 자신의 집을 전전했기 때문에 달리 연락할 방법이 없었으므로, 그 시간에 가끔 전화를 걸곤 했다. 보통 때의 그녀 목소리는 푸른 골프장의 잔디 조각이 사무실 창문으로 날아오는 것처럼 상쾌하고 시원했는데, 그날은 왠지 귀에 거슬리고 메마르게 들렸다.

　"데이지네 집에서 나오는 길이에요." 그녀가 말했다. "지금은 햄스테드에 머물고 있는데, 오늘 오후에 사우샘프턴으로 가려고 해요."

　조던이 데이지의 집에서 나온 것은 현명한 행동이었는지는 모르지만 그 사실을 알게 된 순간 당혹스러웠다. 그리고 그 다음 말을 듣자 몸이 굳어져버렸다.

　"어젯밤 당신은 절 완전히 무시하시더군요."

　"그런 상황에서 그게 뭐 그리 중요합니까?"

　한동안 어색한 침묵이 흘렀다. 잠시 후 그녀가 말했다.

　"하지만…… 당신을 만나고 싶어요."

　"나도 만나고 싶어요."

　"사우샘프턴에 가지 말고 시내로 나오라는 말씀인가요?"

　"아니…… 아무래도 오늘은 안 될 것 같아요."

　"알았어요."

"오늘 오후에는 도저히 안 되겠어요. 복잡한 문제가 있어서……."

한동안 잡다한 이야기를 나누다가 갑자기 말이 끊기고 말았다. 두 사람 중 누가 먼저 수화기를 내려놓았는지는 모르지만 나는 그다지 개의치 않았다. 다시는 그녀와 이야기를 나누지 못하는 한이 있어도 그날만은 탁자를 사이에 두고 태평스럽게 앉아 있을 수가 없었다.

몇 분이 지난 뒤 개츠비에게 전화를 걸었지만 통화중이었다. 네 번째 걸었을 때 화가 난 교환수가 그 전화선은 디트로이트에서 걸려 온 장거리 전화 때문에 통화중이라고 했다. 나는 기차 시간표를 꺼내 세 시 오십 분발 기차에 작은 동그라미를 쳤다. 그러고는 의자에 등을 기댄 채 생각을 해보려 애썼다. 시간은 정오였다.

그날 아침 재의 계곡을 지날 때 나는 일부러 반대편 기차간으로 건너갔다. 그곳에는 호기심 많은 사람들이 모여 떠들 것이라고 짐작했다. 아이들은 먼지 속에서 검은 얼룩을 찾아낼 것이 틀림없었고, 수다쟁이들은 쉼 없이 그 사건을 되풀이하여 말하는 바람에 그 일은 마침내 생명력을 잃고 사라져버릴 것 같았다. 그리하여 결국 머틀 윌슨의 비극적 종말도 잊혀지고 말 것이었다.

여기에서 잠시 뒤로 돌아가 전날 밤 우리가 정비소를 떠난 뒤에 있었던 일을 이야기할까 한다.

경찰은 머틀의 여동생 캐서린의 소재를 파악하느라 진땀을 흘려야 했다. 그날 밤, 그녀는 술을 마시지 않는다는 규칙을 깨뜨린 것이 분명했다. 왜냐하면 그녀가 나타났을 때는 이미 곤드레만드레 취해 있어서 앰뷸런스가 플러싱으로 떠났다는 이야기도 알아듣지 못할 정도였다. 사람들이 그 모든 일들을 설명하자 그녀는 즉시 기절해버렸다. 마치 그것이 참을 수 없는 일이기라도 한 듯이 말이다. 누군가가 친절을 베풀어서인지 호기심에서인지 그녀를 자신의 차에 태워 언니의 시신을 뒤쫓아가주었다.

한밤중이 훨씬 지나서까지 정비소 앞에 새로운 구경꾼들이 밀어닥치는 동안, 윌슨은 정비소 안의 긴 소파에 앉아 계속 몸을 앞뒤로 흔들고 있었다. 사무실의 문이 한동안 열려 있었기 때문에 정비소에 들어오는 사람은 어쩔 수 없이 그 안을 들여다볼 수밖에 없었다. 결국 누군가가 보다 못해 문을 닫아주었다.

마이클리스와 다른 몇 사람이 그와 함께 있었다. 처음에는 네댓 명이었으나 나중에는 두어 명으로 줄어들었다. 시간이 지나면서 마이클리스는 마지막으로 남은 낯선 남자에게 가게로 가서 커피 한 주전자를 끓여올 때까지 십오 분만 기다려달라고 부탁했다. 그 낯선 남자는 새벽까지 윌슨과 함께 있어주었다.

세 시쯤 되자 횡설수설하던 윌슨의 혼잣말에 변화가 일기 시작했다. 그 변화란 노란 자동차 이야기를 하기 시작한 것이었다. 그는 노란 차의 주인이 누구인지 알아내는 방법이 있다고 하더니 두 달 전에 아내가 시내에 다녀왔는데, 얼굴에 상처가 났고 코는 부어 있더라는 말을 불쑥 내뱉었다.

그러나 자신의 입으로 그 말을 해놓고는 놀라 움찔하더니 신음소리를 내며, "오, 하느님!" 하고 울부짖기 시작했다. 마이클리스는 서

투르게나마 그의 마음을 가라앉혀보려고 애를 썼다.

"결혼하신 지 얼마나 됐나요? 이것 보라고요. 잠깐만 앉아서 제가 묻는 말에 대답 좀 해보세요. 결혼하신 지 얼마나 됐어요?"

"십이 년."

"아이는 없고요? 자, 이보세요, 아저씨, 가만히 좀…… 제가 묻고 있잖아요. 아이는 없으세요?"

껍데기가 딱딱한 갈색 딱정벌레들이 어슴푸레한 전등 불빛을 받으며 계속 몸을 부딪혔다. 밖에서 자동차가 지나가는 소리가 들릴 때마다 마이클리스는 몇 시간 전 달아났던 자동차가 떠올랐다. 시체를 뉘었던 작업대가 피로 얼룩진 탓에 그는 정비소 쪽으로 가기 싫어했고, 그래서 사무실 주위를 안절부절못하고 돌아다니기만 했다. 그 덕분에 윌슨 옆에 앉아서 그를 좀 진정시켜보려고 애썼다.

"아저씨, 가끔 나가시는 교회라도 있습니까? 아주 오랫동안 발을 끊었던 교회라도 말예요. 제가 교회 목사님께 전화를 걸어 아저씨와 얘기를 좀 나누어보라고 하면 어떨까요? 무슨 말인지 알아듣겠어요?"

"교회엔 안 나가."

"교회에 나가셔야 돼요. 아저씨, 이런 일을 당했을 때를 대비해서 말입니다. 예전에 교회에 다닌 적 없으신가요? 교회에서 결혼식을 하지 않았습니까? 이보세요, 아저씨! 제 말 좀 들어보시라니까요. 교회에서 결혼했잖아요."

"아주 오래전의 일이지."

대답을 하려고 신경을 썼기 때문에 몸을 흔드는 리듬이 깨졌다. 그는 잠시 침묵을 지키고 있었다. 얼마 후 똑같이 약간 당황한 듯한 표정이 그의 흐리멍덩한 눈동자에 나타났다.

"저 서랍 안을 좀 봐요." 윌슨이 책상을 가리키며 말했다.

"어느 쪽 서랍 말이지요?"

"그쪽 서랍 말이야. 그것."

마이클리스는 가장 가까이 있는 서랍을 열었다. 그 안에는 가죽과 은실로 꼰 값비싼 작은 개줄 말고는 아무것도 없었다. 그 개줄은 새것처럼 보였다.

"이거 말입니까?" 그것을 들어올리며 그가 물었다.

윌슨은 고개를 끄덕거렸다.

"어제 오후에 그걸 처음 발견했어. 머틀이 변명하려고 들었지만 난 그게 예사 물건이 아니라는 걸 알았어."

"그럼 부인께서 이걸 샀다는 말씀인가요?"

"마누라는 그걸 포장지에 싸서 옷장 위에 놓아두었지."

마이클리스는 그것이 뭐가 문제인지 도무지 알 수가 없었다. 그래서 윌슨에게 그의 아내가 개줄을 살 만한 이유를 몇 가지 말해주었다. 그러나 "또 그 이야기야!"라고 다시 입속말로 중얼거리는 것으로 보아 윌슨은 이미 머틀에게서 그런 설명을 들었던 모양이었다. 그를 위로하던 마이클리스는 그만 입을 다물 수밖에 없었다.

"그러니까 그자가 머틀을 죽인 거야." 윌슨이 말했다. 순간 그의 입이 쩍 벌어졌다.

"뭐라고요?"

"다 알아내는 방법이 있지."

"아, 아저씨, 아저씨는 지금 제정신이 아니에요." 마이클리스가
말했다. "이번 일로 너무 긴장해서 지금 무슨 말을 하는지도 모르는
거예요. 날이 샐 때까지 조용히 앉아 계시는 게 좋겠어요."

"그놈이 내 마누라를 죽인 거야."

"그건 사고였어요."

윌슨은 머리를 흔들었다. 그러고는 가늘게 눈을 뜨고 거만하게
"흠!" 하고 소리를 지르면서 입을 벌렸다.

"난 다 알고 있어." 그는 확신에 차서 말했다. "난 정직한 사람이
고, 누굴 해코지할 생각은 추호도 없어. 그러니 내가 뭘 안다는 것은
진짜로 아는 거라고. 그 차에 탄 사내 녀석이었어. 마누라는 그놈에
게 말을 걸려고 쫓아 나갔는데 그놈은 차를 멈추지 않았던 거야."

마이클리스도 그 모습을 보기는 했지만 거기에 특별한 의미가 있
을 것이라고는 생각하지 못했었다. 그는 윌슨 부인이 딱히 어떤 차
를 세우려고 한 것은 아니라고 믿었다.

"부인이 왜 그런 것 같아요?"

"속을 알 수 없는 여자니까." 그것으로 충분한 대답이 됐다는 듯
윌슨이 말했다. "아, 아, 아!"

그는 다시 몸을 흔들어대기 시작했고, 마이클리스는 손으로 개줄
을 비비 꼬며 서 있었다.

"제가 전화를 걸어드릴 만한 친구가 있으세요?"

솔직히 그것은 쓸데없는 희망 사항에 지나지 않았다. 그는 윌슨에게 친구가 단 한 명도 없을 것이라고 거의 확신했다. 그는 친구는커녕 마누라도 버거워하는 위인이었다. 시간이 차츰 지나 창가에 푸른 빛이 되살아나면서 방 안에 변화가 생기고, 새벽이 멀지 않았음을 알게 되자 그는 기분이 나아지는 것 같았다. 다섯 시쯤에는 전등을 꺼도 될 만큼 날이 밝아왔다.

윌슨은 흐리멍덩한 눈으로 잿더미를 바라보았다. 환상적인 모습을 한 자그마한 회색 구름이 가냘픈 새벽 바람에 이리저리 떠돌았다.

"내가 마누라에게 말했지." 그가 침묵을 깨뜨리고 중얼거렸다. "나를 속일 수 있을지는 몰라도 하느님을 속이지는 못한다고 말이야. 나는 마누라를 창쪽으로 데리고 갔어……." 그는 힘들게 자리에서 일어나 뒤쪽 창으로 가더니 얼굴을 창에 눌러대며 기대섰다. "……그러고는 말했지. '하느님은 당신이 한 짓을 모두 알고 계셔. 하나도 빼놓지 않고 모든 걸. 당신은 날 속일 순 있어도 하느님은 속일 수는 없어!' 이렇게 말이야."

윌슨이 닥터 T. J. 에클버그의 두 눈을 바라보고 있는 것을 보고 마이클리스는 충격을 받았다. 그 의사의 두 눈은 서서히 걷히는 어둠 속에서 창백하고 거대한 모습을 드러내고 있는 중이었다.

"하느님은 모든 것을 보고 계시지." 윌슨이 되풀이해서 말했다.

"저건 광고예요." 마이클리스가 윌슨을 납득시키려고 애쓰며 창에서 눈을 떼고 다시 방 안을 둘러보았다. 이때 윌슨은 창틀에 얼굴을 들이대고 여명을 향해 고개를 끄덕이며 오랫동안 그 자리에 서 있었다.

　마이클리스는 여섯 시가 되자 이미 지칠 대로 지쳐버렸다. 그래서 밖에서 자동차가 멈추는 소리를 듣자 말할 수 없이 기뻤다. 전날 밤 다시 오겠다고 약속했던 사람 중 하나였다. 그래서 그는 세 사람 분의 아침 식사를 준비했지만 결국 그 남자와 둘이서만 먹었다. 어느덧 윌슨은 조용해졌고, 마이클리스는 집으로 돌아가 잠을 잤다. 그리고 네 시간 뒤 깨어나서 다시 정비소로 돌아와 보니 윌슨은 어디론가 사라지고 없었다.

　그의 행적은 ― 그는 끊임없이 걷고 또 걸었다 ― 나중에 추적되었는데, 처음에는 루스벨트 항구로 갔다가 거기서 개즈힐까지 갔다. 그러고는 샌드위치를 한 개 샀지만 먹지는 않고 커피만 한 잔 마셨다. 한데 점심때까지 개즈힐에 도착하지 못한 것을 보면 그는 피곤해서 천천히 걸었던 모양이다. 그가 보낸 시간에 대해 여기까지 설명하는 것은 어려움이 없었다. '미친 사람처럼 행동하는' 남자를 보았다는 아이들이 있었고, 그가 길옆에 서서 이상한 눈초리로 자신들을 훑어보았다는 자동차 운전자들도 있었다. 그 뒤 세 시간 동안 그는 자취를 감췄다.

　그가 마이클리스에게 '찾아낼 방법이 있다'고 했던 말을 근거로 경찰은 윌슨이 그 근처 정비소를 하나하나 찾아다니며 노란 자동차의 소재를 찾는 데 거의 세 시간을 보냈을 것이라고 추측했다. 그런데도 그를 봤다는 정비소 직원은 단 한 명도 나타나지 않았다.

따라서 그에게는 정보를 좀 더 쉽고 확실하게 알아내는 방법이 있었던 것 같다. 두 시 반쯤 해서 그는 웨스트에그에 도착해 있었고, 그곳에서 누군가에게 개츠비의 집으로 가는 길을 물었다. 그러므로 그 시간을 전후해서 윌슨은 이미 개츠비의 이름을 알고 있었던 것이다.

개츠비는 두 시에 수영복으로 갈아입고, 어디서든 전화가 걸려오면 풀장으로 와서 알려달라고 집사에게 일러두었다. 그는 여름 동안 저택을 방문했던 손님들을 즐겁게 했던 공기 매트리스를 가지러 창고로 갔다. 그러자 운전기사가 공기 매트리스에 바람을 넣는 일을 도와주었다. 이어 그는 무슨 이유에서인지 오픈카를 밖에 꺼내놓지 말라고 지시했다. 그런데 운전기사로서는 앞쪽 우측 펜더를 수선해야 할 것처럼 보였기 때문에 의아한 생각이 들었다.

개츠비는 공기 매트리스를 어깨에 둘러메고 풀장으로 갔다. 운전기사가 잠깐 걸음을 멈춰 도움이 필요하냐고 물었지만 괜찮다고 머리를 저으며 단풍이 노랗게 물들기 시작한 나무들 사이로 사라져갔다.

전화는 한 통도 걸려 오지 않았지만 하인은 낮잠까지 반납하면서 네 시가 되도록 기다렸다. 전화를 받을 사람이 이미 이 세상에서 사라진 뒤까지도. 개츠비 자신도 전화가 걸려 오지 않으리라고 생각했을 것이고, 이미 그런 것에 신경을 쓰지 않았을지도 모른다.

만일 이런 추측이 정확하다면 그는 그 옛날의 정답고 따뜻한 세계를 상실했다고, 단 한 가지 꿈을 품고 너무 오랜 기간을 살아온 것에 대한 대가를 혹독하게 치렀다고 느꼈을 것이 틀림없다. 그는 장미꽃이 얼마나 괴상한지, 또 갓 돋아난 잡초 위에 쏟아지는 햇볕이 얼마나 혼란스러운 것인지 알았을 때, 간담을 서늘하게 하는 나뭇잎 사이로 낯선 하늘을 올려다보며 몸서리를 쳤음에 틀림없다.

현실감이라고는 없는 세계, 꿈을 먹고 사는 가엾은 허깨비들이 공기처럼 이리저리 방황하는 새로운 세계……. 형체도 없는 나무를 헤치고 그를 향해 서서히 다가오는 그 잿빛 환영의 인물처럼.

운전기사 ― 그는 울프심의 부하였다 ― 가 몇 발의 총소리를 들었다. 나중에 그는 총소리를 그다지 심각하게 생각하지 않았다고 했다.

나는 기차역에서 개츠비의 집으로 곧장 차를 몰았고, 걱정스러운 마음에 서둘러 앞층계를 올라간 다음에야 그 집에 있던 사람들이 놀란 표정을 지었다. 그러나 그때 이미 그들은 모든 사실을 알고 있었다고 나는 확신하고 있다. 운전기사, 집사, 정원사 그리고 나 이렇게 네 사람은 한마디도 하지 않고 풀장을 향해 서둘러 내려갔다.

풀장 한쪽 끝에서 맑은 물이 흘러나와 다른 쪽 배수구로 밀려갔기 때문에 물은 미약하게 움직이고 있었다. 물결이라고까지 할 수 없는 잔잔한 물살 때문에 개츠비를 태운 매트리스가 불규칙하게 풀장 아래로 움직이고 있었다. 수면에 잔물결 하나 만들지 못할 정도로 약하디 약한 바람도, 낯선 짐을 싣고 전혀 낯선 방향으로 흘러가고 있는 매트리스의 흐름을 방해하기에는 충분했다. 매트리스는 수면 위에 떠 있던 나뭇잎 더미에 닿자 천천히 돌면서 마치 컴퍼스의 다리처럼 물 위에 연분홍색 동그라미를 남겨놓았다.

정원사가 잔디밭에서 윌슨의 시체를 발견한 것은 우리가 개츠비의 시체를 들고 집으로 간 뒤였다. 그리하여 그 어처구니없는 참극의 전모가 드러나게 되었다.

9

그로부터 2년이 지난 지금도 나는 사건이 일어난 날을 떠올리면 경찰과 사진기자와 신문기자들이 개츠비의 저택에 끝없이 들락거렸다는 것만 기억난다. 정문을 가로질러 밧줄을 둘러치고 경찰관 한 사람이 구경꾼들을 가로막았지만, 어린 사내아이들은 곧 우리 집 뜰을 통해 그 집으로 들어갈 수 있다는 것을 알아냈다. 그래서 풀장 주위에는 항상 아이들 몇 명이 입을 딱 벌린 채 모여 있었다.

그날 오후 적극적인 성격의 형사 한 명이 윌슨의 시체를 들여다보며 '미친놈'이라는 말을 내뱉었고, 그의 말에 권위가 실리면서 다음 날 신문 기사는 모두 그런 식으로 보도되었다.

신문 기사들은 대부분 악몽 같은 내용 일색이었다. 정황에 따라 흥분해서 써 내려간 기사는 대부분 기괴하고 왜곡된 글들이었다. 검시 때 마이클리스의 증언으로 윌슨이 자기 아내를 의심하고 있었다는 것이 밝혀졌을 때, 곧 사건 전체가 선정적인 이야깃거리가 되겠구나 하는 생각이 들었다.

그러나 뭔가 할 말이 있을 듯한 캐서린은 한마디도 하지 않았다. 그녀는 이 사건에 임해서 놀라울 정도로 냉정한 태도를 보여주었다. 눈썹 펜으로 뚜렷하게 눈썹을 그려 넣은 단호한 눈빛의 그녀는 검시관을 바라보면서 자신의 언니는 개츠비를 본 적도 없고, 남편과 더할 나위 없이 행복하게 살았다고 맹세하는 것이었다. 그녀는 자기가한 말을 확신하고 있어서, 마치 부적절함에 대한 암시만 가지고도견딜 수 없다는 듯 손수건에 얼굴을 파묻고 울었다. 그래서 윌슨은 '슬픔을 못 이겨 정신착란을 일으킨' 사람으로 축소된 채 사건은 아주 단순한 형태로 남게 되었다. 그리고 지금까지도 그렇게 알려져 있다.

그러나 이 사건의 이러한 내용들은 그다지 중요한 것이 아니었고, 사건의 전체 맥락과도 동떨어져 있었다. 나는 개츠비의 편에 서 있는 사람이 나밖에 없다는 것을 깨닫게 되었다. 이 불행한 소식을 웨스트에그에 전화로 알린 순간부터 그를 둘러싼 억측과 실제적인 질문 일체가 나에게 쏟아졌다.

나는 처음에는 너무 놀랍고 당혹스러웠다. 그런 후 그가 집 안에안치되어 움직이지도 않고, 호흡도 하지 않으며, 말도 하지 않고 계속 누워만 있자 내가 그 일을 책임져야 한다는 생각이 강하게 들었다. 왜냐하면 나 말고는 아무도 이 일에 관심을 보이지 않았기 때문이다. 여기서 관심이란 인간이라면 누구나 가질 법한 인간적 관심을말하는 것이다.

우리가 개츠비의 주검을 발견한 지 삼십 분이 지난 뒤, 나는 아무런 망설임도 없이 데이지에게 전화를 걸었다. 그러나 그녀와 톰은 그날 오후 집을 비우고 없었다. 게다가 짐까지 챙겨 나갔다고 했다.

"연락처라도 남겨놓았습니까?"

"아니오."

"언제 돌아온다고 하던가요?"

"말씀이 없었습니다."

"어디로 갔는지 짚이는 데가 없습니까? 어떻게 하면 연락이 가능할까요?"

"모릅니다. 아무 말씀도 드릴 수가 없어요."

나는 개츠비를 위해 누군가를 데려오고 싶었다. 나는 그가 누워 있는 방으로 들어가 뭐라고 위로의 말을 전하고 싶었다.

"개츠비, 당신을 위해 누구든 데려오겠소. 그러니 걱정 마시오. 내게 맡기시오. 누구든지 데려올 테니⋯⋯"

마이어 울프심의 이름은 전화번호부에 없었다. 집사가 브로드웨이에 있는 그의 사무실 주소를 가르쳐주어, 안내양에게 전화를 걸었지만 내가 전화번호를 알았을 때는 이미 다섯 시가 훨씬 지난 시각이었으므로, 전화를 받는 사람은 아무도 없었다.

"한 번만 더 연결해주십시오."

"벌써 세 번이나 했는걸요."

"아주 중요한 일이라서요."

"미안하지만 아무도 없는 모양이에요."

나는 응접실로 돌아왔다. 순간 방을 가득 채운 이 사람들은 공무 때문에 왔다가 시간이 되면 가버릴 사람들이라는 생각이 언뜻 스쳤다. 그러나 그들이 시트를 걷고 무심한 눈길로 그를 바라보는 동안에도 여전히 머릿속에는 개츠비가 항의하는 소리가 맴돌았다.

'이봐요, 친구! 누군가를 좀 데려다줘요. 신경을 좀 써줘요. 이렇게 혼자서는 견딜 수 없어요.'

누군가가 나에게 마구 질문을 쏟아부었지만 나는 무시하고 위층으로 올라가 열려 있는 그의 책상 서랍들을 급히 뒤졌다. 그는 나한테 자신의 부모가 죽었다고 분명히 말한 적이 없었던 것이다. 그러나 거기에는 아무것도 없었다. 다만 이미 과거로 남은 폭력의 증거인 댄 코디의 사진만이 벽에서 내려다보고 있을 뿐이었다.

이튿날 아침, 나는 울프심에게 쓴 편지를 집사에게 들려 뉴욕으로 보냈다. 개츠비의 신상 정보를 알려달라는 것과 다음 기차로 와달라는 내용이었다. 그 편지를 쓰면서 나는 쓸데없는 짓을 한다는 생각이 들었다. 정오가 되기 전에 데이지에게서 전화가 걸려올 것이라고 확신한 것처럼 그도 신문을 보자마자 이곳으로 출발했을 것이라고 생각했기 때문이다. 그러나 전화도 걸려오지 않고, 울프심도 오지 않았다. 단지 경찰관과 사진기자와 신문기자만 법석을 피웠을 뿐이다. 집사가 울프심의 답장을 가지고 왔을 때, 나는 개츠비와 내가 그 모든 이들과 맞서 한편이 되었다는 유대감으로 똘똘 뭉쳐 있었다.

친애하는 캐러웨이 씨! 이번 일은 나의 생애에서 가장 끔찍하고 충격적인 일이어서 그것이 사실이라고 믿을 수가 없습니다.

그자가 저지른 미친 짓은 우리 모두에게 세상에 대해 다시 한번 생각해보게 합니다. 저는 사업상으로 아주 중요한 일이 있어 지금은 갈 수 없으며, 이 일에서 발을 빼고 싶습니다. 만약 제가 해야 할 일이 있으면 에드거를 통해 편지로 알려주시기 바랍니다. 이런 소식을 들은 지금은 제 자신이 어디에 있는지도 모를 정도의 충격으로 망연자실해 있습니다.

당신의 친구
마이어 울프심

그리고 그 밑에 이렇게 휘갈겨놓았다.

　장례식에 대해 알려주십시오. 개츠비의 가족 관계는 전혀 아는 것이 없습니다.

그날 오후 전화벨이 울렸다. 그것이 시카고에서 걸려온 장거리 전화라고 들었을 때, 나는 마침내 데이지에게서 전화가 온 것이려니 생각했다. 그러나 수화기를 통해 들려온 것은 매우 가늘고 감이 먼 남자 목소리였다.

"슬레이글입니다……."

"네?" 들어본 적이 없는 이름이었다.

"제 목소리를 잃어버렸군요. 제 전보는 받으셨나요?"

"아뇨, 아무것도 받지 못했습니다."

"파크 녀석이 사고를 냈어요." 그가 급히 서둘며 말했다. "카운터에서 증권을 넘겨주다 붙잡혔습니다. 바로 오 분 전에 뉴욕에서 증권번호를 알리는 회람장을 받았답니다. 거기에 대해 뭐 들은 얘기 없습니까? 이런 촌구석에서는 통 알 수가 없어서……."

"이봐요!" 나는 급히 상대방의 말을 끊었다. "이것 보십시오. 난 개츠비가 아니오. 개츠비는 죽었어요."

그러자 저쪽에서 뭐라고 외쳐대더니 오랫동안 침묵이 흘렀다. 그러더니 뭐라고 불평하는 소리가 들린 후 전화가 끊겼다.

헨리 C. 개츠라고 서명한 전보 한 장이 미네소타 주의 한 읍에서 날아온 것은 사흘째되는 날이었다. 내용은 발신인이 즉각 출발할 테니 도착할 때까지 장례식을 연기해달라는 것이었다.

전보의 주인공은 개츠비의 아버지로, 근엄한 노인이었다. 따뜻한 9월이었는데도 불구하고 두꺼운 싸구려 코트로 온몸을 감싼 그는 상심으로 무력해 있었다. 그는 감정이 격해진 나머지 쉴 새 없이 눈물을 흘리고 있었다. 그의 손에서 가방과 우산을 받아들자 연신 성긴 회색 수염을 쓸어내리는 통에 그의 코트를 벗기느라고 곤욕을 치러야 했다.

그는 금방이라도 쓰러질 것 같았기 때문에 음악실로 데리고 가서 앉힌 뒤 사람을 시켜 먹을 것을 가져오게 했다. 그러나 그는 아무것도 입에 대려고 하지 않았고, 손이 떨려 결국 우유를 엎지르고 말았다.

"시카고 신문에서 보았소이다." 그가 덧붙였다. "시카고에서 발행하는 신문마다 대서특필했더군요. 신문을 보자마자 출발했소."

"어디로 연락을 드려야 할지 몰라 난감했습니다."

그의 눈에는 아무것도 들어오지 않는 것 같았지만 끊임없이 방을 두리번거렸다.

"미친놈이 한 짓이야." 그가 말했다. "미친 게 분명해."

"커피 드시겠습니까?" 그에게 커피를 권했다.

"아무 생각이 없소. 이젠 괜찮아요. 한데 성함이……."

"캐러웨이라고 합니다."

"음, 이젠 괜찮아졌소. 한데 지미는 어디다 두었소?"

나는 그를 데리고 그의 아들이 누워 있는 거실로 안내하고 나왔다. 꼬마 몇 명이 계단을 올라와서 홀에서 기웃거리고 있었다. 내가 그들에게 방금 도착한 사람이 누구인지 알려주자 그제야 마지못해 자리를 떴다.

얼마 뒤 개츠 씨가 문을 열고 나왔는데, 얼굴이 상기되어 있었다. 입은 벌어져 있었고, 충혈된 두 눈에서는 이따금씩 눈물이 흘러나왔다. 그는 이미 죽음이 공포의 대상이 되지 못하는 나이에 이르러 있었다. 주위를 둘러보던 그는 홀의 높고 화려한 천장과, 다른 방과 연결되어 있는 커다란 방들이 눈에 들어오자 슬픈 와중에도 아들이 자랑스러운 모양이었다. 나는 그를 부축하여 위층의 침실로 올라갔다. 그리고 그가 코트와 조끼를 벗는 동안 모든 일을 그가 올 때까지 연기했노라고 말했다.

"어떻게 하는 걸 원하는지 몰라서요. 개츠비 씨!"

"내 이름은 개츠요."

"……개츠 씨, 저는 어르신께서 시신을 서부로 옮겨 가실 거라고 생각했습니다만."

그는 머리를 좌우로 흔들었다.

"지미는 이곳 동부를 훨씬 더 좋아했소. 그 애는 동부에서 자리를 굳혔거든. 당신은 우리 아이의 친구였소?"

"둘도 없는 친구였지요."

"그렇다면 잘 알겠지만 내 아들은 앞길이 창창한 아이였소. 아직 나이는 얼마 되지 않았지만 머리가 상당히 좋았다오."

그는 다짐하듯 자신의 머리를 만졌고, 나는 고개를 끄덕였다.

"죽지 않았으면 큰 인물이 되었을 거요. 제임스 제이 힐 같은 인물 말이오. 나라 발전에 한몫했을 수도 있고."

"네, 맞습니다." 나는 마지못해 맞장구를 쳤다.

그는 수를 놓은 침대 커버를 벗겨내려고 애를 쓰다가 뻣뻣한 자세로 그냥 누워버렸다. 그러고는 금세 곯아떨어졌다.

그날 밤 한 낯선 사람이 놀란 목소리로 전화를 걸어와서는 자기 이름을 밝히기도 전에 먼저 나에게 누구냐고 물었다.

"캐러웨이라고 합니다만." 내가 말했다.

"아." 그는 안심한 듯했다. "난 클립스프링어입니다."

나는 순간 마음이 놓였다. 왜냐하면 개츠비의 장례식에 올 수 있는 사람이 한 명 늘어났기 때문이다. 나는 신문의 부고란에 개츠비의 죽음을 공고하여 구경꾼들이 많이 몰려오게 하고 싶지는 않았기 때문에 직접 지인들에게만 전화 연락을 하고 있던 참이었다. 그러나 올 만한 사람을 찾아내는 것은 매우 힘들었다.

"내일이 장례식입니다." 내가 말했다. "오후 세 시에 이 집에서 있습니다. 오실 만한 분이 있으면 연락해주십시오."

"아, 그러지요." 그의 말투에는 뭔가 확신이 없어 보였다. "물론 만날 사람이 있을 것 같지는 않지만 만나면 전해주지요."

"물론 당신은 올 거지요?"

"글쎄요! 되도록 가도록 해보겠습니다만, 제가 전화한 것은……."

"잠깐만요." 나는 단호하게 말했다. "확실히 오겠다고 말씀해주시지요."

"한데 사실은…… 사실, 제가 지금 그리니치에 있는데, 일행이 있거든요. 이 사람들이 내일 같이 있어주기를 바라고 있어서요. 실은 피크닉을 가기로 해서요. 물론 최선을 다해서 빠져나오도록 하겠습니다만."

나는 나도 모르게 "허!" 하는 소리를 내뱉었다. 그의 말투가 신경질적으로 바뀐 것으로 보아 그가 그 소리를 들은 것이 분명했다.

"내가 전화를 한 건, 신발을 거기 두고 왔기 때문입니다. 수고스럽지 않다면 집사가 그걸 좀 보내주었으면 하는데요. 테니스화인데, 그게 없으면 전 꼼짝달싹을 못 하거든요. 보내주실 주소는 B.F.……."

내가 수화기를 내려놓아버렸기 때문에 나머지 주소는 듣지 못했다.

그 후 나는 고인이 된 개츠비에게 부끄러움을 느꼈다. 나와 통화했던 한 신사는 개츠비는 그런 벌을 받아 마땅한 사람이라고 말했다. 그러나 알고보면 그것은 내 실수였다. 그는 개츠비의 술을 마시고는 용기를 얻어 개츠비를 아주 신랄하게 비난했던 사람 중 하나였으니 말이다. 따라서 그에게는 전화를 걸지 않는 것이 나았을 거라는 사실을 깨닫지 못한 내가 바보였다.

장례식 날 아침, 나는 마이어 울프심을 만나기 위해 뉴욕으로 갔다. 뉴욕으로 가지 않고는 그를 만날 도리가 없을 것 같았다. 엘리베이터 안내원이 가르쳐주는 대로 밀고 들어간 문에는 '스와스티카 주식회사'라는 간판이 붙어 있었다. 안에서는 아무 인기척이 들리지 않았다. 그러나 내가 지나가는 말로 "누구 없습니까?"라고 몇 번 소리쳐 부르자 칸막이 뒤에서 가벼운 말다툼이 벌어지더니 마침내 예쁘장한 유대인 여자가 안쪽 문에서 나타나 경계하듯 적의를 품은 검은 눈을 크게 뜨고 나를 뜯어보았다.

"아무도 없어요." 그녀가 말했다. "울프심 씨는 시카고에 계셔요."

그녀의 말에는 뭔가를 감추고 있는 듯한 느낌이 확연했다. 안에서 누군가가 음률이 맞지 않는 음정으로 〈로사리오〉를 부르기 시작한 것으로 보아 틀림없었다.

"캐러웨이란 사람이 좀 뵙자고 한다고 전해주시오."

"그분을 시카고에서 데려올 순 없잖아요?"

바로 그 순간 분명한 울프심의 목소리가 문 저쪽에서 "스텔라!" 하고 불렀다.

"성함을 알려주세요." 그녀가 재빨리 말했다. "그분이 돌아오시면 전해드릴게요."

"저 안에 계신 것 같은데요."

그녀는 나를 향해 한 걸음 다가서더니 화가 난 듯이 두 손으로 엉덩이를 위아래로 쓸어내렸다.

"젊은 사람들은 마음만 먹으면 마음대로 밀고 들어올 수 있을 거라고 생각한다니까." 그녀가 짜증을 냈다. "당신 같은 사람들은 이제 신물이 난다고요. 시카고에 있다고 하면 시카고에 있는 줄 아세요."

나는 개츠비의 이름을 말했다.

"어머나!" 순간 그녀는 다시 한번 나를 훑어보더니 말했다. "잠깐만요. 성함이 뭐라고 하셨지요?"

그리고 안으로 사라졌다. 그러자 곧 마이어 울프심이 근엄한 얼굴로 문간에 서서 두 손을 내밀었다. 그는 잔뜩 힘을 준 목소리로 지금은 우리 모두에게 슬픈 때라고 말하면서 나를 사무실로 데려가서는 시거를 권했다.

"개츠비를 처음 만났을 때가 기억나는군." 그가 입을 열었다. "막 군대에서 제대한 젊은 소령이었던 그는 온몸에 전쟁 때 받은 훈장을 가득 매달고 있더군. 형편이 좋지 않아서 계속 군복만 입고 있었소. 사복을 살 돈이 없었던 거지. 우리는 사십삼번가에 있는 와인브레너

228

당구장에서 처음 만났는데 그는 일자리가 있느냐고 물었지. 꼬박 이틀 동안 아무것도 먹지 못했다면서. '이리 와서 나하고 식사나 합시다.' 하고 내가 말했지. 그는 삼십 분 만에 사 달러어치도 넘게 먹어 치웠지."

"선생께서 그에게 일거리를 주셨습니까?" 내가 물었다.

"그랬지! 내가 그를 키웠다고 할 수 있소."

"아, 네."

"아무것도 없는 데서, 정말 시궁창에서 그를 건져낸 거지. 나는 한눈에 그가 신사다운 젊은이라는 걸 알아봤소. 그리고 옥스퍼드 출신이라기에 어쩌면 잘 써먹을 수 있겠구나 하는 생각이 들었지. 나는 그를 미국 재향군인회에 들어가게 했고, 그 친구는 거기서 높은 자리로 승진했지. 그 뒤 얼마 안 되어 그는 올버니에서 내 고객을 위해 일했소. 우린 무슨 일에나 의리를 최고로 쳤지……" 그는 알뿌리처럼 생긴 손가락 두 개를 들어올렸다. "……뭘 해도 둘이 함께였소."

나는 그들의 동지 관계가 1919년 월드 시리즈 때도 계속되었는지 궁금했다.

"이제 그는 이 세상 사람이 아닙니다." 잠시 뒤 내가 말했다. "선생께선 그의 가장 친한 친구셨으니 드리는 말씀인데, 오늘 오후에 있을 그의 장례식에 참석하는 걸로 알겠습니다."

"가고 싶기는 한데……."

"그럼 오십시오."

순간 그의 콧구멍 속의 털이 미세하게 떨렸고, 머리를 좌우로 흔들자 그의 눈에 눈물이 고였다.

"하지만 갈 수가 없소……. 더 이상 그 사건에 말려들고 싶지 않소." 그가 말했다.

"이제 다 끝난 일인데, 말려들고 말고 할 것이 뭐가 있습니까?"

"사람이 피살된 일엔 끼고 싶지 않소. 그런 일엔 한 발짝 물러서 있는 게 나아요. 젊었을 때는 사정이 달랐지. 동지가 죽으면 끝까지 함께했으니까. 상대를 반쯤 죽여놨지. 당신은 그걸 감상적이라고 할는지 모르지만 정말 그랬소. 최후까지 말이오."

그가 나름의 어떤 이유 때문에 장례식에 오지 않겠다고 결심했음을 깨닫자 나는 자리에서 일어났다.

"당신도 그 대학을 나왔소?" 그가 갑자기 물었다.

나는 한순간 그가 '거래선' 이야기를 비치는 게 아닌가 생각했지만 그저 고개를 끄덕거리며 악수를 청했을 뿐이었다.

"우정은 죽은 뒤가 아니고 살아 있을 때 보여줍시다. 친구가 죽은 뒤의 내 원칙은 모든 걸 그냥 내버려두는 것이오."

그의 사무실에서 나왔을 때 어두워지는 하늘에서는 가랑비가 내리고 있었다. 나는 웨스트에그로 돌아왔다. 옷을 갈아입은 뒤 옆집으로 갔더니 개츠 씨가 흥분해서 홀 안을 왔다 갔다 하고 있었다. 아들과 아들의 재산에 대한 자부심으로 한껏 부풀어 있던 그는 마침내 나에게 무언가를 보여주려고 했다.

"지미가 이 사진을 보냈어요." 그가 떨리는 손으로 지갑을 꺼냈다. "이것 좀 봐요."

그것은 개츠비의 저택을 찍은 사진이었는데, 여러 사람이 만졌는지 때가 묻어 있었고 가장자리는 꺾여 있었다. 그는 사진 구석구석을 가리키며 설명했다. "이것 좀 보세요." 그러고는 내 눈에서 감탄의 빛을 찾으려고 했다. 그가 사진을 보여주며 몹시 자랑을 하는 것으로 보아 그에게는 사진이 실제 집보다 더 현실적으로 느껴지는 것 같았다.

"지미가 이걸 나한테 보내줬단 말이오. 정말 근사한 사진이지. 아주 잘 나왔지요?"

"정말 잘 나왔네요. 최근에 아드님을 만나보신 적이 있었습니까?"

"이 년 전에 나를 보러 와서 지금 살고 있는 집을 사주었어요. 물론 그놈이 집을 나갔을 땐 우리 집안 꼴이 말이 아니었지요. 집을 나간 데는 그럴 만한 까닭이 있었다는 걸 이제 알겠어요. 그 애는 자기에게 멋진 장래가 기다리고 있다는 걸 잘 알고 있었던 게야. 출세하고 난 뒤로 그 애는 아주 효자 노릇을 했답니다."

그는 사진을 집어넣는 것이 내키지 않는지 잠시 내 앞에서 머뭇거리며 그대로 들고 서 있다가 천천히 지갑에 넣고는 호주머니에서 『호팔롱 캐시디』라고 쓰여 있는 낡아빠진 책을 꺼냈다.

"이건 우리 애가 어렸을 때 갖고 있던 책이오. 보면 짐작 가는 게 있을 거요."

그는 뒷표지를 펼쳐 내가 볼 수 있도록 했다. 아무것도 인쇄되어 있지 않은 마지막 페이지에는 '계획표 — 1906년 9월 12일' 이라는 날짜가 적혀 있었다. 그리고 그 밑에는 다음과 같이 쓰여 있었다.

기상	오전 6:00
아령 들기와 암벽 타기	오전 6:15~6:30
전기학 및 기타 공부	오전 7:15~8:15
일	오전 8:30~4:30
야구 및 운동	오후 4:30~5:00
웅변 연습 및 동작 연습	오후 5:00~6:00
발명에 필요한 공부	오후 7:00~9:00

결심

새프터스 또는 ×××(이름을 알아볼 수 없었음)에서 시간을 낭비하지 말 것.

금연을 하고 씹는 담배를 삼갈 것.

이틀에 한 번씩 목욕할 것.

매주 교양서나 잡지를 한 권씩 읽을 것.

매주 5달러(줄을 그어 지웠다) 3달러씩 저축할 것.

부모님 말씀을 잘 들을 것.

"이 책을 우연히 발견했소." 노인이 말했다. "이 정도면 우리 지미가 어떤 녀석인지 짐작할 수 있겠지요?"

"네, 알겠군요."

"지미는 반드시 성공할 애였어. 그 애는 언제나 이런 결심을 하고 있었거든. 그 애가 자기 자신을 계발하려고 얼마나 노력했는지 압니까? 언제나 열심이었소. 언젠가는 나더러 돼지처럼 더럽게 먹는다고 하길래 그 애를 때려준 적이 있지요."

그는 책을 그냥 덮기 아쉬운 듯 각 항목을 소리 높여 낭독하고는 뭔가 반응을 보여주길 바라는 눈길로 나를 바라보았다. 그는 내가 그 계획표를 옮겨 적고 실천에 옮기기를 바랐던 것이 아닌가 싶다.

세 시가 조금 못 되어 플러싱에서 루터교 목사가 도착했다. 나는 다른 차들이 왔는지 창밖을 내다보았다. 개츠비의 아버지 역시 창밖을 보았다. 예정 시간이 지나 하인들이 들어와 홀 앞에 기다리고 서 있자 노인의 눈이 불안하게 깜박거리기 시작하더니 비가 내리는 것에 대해 걱정을 했다. 목사는 계속 시계를 들여다보았다. 그래서 나는 그에게 삼십 분만 더 기다려달라고 부탁했다. 그러나 부질없는 짓이었다. 삼십 분이 지나도 아무도 오지 않았기 때문이다.

다섯 시쯤 자동차 세 대의 장의행렬이 굵은 빗방울을 맞으며 묘지에 도착하여 입구에 멈췄다. 맨 앞에는 섬뜩할 만큼 검은 색의 비에 젖은 영구차가, 뒤를 이어 개츠 씨와 목사와 내가 탄 리무진이, 그리고 맨 뒤에는 네댓 명의 하인들과 웨스트에그에서 온 우편배달원 한 명이 개츠비의 스테이션 왜건을 타고 도착했다. 우리가 문을 통과하여 묘지 안으로 들어갈 때 차 한 대가 멈추더니 땅에 고여 있는 물을 튀기면서 우리 뒤를 따라오는 소리가 들렸다. 나는 무의식적으로 돌아보았다. 그는 석 달 전 어느 날 밤, 개츠비의 서재에 꽂힌 장서를 보고 놀라워했던 올빼미 안경을 낀 사내였다.

그날 이후 그를 만난 적이 전혀 없었다. 나는 그가 어떻게 장례식이 있다는 것을 알았는지도, 개츠비의 원래 이름을 어떻게 알았는지도 모르고 있었다. 비가 그의 두꺼운 안경 위로 마구 퍼부었고, 그는 개츠비의 무덤을 가린 천막이 벗겨지는 것을 보기 위해 안경을 벗어서 닦았다.

그때 나는 개츠비에 관해서 잠깐 생각해보려고 했지만 그는 이미 너무 먼 곳에 있었다. 데이지가 조문 전보는커녕 조화조차 보내오지 않았다는 걸 깨달았지만 전혀 분노를 느끼지 않으면서 그 사실을 받아들일 수 있었다. 그때 누군가가 "죽은 자 위에 비가 내리니 복이 있도다." 하고 나지막하게 중얼거리자 올빼미 안경을 낀 사내가 씩씩하게, "아멘." 하고 말했다.

우리는 흩어져서 비를 맞으며 자동차가 세워진 곳으로 급히 왔다. 올빼미 눈 모양의 안경을 낀 사내가 묘지 입구에서 나에게 말을 걸었다.

"집에는 가보질 못했군요."

"다른 분들도 아무도 오지 않았습니다." 내가 대답했다.

"저런!" 그가 놀란 목소리로 말했다. "맙소사! 이럴 수가! 수백 명이 그 집에 드나들었는데."

그는 안경을 벗어 다시 한번 안팎을 닦았다.

"가련하기도 하지……." 그가 말했다.

내가 지금도 뚜렷하게 기억하고 있는 것 중 하나는 대학 예비학교에서, 그리고 나중에는 대학에서 크리스마스 때 서부로 돌아오던 일이다. 시카고보다 더 먼 곳으로 가는 사람들은 12월의 어느 날 저녁 여섯 시에 시카고 친구들과 오래되고 낡은 유니언 역에 모여 벌써부터 휴가의 즐거움에 들떠 서둘러 작별 인사를 하곤 했다. 여러 학교들에서 돌아오는 여학생들의 털코트도 기억에 남고, 옛 친구의 모습이 눈에 띄면 차디찬 입김을 내뿜으면서 머리 위로 손을 흔들어댔던 일도 기억하고 있다. "넌 오드웨이네 집에 갈 거니? 허시네 집에 갈 거니? 아니면 슐츠네 집으로?" 하면서 서로 초대 일정을 맞춰보던 일도, 장갑 낀 손으로 꽉 움켜쥐었던 기다란 초록색 기차표도 생생하게 기억난다. 그리고 마지막으로 '시카고, 밀워키, 세인트폴' 철도 회사의 칙칙한 노란색 기차들이 출입문 옆 철로 위에 멈춰 서 있는 모습이 마치 크리스마스처럼 흥겹게 느껴졌던 것도.

기차가 역을 빠져나와 겨울밤의 눈 속으로 들어가면 옆쪽으로 눈이 흩뿌려지며 차창에 진짜 우리들의 눈이 반짝이기 시작했고, 아담한 시골역인 위스콘신역의 흐린 불빛들을 지나가면 공기 속에는 섬세하고 거친 기운이 감돌았다. 저녁을 마친 뒤 싸늘한 통로를 지나 걸어오는 동안 우리는 그 공기를 깊이 들이마셨다. 이때 우리는 그 공기 속에 하나로 녹아들기 전의 기묘한 이 한 시간 동안 이 지방과 하나가 되는 것을 가슴 깊이 깨닫는 것이었다.

그것이 내가 중서부에서 겪은 일이었다. 밀밭이며 평원, 또는 사라져버린 스웨덴 사람들의 읍이 아니라 감격으로 가슴이 울렁거리는 나의 젊은 시절의 귀향 기차, 서리가 내린 어두운 밤의 가로등과 썰매의 방울소리, 불 켜진 창의 불빛에 크리스마스를 장식하는 접시 꽃 다발의 그림자가 눈 위에 비치는 곳 말이다.

그곳의 일부이기도 했던 나는 그때의 기나긴 겨울을 떠올리면 조금은 엄숙한 기분이 되고, 몇십 년 동안 아직도 가문의 이름이 주소를 대신하는 도시의 캐러웨이 집안에서 자란 것에 대해 약간의 자부심을 느낀다. 이제 나는 그것이 서부의 이야기였다는 것을 알고 있다. 톰과 개츠비, 데이지와 조던과 나는 모두 서부 사람이었고, 어쩌면 우리는 동부 생활에 적응하지 못했던 공통된 동부 결핍증을 갖고 있었는지도 모른다.

동부가 가장 나를 흥분시켰을 때, 그리고 아이나 노인을 제외하고 모두가 이런저런 질문을 던지는, 오하이오 주 너머로 기어가듯 뻗어 있는 그 지루한 도시들보다 훌륭하다는 것을 뼈저리게 깨달았을 때조차도 나에게 동부는 왠지 모르게 뒤틀린 데가 있어 보였다. 특히 웨스트에그는 아직도 환상의 느낌을 그대로 지니고 있다.

나에게는 그곳이 엘 그레코가 그린 밤풍경처럼 보인다. 즉 전통적이면서도 기괴한 수백 채의 집들이 침울한 하늘과 어슴푸레한 달 아래 펼쳐져 있는 그림처럼 말이다. 그림 앞쪽에는 흰 야회복을 입은 네 명의 사내가 흰 이브닝드레스 차림의 술에 취한 여자가 누워 있는 들것을 들고 인도를 따라 걸어가고 있다. 들것 가장자리 밖으로 축 늘어져 있는 여자의 손에서는 보석들이 서늘하게 반짝거린다. 사내들은 엄숙한 얼굴로 들것을 들고 들어간다. 집을 잘못 찾은 것이다. 그러나 아무도 그 여자의 이름을 알려고 하지 않고 아무도 상관하지 않는다.

개츠비가 죽은 뒤 동부는 그런 모습으로 끊임없이 내 머릿속을 채우곤 했고, 내 눈의 힘으로는 바로잡을 수 없을 만큼 뒤틀려 있었다. 그래서 푸른 연기 같은 연약한 나뭇잎들이 공중에 나부끼고, 바람이 불어와 빨랫줄에 널려 있는 젖은 옷이 뻣뻣해질 무렵 나는 고향으로 돌아가기로 결심했다.

떠나기 전에 해야 할 일이 하나 있었는데, 그것은 그냥 내버려두는 것이 더 좋을 것 같은, 어색하고 불쾌한 일이었다. 그러나 나는 기꺼이 그 일을 정리하고 싶었고, 저 고분고분하면서도 무심한 바다가 나의 쓰레기까지 쓸어가도록 맡겨두기는 싫었다. 나는 조던 베이커를 만나서 우리 모두에게 일어났던 일과 나의 심적 변화에 대해 이야기했고, 그녀는 커다란 소파에 가만히 누워서 내 말에 귀를 기울였다.

그녀는 골프복을 입고 있었다. 살짝 턱을 들어올린 모습과 낙엽 빛깔의 머리카락, 그리고 무릎 위에 올려놓은 벙어리장갑처럼 갈색으로 그을린 얼굴을 하고 있던 그녀의 모습이 멋진 삽화 같다고 생각했던 것이 지금도 생생하게 기억난다. 내가 이야기를 모두 마쳤을 때, 그녀는 아무 대꾸도 없이 다른 남자와 약혼했노라고 말했다. 그녀가 고개만 까딱해도 결혼하려고 달려올 남자가 몇 명 있기는 했지만 어쩐지 의심스러웠다. 그러나 나는 짐짓 놀라는 척했다. 나는 왠지 실수를 저지르고 있는 게 아닌가 싶어 다시 한번 고심해보았지만 결국 작별 인사를 하기 위해 자리에서 일어섰다.

"하지만 당신은 나를 차버린 게 분명해요." 조던이 불쑥 말했다. "전화로 나를 걷어찼단 말이에요. 지금은 당신한테 털끝만큼도 관심 없지만, 그때는 경험이 없어서 한동안 당혹스럽더군요."

우리는 악수를 했다.

"아 참, 기억하세요?" 그녀가 덧붙여 물었다. "자동차 운전에 관해서 우리가 주고받았던 것 말이에요."

"물론. 정확하지는 않지만……."

"당신은 부주의한 운전자는 또 다른 부주의한 운전자를 만나기 전까지만 안전하다고 말했지요? 그래요, 나는 그런 부주의한 운전자를 만났어요. 그렇지 않은가요? 그런 생각을 하는 건 생각이 깊지 못해서예요. 난 당신이 정직하고 솔직한 사람이라고 생각했어요. 그게 당신의 유일한 장점이에요."

"난 서른이에요." 내가 말했다. "스스로에게 거짓말을 하고, 그것을 명예로 생각하기에는 나이가 너무 많아요. 당신보다 다섯 살이나 더 많으니까."

그녀는 아무 대답도 하지 않았다. 그녀에게 얼마간의 사랑이 느껴져서 화도 나고 후회도 하며 발길을 돌렸다.

10월이 끝나가던 어느 날 오후, 나는 톰 뷰캐넌을 만났다. 그는 민첩하고 정력적인 걸음걸이로 5번가를 따라 내 앞에서 걸어가고 있었다. 그의 두 손은 자신을 방해하는 것이 있으면 당장이라도 물리

처버리려는 듯 몸에서 살짝 떨어져 있었고, 뇌는 초조하게 번뜩이는 두 눈을 이용하여 기민하게 이리저리 움직이고 있었다. 그를 앞지르지 않으려고 내가 발걸음을 늦추고 있을 때, 그가 걸음을 멈추더니 보석상 진열장 안을 눈을 찡그리며 들여다보기 시작했다. 그러다가 갑자기 나를 발견하고는 되돌아와 손을 내밀었다.

"왜 이러나, 닉! 모른 척하긴가?"

"그래, 내가 자네를 어떻게 생각하는지 잘 알고 있을 텐데."

"닉, 자네 미쳤군." 톰이 빠르게 말했다. "정말 미쳤어. 자네가 왜 이러는지 모르겠군."

"톰." 나는 따지듯 물었다. "그날 오후 윌슨에게 무슨 말을 했나?"

톰은 아무 말 없이 나를 바라보았다. 그래서 윌슨의 행방이 묘연했던 시간에 대해 내가 추측했던 것이 옳았음을 깨달았다. 내가 돌아서서 다시 걷기 시작하자 그가 따라오면서 내 팔을 붙잡았다.

"사실대로 얘기해줬지." 그가 말했다. "우리가 막 외출하려고 하는 참에 그가 대문 앞에 나타났어. 그래서 난 사람을 시켜 집에 없다고 전했지만 그는 막무가내로 위층으로 올라오려고 했지. 그 자동차의 주인을 가르쳐주지 않으면 나를 금방이라도 죽일 듯이 미쳐 있었어. 집 안에 있는 동안 그의 손은 줄곧 호주머니 속에 있는 권총을 잡고 있었단 말이야……." 그는 도전적인 태도로 갑자기 말을 멈췄다. "내가 말해준 게 뭐 어쨌다는 건가? 그 작자는 그래도 싸. 데이지를 속인 것처럼 자네도 속인 거라고. 하지만 배짱이 두둑하다는 건 인정하지. 개를 치듯 머틀을 들이받고 차를 멈추지 않았으니 말이야."

그것이 사실과 다르다는, 도저히 밝힐 수 없는 진실을 제외하고는 더 이상 내가 할 수 있는 말이 아무것도 없었다.

"내가 전혀 괴로워하지 않았다고 생각한다면…… 이보게, 그 아파트를 정리하러 가서 그 빌어먹을 개 비스킷 깡통이 찬장 위에 놓여 있는 걸 보고 주저앉아서 어린애처럼 엉엉 울었다네. 세상에! 그건 정말 끔찍했어."

나는 그를 용서할 수도, 그렇다고 좋아할 수도 없었다. 그러나 그의 입장에서 보면 자신이 한 일이 정당한 것이었다고 생각할 수 있었다. 모든 것이 뒤죽박죽이었다. 톰과 데이지는 정말이지 경솔한 인간들이었다. 물건이든 사람이든 부숴버리고 난 뒤 돈이나 천박한 경솔함, 그리고 두 사람을 묶어주는 것이면 무엇이든 그 뒤로 물러나버리고 자기들에게서 나온 쓰레기를 다른 사람들이 정리하도록 내버려두는 족속들이었다.

나는 그와 악수했다. 악수를 거절하는 것이 오히려 어색하게 보였기 때문이다. 갑자기 어린아이와 이야기를 하고 있는 것처럼 느껴졌다. 그런 후 그는 진주 목걸이를 사기 위해서였는지 아니면 커프스 단추 한 쌍을 사기 위해서였는지 모르지만 보석상 안으로 들어갔고, 그러면서 나의 촌스러운 까다로움에서 영원히 벗어났다.

내가 떠날 때 개츠비의 집은 텅 비어 있었다. 그 집의 잔디도 우리 집의 잔디처럼 엉망으로 자라 있었다. 마을의 택시기사가 저택의 대문을 지나서 차를 잠깐 세운 후 집 안쪽을 손가락으로 가리키고 나서야 요금을 받았다. 어쩌면 그는 사건이 일어났던 날 밤, 데이지와 개츠비를 태우고 이스트에그에 갔던 운전사였고, 그래서 그 사건에 관해 자기 생각대로 이야기를 만들어놓았는지도 모른다. 나는 그 이야기를 듣고 싶지 않았으므로 기차에서 내릴 때마다 그 기사를 피하려고 노력했다.

나는 토요일 밤을 뉴욕에서 보냈다. 그곳에 있노라면 개츠비가 열었던 눈부시도록 황홀한 파티의 음악 소리와 희미하지만 끊임없는 웃음소리, 그리고 차도를 오르내리던 자동차 소리가 그의 정원에서 생생하게 들리는 듯했기 때문이다. 그러던 어느 날 여전히 나는 자동차 소리를 들었고, 헤드라이트 불빛이 앞쪽 계단을 비추고 있는 것을 보았다. 그러나 그게 누구인지는 알아볼 수가 없었다. 아마도 그는 지구 어딘가에 있다가 파티가 끝난 줄도 모르고 찾아온 마지막 손님이었을 것이다.

마지막 날 밤, 트렁크의 짐을 챙긴 뒤 자동차를 식료품상에 팔고 나서 나는 그 저택으로 건너가 다시 한번 그 집의 끔찍한 몰락을 담담하게 바라보았다. 한 아이가 하얀 돌계단에 벽돌 조각으로 갈겨쓴 외설스러운 욕설이 달빛에 뚜렷이 드러나, 나는 계단을 따라가며 구둣발로 비벼 낙서를 지워버렸다. 그리고 해변으로 어슬렁어슬렁 걸어 내려가 모래 위에 벌렁 드러누웠다.

이제 해안의 시설들은 대부분 문이 닫혀 있었고, 해협을 가로지르는 나룻배에서 그림자처럼 희미하게 움직이는 불빛을 제외하고는 그 어떤 빛도 찾아보기 어려웠다. 이윽고 달이 점점 높이 떠오르면서 실체가 없는 집들이 풍경 속으로 녹아 없어져버리자 그 옛날 네덜란드 선원들의 눈에 한때 위대한 모습으로 비쳐졌던 이 옛 섬이 어떤 곳이었는지 깨닫게 되었다. 바로 이 섬이야말로 신세계의 싱그러운 초록빛 젖가슴이었던 것이다.

이 섬에서 사라진 나무들, 개츠비의 저택으로 가는 길에 길을 내준 나무들은 한때 수많은 인간들의 꿈 가운데 마지막이자 가장 매혹적인 꿈에 속삭이며 유혹했던 것이다. 덧없이 흐르는 매혹적인 한순간을 얻기 위해 수많은 인간이 이 땅을 바라보며 숨을 죽였음에 틀림없을 것이었다. 자신도 모르게 이끌려 원치도 않는 심미적 명상에 빠져 황홀하게 숨을 죽였을 것이다.

해변에 앉아 과거의 알 수 없는 세계를 되새기던 나는 개츠비가 부두 끝에 있는 데이지의 초록색 불빛을 처음 찾아냈을 때 느꼈을 경이감을 생각해보았다. 그는 초록빛 잔디밭을 향해 너무나 머나먼 길을 달려왔고, 이제 그의 꿈은 너무 가까이 있어 금방이라도 손에 잡힐 것 같았으리라. 그 꿈이 그를 등지고 공화국의 어두운 벌판이 밤 아래에 두루마리처럼 펼쳐져 있는 도시 저쪽의 광막하고 어두운 곳에 있다는 사실을 그는 미처 모르고 있었을 것이다.

개츠비는 해가 거듭될수록 뒤로 물러나는 그 초록색 불빛을, 해마다 우리 눈앞에서 멀어지는 희열에 찬 미래를 믿었던 것이다. 그것은 우리의 손을 빠져나갔지만 문제될 것은 없었다. 내일은 우리가 좀 더 빨리 달릴 것이고, 그리고 좀 더 멀리 팔을 뻗칠 것이다. 그러면 어느 맑게 갠 아침에는…….

　그러므로 우리는 끊임없이 물살을 거스르며 노를 저어 과거 속으로 흘러가면서도 앞으로 나아가는 것이다.

피츠제럴드의 생애

F. 스콧 피츠제럴드는 1896년 9월 24일, 미네소타 주 세인트폴에서 태어났다. 아버지의 사업 실패로 일찌감치 가난의 서러움을 맛보지 않으면 안 되었던 그는 이후 외가의 도움으로 부유층 자제들만 다니는 뉴먼 가톨릭 스쿨에 들어가게 된다. 그러나 가난한 집안의 자식이라는 생각을 평생 뇌리에서 떨칠 수가 없었다. 이후 돈과 성공에 대한 동경은 평생에 걸친 삶의 목적으로 가슴 깊이 자리잡게 된다.

1913년, 프린스턴 대학에 입학한 피츠제럴드는 재학중에 연극의 각본을 쓰기고 하고 연극에도 참여하는 등 적극적인 활동을 펼친다. 1917년, 미국이 제1차 세계대전에 참전하게 되자 학업을 중단하고 입대한다. 병참장교로 입대한 그는 소위로 임관하여, 앨라배마 주로 전속을 받게 되었는데, 그곳에서 일생을 함께하게 될 아내 젤다를 만난다. 젤다의 아버지는 뒤에 앨라배마 주 대법원 판사를 지낸 사람이었다.

1919년 제대한 피츠제럴드는 뉴욕에서 광고대리점에 취직했으나 젤다로부터 미래가 불투명하다는 이유로 파혼당한다. 자포자기했던 그는 알코올에 빠져 지내다가 고향으로 돌아와서 예전에 썼던 『낭만적 이기주의자』를 수정하여 스크리브너스사에서 『낙원의 이쪽』이란 제목으로 출간하였다.

1920년 3월, 이 작품이 베스트셀러가 되면서 그는 하루아침에 큰 명성과 함께 '재즈 에이지의 계관시인'이란 화려한 타이틀을 거머쥐게 된다. 그리고 젤다와의 결혼에 성공한다.

명성과 돈을 한꺼번에 움켜쥔 피츠제럴드는 곧 아내와 함께 유럽으로 건너가 사치스러운 낭비생활에 빠져들게 된다. 두 사람은 마치 피츠제럴드가 쓴 두 번째 장편 『아름답고 저주받은 사람』의 제목처럼 아름답고 저주받은 사람들이었으며, 그의 세 번째 단편인 『모든 슬픈 젊은이』처럼 슬픈 부부였다.

그러나 피츠제럴드는 자기 앞에 펼쳐진 비극적인 삶에 그대로 무릎을 꿇기에는 너무나 재능이 뛰어났다. 그는 현실적 고통을 떨치고 일어나 마침내 동시대의 작가, 이른바 '잃어버린 세대'의 대표적인 작가들의 작품과 한자리에 올려놓은 대작 『위대한 개츠비』를 집필하게 된다. 이 작품은 그의 작가로서의 재능이 유감없이 드러난 걸작 중의 걸작이었다. 『위대한 개츠비』가 발표되자 T. S. 엘리엇은 헨리 제임스 이후 미국 소설이 이제 첫걸음을 내디뎠다고 격찬했다.

그러나 1929년, 월가를 중심으로 시작된 미국의 경제대공황은 30년대를 너무나 어둡게 만들었다. 이 격동의 시기를 겪으며 그는 『밤은 부드러워』를 발표했으나 실패하고 만다.

1937년 30년대의 대공황이 끝나갈 무렵, 피츠제럴드는 정신병원에 입원한 아내의 입원비와 딸의 교육비를 벌기 위하여 할리우드로 가게 된다. 그는 이곳에서 영화대본을 집필하게 되는데, 저 유명한 영화 〈바람과 함께 사라지다〉의 대본은 그의 손으로 씌어진 것이다.

그리고 이 무렵, 할리우드를 무대로 한 장편 집필에 들어갔다. 그것이 바로 『최후의 거물』이다. 그러나 심신이 지쳐 있던 그는 이 작품을 미완으로 남긴 채 1940년 12월 21일 심장발작을 일으켜 세상을 떠나고 만다. 그의 나이 45세 때였다.

피츠제럴드의 작품들은 현대에 와서 새롭게 재평가되고 있고, 『위대한 개츠비』만으로도 그는 미국의 가장 위대한 작가 중 한 사람으로 평가되고 있다.

작품 해설

『위대한 개츠비』는 1924년 가을, 리비에라에서 탈고되어 1925년에 간행되었다. 피츠제럴드는 장편 『낙원의 이쪽』과 『아름답고 저주받은 사람』으로 제1차 세계대전의 아프레게르 문학의 기수로 평가받았다. 특히『낙원의 이쪽』에 대한 젊은층의 인기는 가히 폭발적이었다. 그래서 그에게 붙여진 '재즈 에이지의 계관시인'이란 닉네임은 자타가 공인하는 것이었다. 그는 독자들의 열망에 부응하기 위해 여러 잡지에 수많은 단편을 발표했다.

그 무렵 그를 평생 따라다닌 알코올 중독과 아름다운 아내 젤다와 함께 벌인 화려하고 분에 넘치는 사교 생활이 시작되었다. 그가『위대한 개츠비』의 무대와 수많은 모델을 제공한 롱아일랜드 주 그레이트넥에서의 생활을 청산하고 1924년 봄에 아내와 함께 두 번째 유럽 여행을 떠난 것은 이 자유분방한 생활이 작가의 생명에 좋지 않은 영향을 미치리란 것을 깊이 자각했기 때문이다. 그러나 유럽에서의 생활 역시 고국에서의 화려한 생활을 능가했음이 뒷날의 장편『밤은 부드러워』,『바빌론의 재방』에 잘 드러나 있다. 어쨌든『위대한 개츠비 』를 써낼 때까지의 약 열 달 간은 그의 생애에 그리 자주 찾아와 주지 않았던 정서적 안정기였다.

『위대한 개츠비』는 미국 문학사가 어떤 방식으로 씌어진다 하더라도 영원히 남을 불멸의 걸작이다. 이 작품에는 미국 소설의 전통적 특징의 하나인 장황한 상황 전개를 찾아볼 수 없다. 거의 중편에 가까운 길이 속에는 거의 같은 시기에 발표한 드라이저의『아메리카의 비극』의 주인공과 뿌리를 같이하는 '미국의 꿈'에 사로잡힌 입신출세형 청년의 비극이 한 치의 빈틈도 없는 긴박하게 서술된다.

비극의 코러스 구실을 하며 사건 전개에 깊이 개입한 등장인물이기도 한 닉을 내레이터로 선택한 것은 대단히 성공적이었다. 독자는 자칫 우스꽝스럽기까지 한 주인공 개츠비의 행동 하나하나를 동정의 눈으로 지켜보다가 비극적 결말에 이르러 깊은 공감을 하게 된다.

피츠제럴드는 H. L. 멘켄 앞으로 보낸 편지에서 개츠비와 다시 만난 뒤의 데이지의 태도, 또 데이지가 또다시 개츠비를 버리게 되는 심리적 흐름이 제대로 묘사되지 않은 점이 이 작품의 결함이라고 지적하고 있지만 반세기가 지난 현대문학의 시선으로 보면 전혀 문제가 되지 않는다.

그리고 7장 클라이맥스에서 남편 톰과 개츠비를 앞에 두고 하염없이 흐느껴 울면서 되뇌는 데이지의 목소리를 독자는 너무나 극적으로 들을 수 있다.

극적이라고 부르든 이 이야기의 긴박감이라고 부르든 결국은 피츠제럴드가 이 작품에서 보인 가장 큰 매력은 서사성의 극대화라고 할 수 있다. 다시 말해서 산문이 단순히 사실 서사의 도구에 그치지 않고 작은 것 속에 많은 것을 내포하는 시적 이미지를 차례로 형성해가고 있다. 작가가 '재의 계곡'이라고 부르는, 황량한 지역 안에 우뚝 서 있는 거대한 야외 입간판은 페인트가 벗겨진 눈동자로, 황야의 제왕처럼 인간의 모든 행위를 내려다보고 있다.

순수하고 낭만적인 꿈을 지닌 개츠비는 아름다운 이상형인 데이지와의 결합을 추구한다. 그러나 현실은 개츠비가 그의 꿈을 실현하기에는 너무나 타락한 공간이다. 데이지는 하나의 허상에 불과했던 것이다. 이 사실을 죽는 순간까지 깨닫지 못한 개츠비는 결국 비극적인 결말을 맞는다.

『위대한 개츠비』는 한 순수한 인간이 거칠고 타락한 현실과 부딪혀 부서지는 비극적인 종말을 놀랍게 잘 형상화하고 있다. 그러한 형상화는 이 작품이 주는 가장 큰 매력이다.

F. 스콧 피츠제럴드 연보

1896년 9월 24일, 미네소타 주 세인트폴에서 태어나다. 아버지 에드워드는 아일랜드 계 명문가 출신으로 당시 공장을 경영하고 있었고, 어머니는 유명한 사업가 집안의 딸이었다.

1898년 도산하여 프록터 앤드 갬블사의 세일즈맨이 된 아버지를 따라 전 가족이 뉴욕의 버펄로로 이사하다.

1908년 3월, 아버지가 실업자가 되어 외할머니의 집에서 얹혀 살게 되다.
9월 세인트폴 아카데미에 입학하다.

1910년 2월 〈우측 하프백 보결선수 리드〉를, 3월에는 〈명예의 빛〉을 발표하다.

1911년 6월, 〈녹색 블라인드가 있는 방〉을 발표하다.
이 시기에 평생의 영적 스승인 페이 신부를 만나다.

1912년 8월, 각본을 쓴 〈붙잡힌 그림자〉 공연하다.
12월, 〈재수 없는 산타클로스〉를 발표하다.

1913년 〈공작을 좇아서〉 〈고통과 크리스천 사이언티스트〉를 발표하다.
9월, 프린스턴 대학교에 입학하다.

1914년 3~4월, 갑부의 딸 지니브러 킹과 교제를 시작하다. 그녀는 그를 가난하다고 무시하는데 이때의 경험은 그의 작품을 지배하는 모티프가 된다.

1917년 1월, 여자친구 지니브러 킹이 다른 사람과 약혼하면서 두 사람의 관계가 완전히 끝나다. 〈사교계의 신인〉을 『나소 문학』에 발표하다.
10월, 육군 병참 장교로 입대하다. 이 무렵, 장편소설 『낭만적 에고이스트』를 집필하기 시작한다.

1918년 2월, 『낭만적 에고이스트』를 탈고하여 뉴욕의 찰스 스크리브너스 선스 출판사에 보내다.
4월, 조지아 주 캠프 고든에 배치되다.
6월 앨라배마 주 먼트가머리 근교 캠프 셰리던으로 전속되다. 이때 앨라배마 주 대법원 판사의 딸인 젤다 세이어를 만나 사귀다.

1919년 정신적으로 많은 영향을 받았던 페이 신부 사망하다.
2월, 육군을 제대하다. 젤다와 몰래 약혼한 뒤 뉴욕 시의 배런콜리어 광고회사에서 근무하다.
6월, 젤다가 피츠제럴드의 미래가 불확실하다는 이유로 약혼을 파기하다. 직장을 그만두고 세인트폴로 돌아와 부모님 집에 머물며 『낭만적 에고이스트』 개작에 몰두하다.
9월, 『낭만적 에고이스트』가 '낙원의 이쪽' 이라는 제목으로 스크리브너스 출판사에서 출판 허락을 받다.

1920년 1월, 젤다와 다시 약혼하다.
4월, 젤다와 결혼한 뒤 코네티컷 주 웨스트포트에서 거주하다.
9월, 첫 단편집인 『말괄량이 아가씨들과 철학자들』을 출간하다.

1921년 5~9월, 영국 · 이탈리아 · 프랑스를 여행하다.
9월, 딸 프랜시스 스콧이 태어나다.

1922년 3월, 『저주받은 아름다운 사람들』이 출간되다.

9월, 두 번째 단편집 『재즈 시대의 아름다운 이야기들』이 출간되다.

1923년 1월부터 불면증으로 고통받다.
　　　　4월, 장편 희곡 『식물』이 출간되다.

1924년 프랑스에서 거주하던 중 젤다가 프랑스 조종사와 사랑에 빠지다.
　　　　여름에서 가을에 걸쳐 『위대한 개츠비』를 집필하기 시작하다.
　　　　10월, 이탈리아를 여행하며 그곳에서 원고를 수정·보완하다.

1925년 세 번째 장편 소설 『위대한 개츠비』가 출간되다.
　　　　5월, 프랑스 몽파르나스에서 어니스트 헤밍웨이를 만나다.

1926년 2월, 단편집 『모든 슬픈 젊은이들』이 출간되다.

1927년 할리우드 영화사에서 일하기 시작하다.

1930년 2월 북아프리카를 여행하다.

1931년 2월, 아버지가 심장병으로 사망하여 귀국하다.
　　　　가을, 할리우드로 돌아오다.

1932년 2월, 젤다가 메릴랜드 주의 존스 홉킨스 대학 병원에 입원하다. 젤다의 소
　　　　설 『나를 위해 왈츠를 남겨주오』가 출간되다.

1934년 10월, 네 번째 소설 『밤은 부드러워』가 출간되다.

1935년 노스캐롤라이나 주 트라이턴과 애슈빌에 머물며 요양하다.
　　　　3월, 단편집 『기상 나팔 소리』가 출간되다.

1937년 영국 출신의 가십 칼럼니스트인 셰일러 그레이엄과 사귀다. 그레이엄과
　　　　의 관계는 그가 사망할 때까지 계속되었다.

1939년 1월, 할리우드에서 영화 〈바람과 함께 사라지다〉의 대본을 쓰다.

10월, 할리우드를 소재로 한 소설을 집필하다.

1940년 12월 21일 할리우드의 그레이엄 아파트에서 심장마비로 사망하다. 메릴랜드 주의 록빌 세인트메리스 묘지에 묻히다.

1941년 10월, 미완성 유작 『최후의 거물』이 출간되다.

1945년 6월, 유작 에세이집 『크랙업』이 출간되다.